THE GAME
IS YOURS

Klappentext

Summer und Ben waren sich nach ihrem One-Night-Stand einig, getrennte Wege zu gehen. Als Amber, Bens kleine Schwester und Summers beste Freundin, zurück nach Minneapolis kommt, begegnen auch sie sich wieder häufiger.

Lange konnte Summer ihre Gefühle unter Verschluss halten, doch jetzt merkt sie mehr denn je, dass sie sich noch immer zu ihm hingezogen fühlt. Ben, der im Eishockeyteam der Morriton Scorpions spielt, spürt ebenfalls den inneren Drang, ständig in Summers Nähe zu sein. Gerade als sich die beiden annähern, erfährt Ben zufällig etwas, das ihm den Boden unter den Füßen wegreißt.

Hat ihre Liebe unter diesen Umständen eine Chance? Oder verlieren sie einander, bevor sie sich überhaupt richtig gefunden haben?

THE GAME IS YOURS

Summer & Ben

Klara Juli

Klara Juli
The Game Is Yours: Summer & Ben

© 2022 Written Dreams Verlag
Herzogweg 21
31275 Lehrte
kontakt@writtendreams-verlag.de

© Covergestaltung: Sabrina Dahlenburg

ISBN print: 978-3-96204-515-9

Sämtliche Personen in diesem Roman sind frei erfunden. Dieses Buch darf weder auszugsweise noch vollständig per E-Mail, Fotokopie, Fax oder jegliches anderes Kommunikationsmittel ohne die ausdrückliche Genehmigung des Verlags weitergegeben werden.

Vorwort

Die erwähnten Colleges sowie ihre jeweiligen Eishockey-Mannschaften sind fiktiv, ebenso die College-Liga, in der sie spielen.

Kapitel 1

Summer

Drei Jahre zuvor

Das imposante Haus der Jeffers ragt vor mir auf. Die untergehende Sonne bestrahlt die Hauswände in einem zarten Rotton, während der kleine Mähroboter über den Rasen flitzt. Jeder Grashalm der Anlage wird auf exakt dieselbe Höhe gekürzt, jeder Busch und jede Blume müssen gleich aussehen.

Schon immer habe ich das Wohnhaus meiner besten Freundin bewundert. Es hat bodentiefe Fenster, ist zu sämtlichen Seiten offen und so groß, dass man genügend Platz für alles hat. Überall ist der höchste technische Standard eingebaut und deutet darauf hin, wie vermögend ihre Familie ist. Da ihr Vater erfolgreicher Architekt ist, haben sie das Haus selbst konzipiert und bauen lassen.

In die Haustür sind Kameras integriert, die jeden Gast filmen und auf einen kleinen Bildschirm im Flur übertragen. So behält die Familie immer einen Überblick darüber, wer gerade vor der Tür steht.

Auch jetzt ist das der Fall, als ich unter das Vordach trete. Kaum hebe ich den Finger, um die Klingel zu betätigen, wird die Haustür bereits aufgerissen. Amber, meine beste Freundin, erscheint vor mir.

„Summer!" Freudestrahlend fällt sie mir um den Hals, wobei ihr blondes Haar meine Sicht verdeckt. „Wir haben schon auf dich gewartet." Sie zieht mich ins Haus, reicht mir ein Paar Gästehausschuhe und nimmt mir meine Tasche ab. „Ben durchforstet bereits den dritten Lieferdienst nach etwas Essbarem."

Da ist es wieder. Kaum erwähnt sie den Namen ihres Bruders, spüre ich ein Prickeln in meinem Bauch. Unwillkürlich erscheint sein Gesicht vor meinem inneren Auge. Das kurze blonde Haar, der Bartschatten, der seine markanten Wangen sowie das Kinn zieren. Die schmalen Lippen, die zu einem Lächeln verzogen sind. Das strahlende Blau seiner Augen, das zur Mitte hin dunkler wird. Ben ist attraktiv, keine Frage. Nur war mir das bisher egal, weil wir einander schon lange kennen und ich ihn wie einen Bruder gesehen habe.

Erst in den letzten Wochen hat sich das verändert. Zwischen uns liegt eine Spannung, die ich zuvor nicht wahrgenommen habe. Häufig berührt er mich, legt mir den Arm um die Hüfte oder platziert seinen Kopf an meiner Schulter. Er löst dadurch eine unbekannte Sehnsucht in mir aus, die nach mehr verlangt.

„Erde an Summer!" Amber hat ihre Hände in die Hüften gestemmt und reißt mich aus meinen Gedanken. „In welcher Sphäre befindest du dich?"

„Oh, sorry", murmle ich, während mir Wärme in die Wangen kriecht. Bisher ahnt Amber nichts von der Anziehung, die ihr Bruder auf mich ausübt. Immer, wenn ich ihr davon erzählen wollte, hat mich der Mut verlassen. Dabei bin ich mir sicher, dass Amber nichts dagegen hätte, wenn Ben und ich etwas miteinander anfangen würden. In einem Gespräch hatte sie mir erzählt, dass Ben keine Lust auf eine Freundin hat, weil er sich auf seine Aufnahme am *Morriton College* vorbereiten möchte. Auch weiß Amber, dass ich ebenfalls keine feste Beziehung eingehen möchte, nachdem meine erste und letzte einem Käfig glich. Mein Freund hatte mich so eingeengt, dass ich mich von ihm getrennt und beschlossen habe, die Zeit als Single zu genießen und meine Freiheit auszukosten. Später, nach dem Studium, habe ich noch genügend Zeit, mich an jemanden zu binden.

„Na, ist auch egal." Amber nimmt mich an der Hand, um mich in das obere Geschoss zu führen, wo wir auf Bens Zimmer zusteuern. Gleichzeitig bin ich erleichtert darüber, dass sie nichts zu merken scheint. „Morgen sitze ich schon im Flieger nach Pittsburgh und werde endlich wieder bei Marcus sein", schwärmt meine Freundin. Seit ein paar Monaten ist sie mit ihrem ersten Freund in einer Beziehung und wird die Stadt verlassen, nachdem sie am dortigen College aufgenommen wurde. Ihren letzten Abend in Minneapolis wollten wir gemeinsam verbringen, einen Film schauen und Essen bestellen, wie wir es früher schon getan haben.

Wehmut breitet sich in mir aus, während ich darüber nachdenke, dass meine beste Freundin für eine ganze Weile in Pittsburgh leben wird. Nachdem wir in der Vergangenheit viel Zeit miteinander verbracht haben, kann ich mir kaum vorstellen, wie es ohne sie sein wird.

Vielleicht bist auch du nicht mehr lange in Minneapolis, rufe ich mir ins Gedächtnis. Schließlich habe ich mich an einigen Colleges beworben und wir wären über kurz oder lang sowieso voneinander getrennt worden.

Begleitet vom Klacken der Hausschuhe auf dem Parkettboden, laufen wir durch den Flur im Obergeschoss. Je näher wir Bens Zimmertür kommen, desto unruhiger werde ich. Ob wir uns heute wieder nahekommen? Etwas in mir hofft darauf, woraufhin ich mich sofort für diesen Gedanken tadle.

Amber schwingt die Tür auf und gibt mir den Blick auf Ben frei. Er liegt auf dem Bett, tippt auf seinem Smartphone herum und scheint vollkommen darin vertieft zu sein. Allein sein Anblick lässt meinen Puls in die Höhe schnellen und löst ein warmes Gefühl in meinem Unterleib aus. Sein T-Shirt liegt eng an und betont jeden einzelnen Muskel seines Oberkörpers.

So auch an seinen Oberarmen. Ich stelle mir vor, wie ich mit dem Zeigefinger am Stoff seines kurzen Ärmels entlangfahre, seinen Bizeps umklammere und meine Fingernägel in seiner Haut vergrabe …

„Bist du fündig geworden?", erkundigt sich Amber und lässt sich neben ihn plumpsen. Ertappt zucke ich zusammen und gebe vor, einen Pokal zu betrachten, der auf einem der Regale an Bens Wand steht.

Wie soll ich den heutigen Abend in seiner Nähe nur überstehen? Schon jetzt geht meine Fantasie mit mir durch und ich kann es einfach nicht verhindern.

„Ja, wir probieren den neuen Italiener." Er sieht auf. „Oh, hi Summer." In seinen blauen Iriden erscheint ein strahlender Ausdruck. Er steht auf und kommt zu mir, um mich an sich zu drücken. Seine Hand liegt auf meinem unteren Rücken und hinterlässt ein angenehmes Brennen.

„Hi", erwidere ich und genieße seine Nähe. Unbemerkt atme ich tief ein, um den herben Duft seines Aftershaves in meinem Gedächtnis abzuspeichern. Mir wird erst bewusst, wie eng wir beieinanderstehen, als ich die Körperregionen spüre, die ich sonst nicht so intensiv wahrnehme. Sein Schritt drückt gegen meinen Oberschenkel, was meine Vorstellungskraft befeuert. Als ich zu Ben aufsehe, sind seine Lippen leicht geöffnet und seine Lider geschlossen. Wie es wohl wäre, meinen Mund auf seine Lippen zu legen? Küsst er sanft? Oder doch eher wild?

Als Ben die Augen öffnet, schießt mir erneut Hitze ins Gesicht. Habe ich mich gerade wirklich gefragt, wie es wäre, ihn zu küssen?

Ruckartig weiche ich von ihm zurück. Ob er wohl etwas mitbekommen hat? Fühlt er sich genauso zu mir hingezogen?

„Ich gehe kurz in die Küche. Wollt ihr was trinken?", fragt Ben, ohne seine Augen von mir abzuwenden. Mit der Zungenspitze fährt er sich über die Lippe, woraufhin mir die Spucke wegbleibt. Während ich hart schlucken muss, zeichnet sich ein freches Grinsen auf seinem Gesicht ab.

„Cola", antwortet Amber, die über sein Smartphone gebeugt ist. Sie scheint so sehr in die Speisekarte vertieft zu sein, dass sie nichts von der knisternden Atmosphäre zwischen Ben und mir mitbekommt.

„Für mich auch", füge ich hinzu.

Nickend macht er einen Schritt auf mich zu. Um der Spannung zu entfliehen, die zwischen uns besteht, lasse ich ihn vorbei und gehe zu Amber. Dort lasse ich mich auf das Bett sinken.

Erst jetzt fällt mir auf, wie stark mein Herz gegen meinen Brustkorb schlägt. Ich winkle die Knie an und ziehe die Beine an die Brust, um mich zu beruhigen.

Diese Anziehungskraft, die Ben jedes Mal auf mich ausübt, das Verlangen nach seiner Nähe, nach zärtlichen Berührungen, macht mich noch verrückt.

„Hier, du musst dir auch noch was aussuchen." Amber drückt mir Bens Handy in die Hand, damit ich die Speisekarte durchlesen kann. Dabei ahnt sie nicht, dass sie mich damit davor bewahrt, nicht vollends meiner Fantasie untergeben zu sein.

Beim Durchgehen der Karte überlege ich, wie ich Amber von meinen Gedanken gegenüber ihrem Bruder erzählen könnte. Es belastet mich, dass die Gefühle so anders sind als sonst. Ein paar Mal war ich in Jungs aus meiner Jahrgangsstufe verliebt. Ich wurde auf Dates eingeladen, tauschte Zärtlichkeiten aus und hatte auch eine Beziehung, in der ich Erfahrungen mit Sex gemacht habe.

So eine Anziehung wie Ben auf mich ausübt, verspürte ich allerdings nie. Sobald wir einander näherkommen, scheint sich die Luft um uns herum aufzuladen. Dauernd verhaken sich unsere Blicke und oft berühren wir uns scheinbar zufällig. Manchmal frage ich mich, wie es wohl wäre, wenn wir dieser Spannung nachgeben.

„Also, was möchtest du essen?", holt mich Amber auf den Boden der Tatsachen zurück, rutscht an die Wand, die direkt am Bettrand anschließt, und kuschelt sich in die Decke.

„Oh, äh ..." Hastig wische ich über den Bildschirm und entscheide mich schließlich. „Eine Pizza Margherita." Insgeheim hoffe ich, dass ihr nicht auffällt, wie sehr ich neben der Spur bin.

„Sicher?" Irritiert sieht sie mich an. „Du hast eine riesige Auswahl und nimmst eine Margherita?"

Nickend gebe ich ihr das Smartphone. „Klar, es ist meine Lieblingspizza."

„Na gut." Skeptisch betrachtet sie mich.

„Habt ihr euch entschieden?" Ben tritt ins Zimmer und stellt die Getränke auf seinem Nachtschrank ab, ehe er sich zwischen uns setzt. Seine Oberschenkel berühren meine und mir wird klar, wie dicht er bei mir ist. Mit aller Macht versuche ich die widersprüchlichen Gefühle in meinem Inneren zu unterdrücken.

„Ich hab alles in den Warenkorb gepackt. Du musst nur noch bezahlen." Amber zwinkert ihm zu.

„Wie nett von dir." Lachend klickt er den Bezahlen-Button an. „In einer halben Stunde sollte es da sein", meint er, nachdem er die Bestellung durchgelesen und eine Rückantwort vom Lieferdienst erhalten hat.

„Dann können wir uns jetzt einen Film aussuchen." Begeistert klatscht meine beste Freundin in ihre Hände, schaltet den Fernseher ein und öffnet *Netflix*. „Ich wäre für einen *Disney*-Film."

„Wenn es nach dir geht, würden wir die den ganzen Tag schauen." Ben verdreht die Augen, woraufhin er von Amber einen Schlag gegen die Schulter kassiert. Lachend reibt er sich über die Stelle. „Mir wäre etwas Actionreiches lieber."

„Wie wäre es, wenn wir Summer entscheiden lassen? Immerhin ist sie unser Gast", bemerkt meine beste Freundin.

„Ich? Oh, äh, nachdem ich so selten Filme sehe, ist es mir wirklich egal, was wir anschauen."

„Dann sollten wir was Klassisches nehmen", schlägt Ben vor. Er zappt durch den Streamingdienst und wählt einen Streifen aus, von dem ich noch nie gehört habe.

„Okay", stimmt Amber missmutig zu. „Heute hast du gewonnen, aber beim nächsten Mal bin ich dran."

„Kein Problem, Schwesterherz." Zufrieden lehnt er sich am Kopfteil seines Betts an und fokussiert sich auf den Bildschirm.

Die Hände legt er Amber und mir um die Schultern. Er sitzt so dicht bei mir, dass zwischen unsere Oberschenkel keine Fliege mehr passt. Sofort reagiert mein Körper auf diese Berührung mit einem aufgeregten Kribbeln im Bauch und dem Wunsch, mich an ihn zu schmiegen.

Um Abstand zwischen uns zu bringen, möchte ich ein Stück beiseite rutschen. Ben macht mir einen Strich durch die Rechnung, indem er mich an meiner Schulter zurückhält und zu sich zieht. Der Drang, mich an ihn zu lehnen, wird stärker, so dass ich ihm letztlich nachgebe.

Als ich zu Ben aufsehe, gibt er vor, in den Film vertieft zu sein. Das Lächeln auf seinem Gesicht verrät mir das Gegenteil. Er scheint mich mit Absicht zu sich zu ziehen. Ob das ein Zeichen ist?

Eine gute halbe Stunde später werden die Pizzen geliefert und Bens und mein Körperkontakt dadurch unterbrochen. Sobald er sich von mir löst, sehne ich mich erneut nach seiner Berührung. Doch den restlichen Abend über passiert nichts mehr, außer, dass wir essen und einen anderen Film sehen, den sich diesmal Amber aussucht. Weitere Annäherungsversuche von Bens Seite bleiben aus. Verunsichert davon, unternehme ich selbst auch keinen.

„Boah, ich bin so müde", meint Amber, als der Abspann von *Bambi*, ihrem Lieblingsfilm, einsetzt und streckt sich.

„Willst du schon Schluss machen?", fragt Ben, der durch den Streamingdienst zappt.

„Ja, für mich ist Schlafenszeit." Sie reibt sich über die Augen und steht auf. „Kommst du mit, Summer?"

Die Uhr verrät mir, dass es Mitternacht ist. Zustimmend erhebe ich mich, obwohl ich noch gar nicht müde bin. Dennoch habe ich das dringende

Bedürfnis, Abstand zu Ben zu gewinnen. Diese Nähe zu ihm macht mich verrückt.

„Gute Nacht", verabschiedet sich Amber. Auch ich murmle ein schnelles „Bis morgen" und folge ihr ins Bad, ohne Ben noch einmal anzusehen. Dennoch bin ich mir sicher, dass er mir hinterher schaut.

Amber und ich machen uns fertig, ehe wir uns in ihr Bett kuscheln.

Ob ich Amber jetzt von meinen Gefühlen für Ben erzählen soll? Aber was ist, wenn sie doch mit Abweisung darauf reagiert? Ich kann es mir zwar nicht vorstellen, aber trotzdem ist da diese leise Stimme. Schließlich ist Ben ihr Bruder.

„Amber?", flüstere ich nach einer Weile, als ich genügend Mut gesammelt habe, und stütze mich auf den Ellenbogen.

Als keine Antwort von ihr kommt, sinke ich seufzend ins Kissen zurück. Natürlich ist sie eingeschlafen.

Schlaflos bleibe ich in der Stille des Zimmers zurück und beobachte die beleuchteten Zeiger der Uhr an Ambers Wand. In Gedanken hänge ich all den Situationen nach, in denen Ben und ich uns so nah waren.

Gegen halb zwei verspüre ich eine trockene Kehle. Nachdem ich kein Getränk mitgenommen habe, schlage ich die Decke zurück und tapse durch das Haus in die Küche. Dort hole ich mir ein Glas und fülle es mit Wasser. Anschließend nehme ich einen großen Schluck und gehe wieder in das Obergeschoss, in dem sich Ambers Zimmer befindet. Dabei komme ich an Bens Zimmertür vorbei, die angelehnt ist. Flackerndes Licht ist zu sehen und lässt mich vermuten, dass er noch immer Filme schaut.

„Amber?" Bens Stimme ertönt und jagt mir einen warmen Schauer über den Rücken. Einen Wimpernschlag später wird seine Tür geöffnet und er steht oberkörperfrei vor mir. Ich kann nicht anders, als seine Bauchmuskeln anzustarren.

Kapitel 2
Ben

„Oh, Summer", flüstere ich. Im Nachthemd steht sie vor mir und betrachtet jeden Zentimeter meines nackten Oberkörpers. Ihr Blick scheint förmlich an ihm zu kleben, als wäre er ihr passendes Magnetstück. Die Härchen in meinem Nacken richten sich auf und eine Gänsehaut legt sich über meine Arme. Wärme durchströmt mich und mein Schwanz beginnt zu pulsieren.

Seit ein paar Wochen verfolgen mich diese Empfindungen, wenn ich mit Summer in einem Raum bin. Ständig habe ich das Bedürfnis, sie zu berühren, sie in den Arm zu nehmen und ihren Körper an meinem zu spüren. Dauernd habe ich mich gefragt, ob es Summer ähnlich geht. Schließlich schien sie ebenfalls meine Nähe zu suchen und ist auf meine Annäherungen eingegangen. Heute wurde mir endgültig klar, dass sie sich zu mir hingezogen fühlen muss. Sonst hätte sie sich nicht so an mich gekuschelt, oder?

Sobald Summer auf meinen Blick trifft, zuckt sie zusammen. „Ich … sorry", stottert sie, „ich wollte nicht …"

Mit einem großen Schritt bin ich bei ihr und lege einen Finger auf ihren Mund. Ihre Lippen fühlen sich so weich an, wie ich sie mir vorgestellt habe. „Alles gut", flüstere ich und schiebe ihr eine Strähne hinters Ohr.

Gleichzeitig hebt sie ihre Hand und legt sie auf meine Bauchmuskulatur. Ihr Zeigefinger fährt sanft über jeden einzelnen Hügel und lässt meinen Penis anschwellen. Ein warmer Schauer jagt mir über den Rücken und steigert meinen Wunsch, endlich der Anziehung zu ihr nachzugeben und ihren Körper zu spüren. Denn das ist es, was mich seit einer gefühlten Ewigkeit verfolgt.

„Summer", presse ich hervor, als sie zum Saum meiner Hose wandert. Mit großen Augen sieht sie mich an, gespannt darauf, was ich ihr sagen möchte. „Du bist so schön." Sanft fahre ich die Kontur ihrer Wange nach, hin zu ihren Lippen. Daraufhin schmiegt sie sich in meine Handfläche.

„In letzter Zeit fühle ich mich zu dir hingezogen." Röte zeichnet sich auf ihren Wangen ab und sie nimmt ihre Hände von meinem Körper. „Ich habe wirklich versucht, es zu verdrängen, aber die Anziehung wird immer stärker." Obwohl ich es geahnt habe, kann ich kaum fassen, was sie da gerade gesagt hat.

Nervös spielt Summer an ihrem Fingernagel, während sie auf meine Antwort wartet. „Mir geht es genauso", erwidere ich, wobei mein Puls in die Höhe schnellt. Alles in mir schreit danach, sie zu berühren, sie zu spüren.

Hastig greife ich nach ihren Fingern und verschränke sie mit meinen. Mit einem Ruck ziehe ich sie zu mir und atme den leichten Duft ihres Shampoos ein. Anschließend fahre ich mit meiner Hand unter ihr Kinn und hebe ihren Kopf an, bis sie mir in die Augen schaut.

„Ich will dir nah sein", spreche ich aus, was mein Körper seit längerem verlangt.

Ein Lächeln zeichnet sich auf ihrem Gesicht ab. „Ich dir auch." Sie drängt sich an mich. „Allerdings muss dir klar sein, dass ich nichts Festes will."

„Da sind wir uns einig. Was auch immer jetzt passiert, es bleibt bei diesem einen Mal", sage ich.

Ehe ich die Worte ausgesprochen habe, zeichnet sich Entschlossenheit in ihrem Gesichtsausdruck ab. Selbstbewusst überwindet sie die Distanz zwischen uns und überrumpelt mich, indem sie ihren Mund auf meinen legt. Ich schließe die Lider und fange das elektrisierende Gefühl des Kusses ein. Ihre Zunge berührt meine Lippen und bittet um Einlass. Gleichzeitig drängt mich Summer in mein Zimmer und schließt die Tür mit einer Hand. Unsere Zungenspitzen tanzen miteinander, sie erforscht meinen Mund und lässt ihre Hände in meinen Nacken wandern, um mich anschließend näher zu sich zu ziehen. Mit jedem Kuss wird mein Wunsch nach mehr verstärkt. Ich will sie unbedingt spüren, jeden Zentimeter ihres Körpers entdecken. Allein der Gedanke daran, dass wir einander gleich so nah sein werden, lässt meinen Schwanz noch härter werden.

Meine Erektion drückt gegen ihre Mitte, die lediglich vom dünnen Stoff ihres Nachthemds und einem Höschen verdeckt ist.

Die Hand lasse ich unter ihr Nachtkleid wandern. Als meine Finger auf ihre Haut treffen, erschauert sie. Gänsehaut zeichnet sich auf ihren Armen ab und verdeutlicht mir, wie sehr auch sie mich will. Angespornt davon fahre ich mit der Hand weiter hinauf, bis ich zu ihrer Brust komme. Diese umfasse ich und beginne, sie zu kneten.

Summer stöhnt leise und beginnt mit drängenderen Küssen. Gleichzeitig gleitet ihre Hand über meinen Körper bis hin zum Rand meiner Jogginghose. Unerwartet hält sie inne. Mit geröteten Wangen geht sie in die Hocke, um meine Hose herunterzuziehen und beiseitezulegen. Nur noch in Shorts gekleidet stehe ich vor ihr, während sie meinen Körper ganz genau betrachtet. Die Erregung in ihrem Gesicht ist dabei kaum zu übersehen und löst ein Prickeln unter meiner Haut aus.

Mit ihrem Zeigefinger fährt Summer von meinem Knöchel hinauf, über den Oberschenkel und wieder zu meiner Shorts. Ehe sie mir diese ebenfalls auszieht, greife ich nach ihrem Handgelenk und hole sie zu mir. Mit einer flinken Bewegung ziehe ich ihr das Nachthemd über den Kopf, so dass sie lediglich in Slip bekleidet vor mir steht.

Ihre gereckten Brustwarzen verdeutlichen, dass sie mehr will. Ich senke meinen Mund auf ihre Brust und spiele mit der Zunge an ihrem Nippel. Summer legt seufzend den Kopf in den Nacken und scheint es zu genießen. Die Lippen leicht geöffnet, erzittert sie bei jeder Berührung. Es macht mir unheimlich Spaß, ihr so viel Lust zu bereiten, weshalb ich entscheide, einen Schritt weiterzugehen. Mit der Hand bahne ich mir einen Weg hinab zu ihrer Mitte. Als ich den Bund ihres Höschens anhebe und darunter fahre, erschauert sie erneut. Erwartungsvoll reckt sie mir die Hüfte entgegen, sobald ich den Finger auf ihre Perle lege. Mit kreisenden Bewegungen sorge ich dafür, dass sich Summers Körper anspannt und sie ihre Fingernägel in meinem Nacken vergräbt. Davon ermutigt, führe ich vorsichtig einen Finger in sie ein.

„Ben", durchbricht sie die Stille. Ihre Stimme ist dünn, etwas gebrochen, als würde sie kurz vor einem Orgasmus stehen.

„Mh?" Ohne aufzuhören, warte ich darauf, was sie zu sagen hat.

„Ich ... will dich spüren. In mir."

Grinsend sehe ich zu ihr auf. „Sicher?", raune ich an ihrer Haut.

„Ja!", antwortet sie entschlossen und zieht mich zu sich hoch.

Nickend drehe ich mich um und gehe zu meinem Nachtschrank, um die Schachtel mit den Kondomen herauszuholen. Summer, die mir folgt, legt ihre Finger an meine Hüften und entledigt mich meiner Pants. Während ich einen Gummi aus der Verpackung nehme, gleitet ihre Hand an meinem Schwanz auf und ab. Meine Lust wird so stark, dass ich den Kopf in den

Nacken legen und für einen Augenblick innehalten muss. Meine Gedanken verwandeln sich allmählich in Watte, während meine Erregung immer mehr zunimmt. Mein Körper steht vollkommen unter Strom und meldet die Vorläufer meines Höhepunkts an.

„Summer." Beim Klang meiner Stimme unterbricht sie ihre Bewegung. „Wenn du so weitermachst, wird das nichts mehr."

Frech verzieht sie die Lippen und beobachtet mich dabei, wie ich langsam das Kondom über meinen Schwanz stülpe. Ungeduldig zieht sie ihren Slip aus und wirft ihn achtlos auf den Boden.

Als wäre es selbstverständlich, umklammere ich Summers Po mit meinen Händen, hebe sie hoch und sie schlingt ihre Beine um meine Hüfte. Vorsichtig positioniere ich mich, dringe in sie ein. Sobald ich in ihr versinke, stöhnt sie laut auf. Dieser Ton verschafft mir eine Gänsehaut. Angetrieben davon, lehne ich sie mit dem Rücken gegen die Wand neben meinem Bett. Mit einer Hand stemmt sie sich dagegen, die andere liegt in meinem Nacken. Ihre Nägel hinterlassen Spuren auf meiner Haut, doch das ist mir egal.

Innerhalb weniger Sekunden finden wir einen Rhythmus, der uns beiden gefällt. Hitze ballt sich in meinem Bauch, durchfließt jede Faser meines Körpers. Summer, deren Lider geschlossen sind, versenkt ihre Zähne in meiner Schulter, um nicht laut aufzuschreien. Erregt davon, packe ich ihren Hintern und stoße fester zu. Es wird enger um meinen Schwanz, als Summer von ihrem Orgasmus erfasst wird. Schweißperlen stehen ihr auf der Stirn, als ein vibrierender Ton von ihr zu hören ist.

Kurze Zeit später werde ich von unzähligen überschwemmt, als ich meinen eigenen Höhepunkt erreiche. Um ein lautes Stöhnen zu verhindern, lege ich die Lippen auf ihre Schulter.

Wir verweilen für wenige Sekunden in dieser Position, ehe wir uns erschöpft auf mein Bett sinken lassen. Summer streichelt mir über den Rücken, während ich langsam wieder zu Atem komme.

Kapitel 3

Ben

Das Eis unter meinen Schlittschuhen kratzt, als ich zur Mittellinie gleite. Die Zuschauer auf den Rängen klatschen laut und rufen meinen Namen. Mein Puls schnellt in die Höhe, als ich mich am Mittelpunkt des Spielfelds platziere. Sie wollen, dass ich das Ding mache.

Von meinem Schuss hängt alles ab. Treffe ich das Tor, fahren wir den Sieg ein und kommen unter die besten zehn Mannschaften der *National College Hockey League*, der Eishockey-Liga für College-Mannschaften. Bis jetzt haben wir diesen Sprung noch nie geschafft und sind immer kurz vor dem Ziel gescheitert. Verschieße ich den Puck, geht das Shootout in eine weitere Runde, weil jeder Spieler vor mir seinen Schuss in ein Tor verwandelt hat. Immer abwechselnd hat einer der *Morriton Scorpions* und einer der gegnerischen Mannschaft einen Penalty geschossen. Nur der Kontrahent vor mir hat es nicht geschafft.

Ich atme tief durch und versuche, meine wackligen Knie zu ignorieren. In jeder Faser meines Körpers spüre ich die Aufregung vor diesem Schuss. Noch nie in meinem Leben war ich so nervös wie in diesem Moment. Um die enorme Anspannung zu lockern, lasse ich Nacken und Schultern kreisen. Mit einer fließenden Bewegung rücke ich den Helm zurecht, nehme den Schläger in beide Hände und starre den gegnerischen Torhüter an. Er legt den Kopf schief, beugt die Knie und wartet auf meinen Angriff. Noch während ich die Luft auspuste, sprinte ich los, schnappe mir den Puck und fahre auf das Tor zu.

Im Stadion wird es schlagartig still, sodass man lediglich das Kratzen meiner Schlittschuhe auf der Eisfläche hören kann. Wie in Zeitlupe locke ich meinen Kontrahenten aus dem Tor, täusche einen Schuss an, woraufhin er sich nach links beugt und herausgleitet. Als ich die Richtung plötzlich wechsle, kommt er ins Straucheln. Ich nutze seine Verwirrung und ziehe nach rechts ab. Wie in Zeitlupe fliegt die Scheibe durch die Luft, wobei ein Zischen zu hören ist. Sie durchquert den Torraum und verfehlt die Hand des Goalies, der im gleichen Moment nach rechts greift, um wenige Millimeter. Mit einem Scheppern landet sie am unteren Rahmen des Tors und bringt das Netz zum wackeln.

Ich verharre in meiner Position und blinzle.

Einmal.

Zweimal.

Dreimal.

Mein Puls schnellt in die Höhe und jagt mir das Adrenalin durch den Körper. In meinen Ohren rauscht es, während ich realisiere, was hier passiert ist. Wir haben es geschafft! Der Puck ist im Tor!

Das Publikum bricht in Gejohle aus. Die Torsirenen erklingen und der Stadionsprecher verkündet den Siegtreffer. Wie betäubt gleite ich übers Eis, noch immer fassungslos über das Geschehene.

Erst jetzt fällt mir auf, dass ich die ganze Zeit die Luft angehalten habe.

„Ja!" Kris, mein Mitbewohner und einer der Stürmer, rast auf mich zu, wobei sein Trikot im Fahrtwind flattert. „Wir haben es geschafft!" Anstatt direkt vor mir stehen zu bleiben, quetscht er mich gegen die Bande, sodass mir kurzzeitig die Luft ausgeht.

Im Hintergrund ist die Begeisterung der Fans zu hören, während langsam die Anspannung meines Körpers nachlässt und meine Muskeln zu zittern beginnen. Allmählich verspüre auch ich eine Euphorie über den Siegtreffer. Wer hätte gedacht, dass wir es schaffen?

Vor allem, dass *ich* den Siegtreffer landen werde?

„Du hast den letzten Penalty ordentlich versenkt!", brüllt Brian, einer der *Winger*, über das Jubeln der Zuschauer hinweg und klopft mir mit dem Schläger gegen das Schienbein, ehe auch er mich gegen die Bande drängt.

„Der Sieg gehört uns!" Jesse, einer der Verteidiger, reißt die Arme in die Luft und kommt zu uns. „Dank dir!" Er berührt seinen Helm mit meinem.

Langsam wird mir bewusst, was das bedeutet. Ich blicke mich um, starre zu den Fans, die ihre Schals in die Luft heben, um sie zu wirbeln. Es sieht aus wie ein Durcheinander aus verschiedensten Blautönen, die im Logo des Vereinswappens zu sehen sind. Sie stimmen einen Gesang an, den ich nur bruchstückhaft verstehe. Immer wieder kommt dabei mein Name vor, das sorgt für ein beflügelndes Gefühl in mir. *Wir haben es geschafft*, schießt es mir durch den Kopf, *wir sind unter den besten zehn und dürfen um den Pokal spielen!* Freude packt mich und ich balle die Hand zur Faust. Grinsend betrachte ich meine Kameraden.

Plötzlich steht Coach Snyder vor mir, der sich an der Bande festhält, um nicht hinzufallen. „Klasse!" Er zieht mich zu sich und nimmt mich in den Arm. „Wir stehen unter den besten Teams und dürfen um den Titel der besten College-Mannschaften spielen!" Röte zeichnet sich auf seinen Wangen ab, die auf sein Hochgefühl hindeutet.

„Wir sind unter den besten zehn!" Jesse packt mich an den Schultern und schüttelt mich. „Endlich haben wir es geschafft!" In seinen Augen erkenne ich Unglauben über das, was wir erreicht haben.

„Der Kampf und das harte Training haben sich gelohnt", meint Kris. „Und du läufst mir bald den Rang ab, wenn du so weitermachst." Er boxt mich gegen die Schulter und grinst mich an.

Glücklich wende ich mich an mein Team. „Nicht ich habe es geschafft, sondern wir alle. Zusammen haben wir für den Sieg gekämpft und gewonnen!" Zufriedenheit durchströmt mich, als ich einem nach dem anderen ins Gesicht sehe.

Von klein auf habe ich davon geträumt, bei einer Meisterschaft mitzuspielen. Niemals hatte ich damit gerechnet, es je zu schaffen. Und jetzt? Ich stehe hier auf dem Eis vor rund achtzehntausend Fans, die allesamt den Namen unseres Teams rufen. Sie feiern uns für den Sieg und unseren unermüdlichen Kampf.

Noch immer jubelnd klatschen wir miteinander ab, während die Gegner enttäuscht vom Eis fahren.

Die Reporter versammeln sich bereits an den Kabineneingängen der Gäste und fangen vereinzelt Spieler ab, um sie zu interviewen.

„Lasst euch feiern!", ruft Coach Snyder und deutet mit dem Kopf zu den Fans. „Sie warten auf euch." Gleichzeitig begibt er sich auf den Weg zu unserer Spielerbank. Dabei bewegt er sich langsam vorwärts, um nicht auszurutschen.

Überglücklich fahren wir an die Bande, wo wir bereits vom Publikum erwartet werden. Vereinzelt erkenne ich Personen in der Menge, die ein Schild mit unseren Spielernummern in die Luft halten. Der eine oder andere hebt sein Trikot mit der jeweiligen Nummer in die Höhe und lächelt euphorisch. Die Zuschauer stimmen einen Gesang an, ehe wir gemeinsam mit den Fans eine La-Ola-Welle vollführen. Dazu stellen wir uns in einer Reihe an der blauen Linie auf und fahren mit gesenkten Armen auf die Fankurve zu. Kurz bevor wir am Rand ankommen, reißen wir die Hände in die Luft, sodass es eine schöne Welle ergibt.

In der Menschenmenge kann ich meine kleine Schwester Amber ausmachen. Sie hat ihre blonden Haare unter einer Mütze in den Mannschaftsfarben versteckt und trägt ein Trikot mit Kris' Nummer an. Direkt neben ihr steht Summer, ihre beste Freundin.

Diese trägt über ihrem kupferroten Haar eine Cap in den Vereinsfarben und dem Logo drauf. Als ich auf ihrem Trikot meine Spielernummer erkenne, schlägt mein Herz schneller, denn genau das habe ich ihr zu Weihnachten geschenkt. Noch immer weiß ich nicht, was in mich gefahren ist, aber plötzlich hatte ich den Drang, ihr ein persönliches Geschenk zu machen. Nachdem sie ein Fan der College-Mannschaft ist und bisher kein passendes Trikot besaß, beschloss ich, ihr eins zu schenken.

Summer, die mittlerweile bemerkt hat, wie ich sie anstarre, lächelt mich an. Unsere Blicke verhaken sich ineinander und eine angenehme Wärme breitet sich in mir aus. Zeitgleich verspüre ich das Bedürfnis, meine Hand an ihre Wange zu legen, um ihre Haut zu fühlen. Unvermittelt erinnere ich mich an den Sex, den wir vor etwas mehr als drei Jahren erlebt haben. Es war am Abend, bevor Amber nach Pittsburgh gezogen ist.

Seit einiger Zeit muss ich wieder häufiger daran denken. Es war fantastisch, sie zu spüren. Unsere Körper haben perfekt miteinander harmoniert und ich habe etwas gespürt, das ich danach in der Form nicht wieder erlebt habe. Und doch haben wir eine Entscheidung getroffen, mit der wir jetzt leben. Schließlich sollte das eine einmalige Sache bleiben.

Aus einem Impuls heraus zwinkere ich ihr trotzdem zu. Röte schießt ihr in die Wangen und Verlegenheit zeichnet sich auf ihrem Gesicht ab. Dennoch hält sie meinem Blick stand. Ihr Lächeln lässt meinen Puls in die Höhe schießen. In mir macht sich eine Emotion bemerkbar, die ich noch nie so wahrgenommen habe. Ein warmer Schauer läuft mir über den Rücken und sorgt für ein prickelndes Gefühl. Tausend Dinge kommen mir in den Sinn, die ich mit ihr anstellen könnte, wenn …

In diesem Atemzug erscheint Matthew, Summers Freund, in meinem Sichtfeld. Ertappt wendet sie sich zu ihm. Offenbar ist ihm unser Augenkontakt nicht entgangen, denn er legt sofort seinen Arm um ihre Taille. Beinahe so, als möchte er mich daran erinnern, dass Summer in einer Beziehung ist. Ein merkwürdiges Gefühl breitet sich in meiner Magengegend aus, während mich Matthew feindselig anstiert. Ich balle die Hand zur Faust.

Was findet sie nur an diesem Schnösel? Seine Arroganz ist kaum zu überbieten und allein, wie er sie als seine Freundin markiert, stößt mir sauer auf. Er passt einfach so gar nicht zu ihr.

„Komm", sagt Kris neben mir und zieht mich am Ärmel des Trikots mit sich. Als ich mich zu ihm wende, erkenne ich an seinem Ausdruck, dass auch ihm mein Blickwechsel mit Summer nicht entgangen ist. Zerknirscht folge ich ihm zur Kabine. Meine Stimmung wird allein durch Matthews Anwesenheit getrübt. Seit einigen Wochen fällt mir das immer häufiger auf. Ständig muss ich an Summer und unseren One-Night-Stand vor ein paar Jahren denken.

Grübelnd begebe ich mich zum Rand des Eisfelds, um in die Umkleide zu gelangen. Auf dem Weg dorthin werde ich von einem Journalisten aufgehalten, der mich zu einem kurzen Interview bittet. Ich folge ihm zu einem Punkt etwas abseits des Publikums und stelle mich vor ein Werbeplakat. Den Helm nehme ich herunter und werde innerhalb weniger Sekunden verkabelt, um anschließend ein paar Fragen gestellt zu bekommen. Hauptsächlich geht es darum, wie es sich für mich anfühlt, den Siegtreffer erzielt zu haben und welche Ziele ich mir nun vornehme. Möglichst neutral, aber doch voller Stolz, erzähle ich, dass mir besonders der Teamzusammenhalt während der nächsten Spiele wichtig ist und wir trotz des Siegs einen kühlen Kopf bewahren müssen. Schließlich haben wir es jetzt unter die besten zehn Mannschaften geschafft. Dankend entlässt mich der Reporter und ich begebe mich mit dem Helm in meiner Hand zu den Kabinen.

Dort werde ich von meinem Team und Coach Snyder erwartet. Letzterer steht bereits in der Mitte des Raums, während die Jungs auf ihren Plätzen sitzen. Eilig lasse ich mich neben Kris auf die Bank fallen.

Coach Snyder läuft auf und ab. „Das ist einfach wunderbar", sagt er. „Am Anfang des Semesters hatten wir wirklich so unsere Startschwierigkeiten und auch unter dem Jahr kam es zu einigen Differenzen, sodass ich nicht daran geglaubt habe, jemals so weit mit euch zu kommen."

Mir ist durchaus bewusst, dass er Kris' und meine Auseinandersetzung vor ein paar Wochen damit meint. Zu diesem Zeitpunkt war ich davon ausgegangen, dass mein Teamkollege und Mitbewohner meiner kleinen Schwester das Herz gebrochen hatte. Umso erleichterter bin ich darüber, dass sich das alles als ein riesiger Irrtum herausgestellt hat.

„Gerade in den letzten Wochen habt ihr mich einmal mehr mit eurem Ehrgeiz überrascht. Dazu ist euer Zusammenhalt wirklich stark gewachsen." Stolz sieht er jeden von uns an.

Brian erhebt sich als erster und geht zu Coach Snyder. „Ohne deine Hilfe hätten wir das nicht geschafft." Ehrfürchtig legt er ihm eine Hand auf die Schulter. „Du hast uns durch so viele Tiefs geführt und uns immer wieder gezeigt, wie wichtig unser Fleiß ist."

„Genau", fügt Kris hinzu. „Du hast uns klar gemacht, wie wichtig Teamzusammenhalt ist. Dank dir sind wir so weit gekommen."

Wir anderen Nicken zustimmend.

„Die beiden haben recht. Ohne dich wären wir vermutlich nicht da, wo wir jetzt sind", bestätige ich.

Auf Coach Snyders Gesicht breitet sich ein glückliches Lächeln aus. Überwältigt von unseren Worten, bilden sich Tränen in seinen Augenwinkeln. „Danke", murmelt er und nimmt jeden von uns in den Arm.

Kapitel 4
Summer

Nach dem Match begleiten wir die Spieler der *Morriton Scorpions* zu einem Pub, der sich ganz in der Nähe befindet.

Nachdem Amber und ich vor kurzem einundzwanzig wurden, ist es unser erster richtiger Besuch in einem Pub, zu dem wir ohne jegliche Einschränkungen Zutritt bekommen. Die anderen laufen ein ganzes Stück vor uns und unterhalten sich angeregt über das vorangegangene Spiel. Keiner von ihnen hat damit gerechnet, einen Sieg einzufahren. Sie alle sind dort aufs Eis gegangen, mit dem Ziel, das Bestmögliche herauszuholen. Allein die Atmosphäre im Stadion hat mir Gänsehaut bereitet. Die Zuschauer haben mit Leibeskräften für die Mannschaft gesungen.

Als Ben schließlich den Siegtreffer erzielte, sind alle ausgeflippt. Auch ihn habe ich noch nie so glücklich gesehen, wie am heutigen Abend. Bei seinem Anblick ist mir direkt Hitze in die Wangen gekrochen. Nur allzu gern wäre ich ihm um den Hals gefallen und hätte ihm zum Sieg gratuliert. Ich muss mir eingestehen, dass ich ihn wirklich sexy fand, als die Spieler nach ihrem Sieg erneut aufs Eis gekommen sind, obenherum lediglich in ein enges Shirt gekleidet, das kaum Platz für Fantasie ließ.

Matthew, der ebenfalls mitkommt, hakt sich bei mir unter und erinnert mich daran, warum meine

Gedanken für Ben nicht sein sollten. Immerhin bin ich vergeben.

„Hoffentlich ist der Abend schnell vorbei", flüstert mir mein Freund ins Ohr. Meine Schultern sacken herab, während sich gleichzeitig Wut in mir ausbreitet. Warum kommt er eigentlich mit, wenn er sowieso keine Lust auf uns hat?!

„Du hättest zuhause bleiben können!", zische ich. Sein Verhalten geht mir allmählich auf die Nerven. In den letzten Wochen überkommt mich immer häufiger ein unbehagliches Gefühl in seiner Gegenwart. So auch jetzt, weshalb ich zurückweiche. Leider habe ich keine Ahnung, warum ich mich so merkwürdig fühle. Es ist, als würde mir mein Instinkt etwas sagen wollen. Aber ich weiß nicht, was.

Matthew, dem meine Worte sichtlich gegen den Strich gehen, verdreht nur die Augen. „Zuhause könnten wir immerhin …"

Mit fest zusammengepressten Lippen sehe ich zu ihm. „Matthew! Lass es einfach!" Ich schiebe ihn von mir, um ihm zu signalisieren, dass ich Abstand brauche.

Mürrisch nimmt er es hin, läuft neben mir her und wirft Ben einen missmutigen Blick zu, als wäre er schuld an allem. Ob Matthew wohl etwas ahnt?

Kaum merklich schüttle ich den Kopf und gebe vor, mich auf den Weg zu konzentrieren. Dabei richte ich den Blick auf Ambers Hinterkopf, während ich den Autos lausche, die an uns vorbeirauschen.

Kurze Zeit später kommt der Pub in Sicht. Davor tummeln sich bereits Gäste, die sich miteinander unterhalten. Es sind einige Studenten des *Morriton College* unter ihnen, die klatschen, sobald sie die *Scorpions* erkennen.

„Glückwunsch!", ruft einer, woraufhin alle anderen einstimmen.

Die Jungs werden in Gespräche verwickelt, wobei sich die Fans in Trauben um sie herum versammeln. Sie fordern Unterschriften auf ihren Schals und machen Selfies mit den Spielern. Mein Blick bleibt an Ben hängen, der gerade einen Schal signiert. Mir wird ganz warm ums Herz, als ich ihn beobachte. Er beugt sich zu dem Fan und sie machen ein Foto. Bens Augen leuchten und ein strahlendes Grinsen breitet sich auf seinem Gesicht aus. Als sich unsere Blicke kreuzen, kriecht mir Wärme in die Wangen und ich wende mich schnell ab. Dennoch legt sich ein Lächeln auf meine Lippen, weil ich mich mit ihm über seinen Erfolg freue.

Nach einer gefühlten Ewigkeit erreichen wir die Tür, die uns Ben aufhält. Sobald ich an ihm vorbeilaufe, werde ich von Matthew aufgehalten. Er zieht mich näher an sich, verschlingt seine Finger mit meinen, nur, um Ben deutlich zu machen, dass ich seine Freundin bin. Als hätte ich mich verbrannt, lasse ich Matthews Hand los und eile voraus.

Warum macht er das? Ist er wirklich so eifersüchtig? Schließlich weiß er genau, wie lange ich Ben schon kenne!

Die ganze Lust auf diesen Abend vergeht mir von Sekunde zu Sekunde immer mehr. Natürlich möchte ich mit den Jungs der *Scorpions* auf ihren Sieg anstoßen, aber nicht mit Matthew im Schlepptau. Zum einen, weil er kaum Interesse an meinen Freunden zeigt und zum anderen wegen seiner übertriebenen Eifersucht. Kein Wunder, dass es seit ein paar Wochen kriselt und ich zunehmend ein Unbehagen in seiner Gegenwart verspüre.

Ich zwinge mich, gleichmäßig zu atmen und damit die negativen Gefühle zu unterdrücken.

Im Pub werden wir von einer lauten Geräuschkulisse empfangen. An den Tischen tummeln sich Gäste, die mit einem Bier oder Schnaps anstoßen. Die meisten haben sich auf eine der hölzernen Eckbanken gequetscht, andere sitzen an Tischen und unterhalten sich angeregt.

Glücklicherweise ergattern wir den letzten großen Tisch in der Nähe des Ausgangs. Obwohl sich ein paar der Spieler bereits verabschiedet haben, sind wir noch immer rund zwanzig Personen. Gerade, als ich unbewusst den Stuhl neben Ben ansteuere, werde ich von Matthew beiseitegezogen.

„Komm, wir setzen uns dort zu Brian", meint er und führt mich auf die andere Seite.

Entnervt schüttle ich seine Hand ab, füge mich aber meinem Schicksal. Ich habe keine Lust, vor versammelter Mannschaft eine Diskussion zu starten.

Missmutig pfeffere ich meine Jacke an die Lehne des Stuhls, ziehe ihn heraus und lasse mich fallen. Ben, der mir gegenüber sitzt, sieht mich mit hochgezogener Augenbraue an. Ich weiß genau, was er mir damit sagen möchte, und doch ignoriere ich die Frage, die sich in seinem Gesichtsausdruck verbirgt.

Hastig wende ich mich ab, um Matthew nicht weiter zu provozieren. Gleichzeitig verspüre ich Freude darüber, dass Ben sich scheinbar für mich interessiert. Er gibt mir das Gefühl wichtig zu sein, was meinen Puls erneut in die Höhe treibt.

Seit einigen Wochen schon sorgt er für diffuse Emotionen, die ich nicht einordnen kann. Ständig muss ich an ihn denken, egal, ob nach dem Aufwachen oder vor dem Schlafen gehen. Sobald ich in seiner Nähe bin, verspüre ich ein Herzrasen, das sich nur schwer ignorieren lässt. Einige Zeit konnte ich es darauf schieben, dass ich ihn einfach nur attraktiv finde und wir einander lange nicht gesehen hatten.

Doch jetzt schleichen sich die Erinnerungen an unseren Sex am Abend vor Ambers Umzug immer wieder in meine Gedanken.

Schon vor unserem One-Night-Stand hatten wir für uns entschieden, es bei einem Mal zu belassen. Damals war ich, direkt nach dem Ende meiner katastrophalen ersten Beziehung, nicht bereit dazu, eine Liebesbeziehung einzugehen. Ich habe die körperliche Anziehung zu Ben sehr genossen, doch mehr wäre für mich nicht in Frage gekommen. Er stand dem genauso gegenüber wie ich. Für sein Stipendium bei den *Scorpions* musste er mehrere Trainingslager in ganz Amerika besuchen und hätte somit gar keine Zeit für eine Freundin gehabt. Anschließend wollte er sich komplett auf seine Karriere konzentrieren, die ihm anfangs viel abverlangt hat.

Jetzt so von meinen Empfindungen überrumpelt zu werden, überrascht mich selbst. Schließlich hatte ich damit abgeschlossen, auch, wenn wir uns nach Ambers Umzug noch einige Male getroffen hatten.

Und doch muss ich in den letzten Wochen vermehrt an Ben denken. Zeitgleich haben auch das Herzrasen und die wackeligen Knie in seiner Gegenwart begonnen.

Ich lasse den Blick schweifen und treffe auf seinen. Ertappt schießt mir Hitze in die Wangen und doch kann ich mich nicht abwenden. In meinem Bauch kribbelt es und mir bricht der Schweiß aus. Nervös streiche ich mir eine Strähne hinters Ohr. Ein freches Grinsen erscheint auf seinen Lippen, während seine Zunge darüber fährt. Auch, wenn ich es mir nur ungern eingestehe, aber allein das erregt mich. Nur zu gern wüsste ich, was in seinem Kopf vor sich geht. Was denkt er sich dabei? Empfindet er etwas für mich? Oder macht es ihm Spaß?

Meine Aufmerksamkeit huscht zu Matthew, der, dank seines Smartphones, nichts davon mitbekommt. Er wischt mit seinem Finger über das Display und ich erkenne auf einem der Fotos eine Küche.

Augenblicklich packt mich der Zorn. Warum zur Hölle sucht er schon wieder nach Wohnungen? Erst kürzlich haben wir darüber gesprochen, dass ich noch Zeit brauche! Wieso schafft er es nicht, meine Meinung zu akzeptieren?

„Hey Summer", sagt er und berührt mich am Arm. „Schau dir mal die Wohnung an." Er deutet auf den Bildschirm. „Die wäre doch was für uns, oder?"

Schäumend vor Wut, versuche ich, mich in den Griff zu bekommen. Die Hände zu Fäusten geballt, möchte ich ihn gerade darum bitten, mit mir vor die Tür zu gehen, damit wir miteinander sprechen können.

Doch dann beginnen die Jungs zu klatschen. „Jeffers!", rufen sie im Chor und ziehen meine Aufmerksamkeit auf sich.

„Du bist uns was schuldig", meint unser Stürmer Brian augenzwinkernd an Ben gewandt.

„Ist ja gut." Ben lacht und schiebt den Stuhl zurück.

Aus Erzählungen weiß ich, dass es ein ungeschriebenes Gesetz ist, der Mannschaft einen Schnaps zu spendieren, wenn der eigene Penalty ein Siegtreffer ist.

„Bin schon auf dem Weg." Unter dem Jubel seiner Teamkollegen macht er sich auf den Weg zur Bar.

„Nun schau sie dir zumindest mal an", drängt Matthew und hält mir sein Handy unter die Nase.

„Muss das *jetzt* sein?", gebe ich patzig zurück.

„Ja." Seine Worte lassen keinen Raum für eine Debatte.

Genervt und um den Frieden zu wahren, nehme ich ihm das Smartphone ab. Unterdessen kommt Ben mit einem Tablett an den Tisch und verteilt Shots an uns alle. Auch mir drückt er ein Glas in die Hand, welches ich dankend annehme. Das kann ich jetzt wirklich gebrauchen.

„Heute geht der Drink auf Ben! Er hat uns immerhin unter die besten Mannschaften der *National College Hockey League* katapultiert und dafür gesorgt, dass wir um den Pokal spielen dürfen!" Brian hebt sein Glas. Anerkennung spiegelt sich in seinem Gesicht wider. „Du kannst wirklich stolz auf dich sein."

„Auf Ben!", stimmen wir anderen ein. Er hat es sich redlich verdient, so geehrt zu werden. In seinem Ausdruck erkenne ich, wie stolz er auf sich selbst ist.

„Ohne eure Unterstützung hätte ich das niemals durchgehalten", prostet er uns zu. Das Glück über den Sieg und die Zufriedenheit über seine Leistung, stehen ihm direkt ins Gesicht geschrieben. Sein Grinsen reicht beinahe von einem Ohr zum anderen.

Mit geschlossenen Augen stürze ich den Alkohol hinunter und stelle mir vor, wie auch meine Wut auf Matthew damit verpufft. Um alles in der Welt möchte ich, dass wir einen schönen Abend miteinander verbringen. Vielleicht sollte ich einfach akzeptieren, dass sich Matthew in Gegenwart meiner Freunde nicht wohl fühlt. Aber das fällt mir unheimlich schwer. Schließlich schleppt er mich auf Partys seiner Clique und setzt es voraus, dass ich dabei bin. Sobald es darum geht, etwas mit Amber, Kris, Ben und mir zu unternehmen, erfindet Matthew Ausreden oder sagt spontan ab. Meist begründet er es damit, dass er viel für die Uni tun muss und deswegen nicht kann. Anfangs habe ich es ihm abgekauft, aber mittlerweile merke ich, dass er ihnen bewusst aus dem Weg geht.

Und genau das belastet mich. Mir ist wichtig, dass sich mein Partner mit meinen Freunden versteht und wir gemeinsam Zeit verbringen. Ich erwarte dabei nicht, dass er deren bester Freund wird, sondern sie an meiner Seite akzeptiert.

Das Getränk hinterlässt ein Brennen in meiner Kehle, das allerdings schnell wieder versiegt.

„Jetzt sieh es dir schon an!", bettelt Matthew, als ich das Glas zurückstelle. Die Ungeduld in seiner Stimme ist dabei kaum zu überhören.

Seufzend nehme ich sein Smartphone erneut in meine Hand und wische über das Display. Es handelt sich um ein Apartment mit zwei Räumen, zwei Bädern, einer Wohnküche und einem riesigen Balkon in einer belebten Gegend von Minneapolis. Es ist mit hohen Decken, einem modernen Holzboden und großen Fenstern ausgestattet. Ein paar Möbel stehen bereits drinnen und können abgelöst werden.

„Die Wohnung ist schön", sage ich ehrlich. Dennoch ist mir mulmig zumute.

„Wie wäre es, wenn wir sie uns ansehen?", schlägt Matthew sofort vor.

Unschlüssig starre ich wieder auf sein Handy und sehe mir die Anzeige genauer an. Seit Amber und Kris verkündet haben, eine gemeinsame Wohnung zu suchen, möchte Matthew auch unbedingt mit mir zusammenziehen. Dabei kann ich mich mit dem Gedanken überhaupt nicht anfreunden. Natürlich sind wir ein Paar, aber erst seit knapp einem halben Jahr. Abgesehen davon genieße ich die Distanz, die durch unsere räumliche Trennung zwischen uns besteht. Es gibt einfach zu viele Gründe, warum ich mich nicht bereit fühle, mit ihm zusammenzuleben. Neben seiner Eifersucht zählt dazu auch sein Benehmen gegenüber meinen Freunden. Was ist, wenn er mich noch mehr einengt und ich sie kaum noch sehe, wohnen wir erst zusammen?

„Bist du wahnsinnig?" Entgeistert sehe ich zu meinem Freund, nachdem ich den Preis der Bude gelesen habe. „Wie sollen wir das bitte bezahlen? Das können wir uns niemals leisten!"

„Natürlich." Er nimmt sein Smartphone zurück. „Meine Eltern haben sich dazu bereit erklärt, die Hälfte zu bezahlen, jetzt müsstest du nur noch deinen Dad fragen und …"

„Matthew!" Genervt seufze ich. Wie kann er nur davon ausgehen, dass sich Dad das leisten kann? Nur, weil er in vollkommen anderen Verhältnissen aufgewachsen ist als ich, heißt das noch lange nicht, dass jeder reich ist! „Können wir das bitte zuhause besprechen?"

„Aber wir müssen schnell sein, bevor die Wohnung anderweitig vergeben wird", meint er.

„Das kann gut sein, doch es gibt noch andere. Abgesehen davon, habe ich bislang keine Entscheidung getroffen", erinnere ich ihn.

Vor ein paar Tagen, als er mir seinen Wunsch mitgeteilt hatte, bat ich ihn um Bedenkzeit. Ich will mir absolut darüber im Klaren sein, ob ich diesen Schritt gemeinsam mit ihm gehen möchte oder nicht. Gerade das mulmige Gefühl lässt mich hadern und insgeheim fühle ich mich noch nicht bereit, meinen Dad allein zu lassen. Mom verstarb bei einem schrecklichen Verkehrsunfall, als ich fünf Jahre alt war. Seitdem gibt es nur uns zwei und ich fühle mich in gewisser Weise auch ein bisschen für ihn verantwortlich.

„Nur weil du so lange brauchst, bis du dich entschieden hast, heißt das nicht, dass *ich* warten muss", widerspricht er. Dabei greift er nach seinem Bierglas und nimmt einen großen Schluck.

„Doch", erwidere ich. „Du hast mir versprochen, dass ich Zeit habe, diese Entscheidung zu treffen." Gestresst reibe ich mir über die Stirn.

„Trotzdem könnten wir ja schon anfangen …"

„Stopp!", unterbreche ich ihn. „Wir sind hier, um mit meinen Freunden auf den Sieg der *Morriton Scorpions* anzustoßen. Eine Diskussion über eine gemeinsame Wohnung hat hier nichts zu suchen! Außerdem könntest du dein Handy auch einfach mal ein paar Minuten beiseitelegen und dich mit meinen Freunden unterhalten, denn das hast du den ganzen Abend über noch nicht gemacht." Um meine Aussage zu unterstreichen, deute ich auf Amber, Kris, Brian und den Rest der Mannschaft, die sich angeregt über etwas unterhalten.

Matthew zuckt nur die und trinkt sein Bier aus. „Bin kurz auf dem Klo." Achseln

„Ja, geh nur", antworte ich giftig und vergrabe mein Gesicht in den Händen.

In letzter Zeit ist wirklich der Wurm drin. Nicht nur der Gedanke an Ben beschäftigt mich, sondern auch die ständigen nervenaufreibenden Diskussionen mit Matthew. Wieso kann er nicht akzeptieren, dass ich etwas länger brauche, um einen Entschluss zu fassen? Mir ist es wichtig, meine Entscheidungen bedacht zu treffen und genau zu überdenken. Schließlich habe ich noch über ein Jahr Studium vor mir und möchte einen guten Abschluss schaffen. Das hat für mich Priorität und das habe ich ihm schon oft gesagt.

„Hey." Ambers Stimme holt mich in die Gegenwart. „Ist alles okay?" Behutsam streichelt sie mir über die Schulter. „Deine Diskussion mit Matthew war kaum zu überhören."

„Alles gut", versuche ich, sie abzuwimmeln. Auf keinen Fall möchte ich, dass die Jungs oder gar Ben etwas von meinen Beziehungsproblemen mitbekommen. „Ich geh mal vor die Tür."

„Soll ich mitkommen?" Besorgt sieht mich Amber an.

„Nein, nein", beruhige ich sie, schiebe den Stuhl zurück, nehme mir meine Jacke und mache mich auf den Weg.

Als ich hinaustrete, werde ich von der kühlen Nachtluft eingehüllt. Meine Jacke schlinge ich eng um den Körper, ehe ich mich zu einer halbhohen Mauer begebe und setze. Während ich in den Sternenhimmel sehe, lasse ich den Abend Revue passieren. Wieder quält mich die Frage, weshalb mich Matthew mit der Wohnungssuche nicht einfach in Ruhe lassen kann. Er hatte mir versprochen, dass ich Zeit bekomme, um eine Entscheidung zu treffen. Warum kann er sich also nicht daran halten?

Schritte neben mir lassen mich aufhorchen. Eine Silhouette erscheint in meinem Augenwinkel und bei genauerem Hinsehen erkenne ich Ben. Er kommt direkt auf mich zu. Möglichst cool stecke ich die Hände in die Jackentaschen und versuche, gelassen zu wirken, auch, wenn seine Anwesenheit ein Kribbeln in mir auslöst.

„Summer." Seine Stimme klingt wie Honig in meinen Ohren. „Darf ich?" Mit der Hand deutet er auf den freien Platz neben mir.

„Klar", antworte ich, obwohl ich allein sein wollte. Irgendwie verspüre ich das Bedürfnis nach seiner Gegenwart und kann gar nicht genau sagen, warum. Mit wild pochendem Herzen beobachte ich ihn, wie er sich neben mich setzt. Er kommt mir so nah, dass kaum eine Hand zwischen uns passt. Wärme durchströmt mich, ausgelöst durch seine bloße Anwesenheit.

„Ist alles okay?", hakt er nach. „Du siehst bedrückt aus."

Frustriert rümpfe ich die Nase. Das ist einer der Nachteile daran, wenn man sich schon so lange kennt. Ben spürt deutlich, wann es mir schlecht geht.

„Möchtest du darüber sprechen?" Er stupst mich an der Schulter an. „Du weißt, dass du mit mir über alles reden kannst."

„Das weiß ich, aber so wichtig ist es dann doch nicht", wimmle ich ihn ab. An dem misstrauischen

Ausdruck in seinem Gesicht erkenne ich, dass er mir nicht glaubt. Allerdings wäre es doch äußerst unangebracht, mit ihm über meine Probleme mit Matthew zu sprechen, oder?

„Okay." Für einen Augenblick schweigt er. „Soll ich wieder gehen?"

Den Kopf lege ich in den Nacken und schließe die Augen, bevor ich antworte. „Nein, nein. Mir war nur nach frischer Luft." *Und Abstand zu Matthew,* füge ich im Geiste hinzu. „Manchmal brauche ich diese Ruhe."

„Das kenne ich", bestätigt er.

Schweigend bleiben wir sitzen und betrachten den Sternenhimmel. Im Hintergrund hört man einige der anderen Gäste, die rauchend vor dem Pub stehen und sich miteinander unterhalten. Hin und wieder fährt ein Auto an uns vorbei. Normalerweise habe ich immer den Eindruck, die Stille durchbrechen, irgendetwas sagen zu müssen, um ein Gespräch am Laufen zu halten. Doch bei Ben ist es anders, so *normal.* Es fühlt sich an, als würde er kein Gerede von mir erwarten, sondern das Schweigen genießen.

„Woran denkst du?", fragt er nach einer Weile. Unsere Blicke kreuzen sich, woraufhin ein Schauer über meinen Rücken läuft.

„Die Stille ist so schön und ich genieße es, nicht reden zu müssen", gestehe ich.

„Das geht mir genauso. Oft kommt es mir so vor, als würden die anderen erwarten, dass man immer miteinander reden *muss.* Dabei ist gemeinsames Schweigen ebenso wichtig", pflichtet er mir bei.

Ein Lächeln umspielt seine Lippen und Wärme kriecht mir in die Wangen. Ich stelle mir vor, wie er sich meinem Gesicht nähert und ich ihm in den Nacken greife, um ihn an mich zu ziehen. Ob er noch immer so küsst, wie vor drei Jahren?

Bei der Erinnerung daran legt sich ein Prickeln auf meine Lippen, als würden sie seinen Mund herbeisehnen. Unwillkürlich sehe ich vor mir, wie wir uns damals nahe gekommen sind. Dieses anfängliche Zögern seinerseits, bis ich die Distanz zwischen uns überwunden und wir uns endlich geküsst hatten. Zunächst unschuldig, bis der Damm gebrochen ist und wir nicht genug voneinander haben konnten.

Es war unglaublich, der Anziehung nachzugeben. Unsere Körper haben miteinander harmoniert und es hat sich angefühlt, als wären sie füreinander geschaffen.

Obwohl unsere damalige Entscheidung für mich richtig war, frage ich mich manchmal, was wohl passiert wäre, wenn wir uns nicht gegen eine Beziehung entschieden hätten.

Wie automatisch hebe ich die Hand und berühre die Stoppeln an Bens Wange. Sie kratzen auf meiner Haut, während wir noch immer durch unsere Augen miteinander verbunden sind. Wärme breitet sich in meinem Körper aus, als er seine Wange hinein schmiegt. Damit macht er mir deutlich, wie sehr er die Berührung genießt. Mit seiner Hand greift er nach meiner und verflechtet seine Finger mit meinen. Ein Prickeln durchfährt meinen Körper, als würden tausende Schmetterlinge ihr Zuhause in meinem Bauch suchen. Gleichzeitig schlägt mein Herz so fest, dass ich Angst habe, es könnte aus dem Brustkorb springen. Die Welt um uns herum bleibt stehen und nur noch das Knistern zwischen uns scheint zu existieren. Ich stelle mir vor, wie es wäre, ihn jetzt zu küssen. Eine leise Stimme in meinem Gedanken erinnert mich daran, dass ich in einer Beziehung bin. Doch ich verdränge sie.

Den Kopf neige ich in Bens Richtung, der das als Aufforderung erkennt und sich mir ebenfalls nähert. Sein Atem streift meine Lippen, während ich es kaum erwarten kann, seinen Mund endlich auf meinem zu spüren. Der Wunsch nach seiner Nähe trifft mich mit voller Wucht. Mir wird klar, dass es genau das ist, was ich die ganze Zeit wollte. Und vor allem das, was mir fehlt.

Das Hupen eines vorbeifahrenden Fahrzeugs lässt mich zusammenfahren. Mit Erschütterung wird mir bewusst, was hier beinahe passiert wäre. Nicht mehr viel und ich hätte Matthew, der im Pub sitzt, mit Ben betrogen.

Augenblicklich bekomme ich ein schlechtes Gewissen. Wie eine Klaue klammert es sich um meine Brust und ein Impuls sagt mir, dass ich endlich eine Entscheidung treffen muss.

„Wir sollten rein gehen." Ohne Ben anzusehen, stehe ich auf.

Nickend folgt er mir. Bevor ich die Tür erreiche, hält er mich an meiner Hand zurück. Unsere Blicke verhaken sich erneut miteinander. Ein Ausdruck der Ernsthaftigkeit lässt sich in seinen Augen erkennen. „Mach nicht den gleichen Fehler wie Amber."

Diese Worte reichen aus, mich noch mehr in meiner Entscheidung zu bestärken. Auch, wenn es mir schwerfällt, muss ich diesen Schritt gehen.

Kapitel 5
Summer

Die Eingangstür des Pubs wird aufgerissen und Matthew erscheint. „Summer!", ruft er aufgebracht. „Wo warst du?!" Gleichzeitig bemerkt er Ben, legt mir den Arm um die Hüfte und zieht mich zu sich. Seine Gegenwart ist für mich nur schwer auszuhalten. Nicht nur seine Abweisung gegenüber meinen Freunden, sondern auch seine erdrückende Art und meine aufkeimenden Gefühle für Ben erschweren mir seine Nähe. Vorsichtig winde ich mich aus Matthews Griff und hake mich stattdessen bei ihm unter.

„Ben und ich haben uns nur verquatscht", meine ich achselzuckend.

„Ich habe mir Sorgen gemacht. Bitte gib mir das nächste Mal Bescheid, wenn du rausgehst." Das Besitzergreifende in Matthews Stimme ist kaum zu überhören.

„Muss ich mich jetzt jedes Mal bei dir abmelden, wenn ich irgendwohin gehe?", gifte ich ihn an. Es ist wirklich Wahnsinn! Er schafft es, mich mit nur wenigen Worten zur Weißglut zu bringen!

„Woher soll ich denn wissen, was du mit Ben treibst?", erwidert er barsch, während wir an unseren Tisch zurückkehren. „Schließlich hätte ich euch auch knutschend hinter einer Mauer finden können!"

Obwohl er nicht ganz unrecht hat und genau das fast passiert wäre, verletzt mich seine Aussage. Seit er vermehrt eifersüchtig ist, zeigt er ein stark kontrollierendes Verhalten. Er möchte immer Bescheid wissen, wo ich bin und ruft mich aus dem Nichts an, wenn ich nicht sofort auf seine Nachrichten reagiere. Auf Partys weicht er keinen Zentimeter von meiner Seite und zeigt jedem, dass wir zueinander gehören.

Anfangs habe ich mich wohl damit gefühlt, weil ich in ihn verliebt war und jeder Frau klar machen wollte, dass Matthew mein Freund ist, aber mittlerweile finde ich sein Benehmen überzogen, es gibt mir das Gefühl, dass er mir nicht vertraut.

„Hör einfach auf!", zische ich ihn an und lasse mich auf den Stuhl sinken, nachdem ich meine Jacke ausgezogen habe. „Es ist nichts passiert."

„Ihr seid lang genug allein draußen gewesen." Matthew stützt sich auf die Rückenlehne seines Sitzplatzes und bedenkt mich mit einem strengen Blick. „Woher soll ich wissen, ob ich dir glauben kann?" Die anderen drehen sich in unsere Richtung und beobachten uns stumm.

„Müssen wir *jetzt* darüber diskutieren?" Ein genervtes Stöhnen entfährt mir.

„Ja, müssen wir. Schließlich habe nicht ich den Fehler gemacht", wirft er mir an den Kopf. „Du kannst doch nicht einfach mit einem Kerl allein draußen bleiben! Dir hätte sonst was passieren können!" Aufgebracht neigt er sich zu mir.

„Geht's noch?" Wut kocht in mir hoch. Es dauert nicht mehr lange und ich explodiere. Alles, was sich über die letzten Wochen in mir angestaut hat, tritt nun zum Vorschein. „Ich kenne Ben länger als dich. Er würde mir nie …"

„Es ist mir scheißegal. Du weißt ganz genau, dass du nicht mit einem Kerl allein sein sollst", schneidet mir Matthew das Wort ab. Es geht ihm kein bisschen darum, mich zu beschützen. Vielmehr ist er eifersüchtig und möchte mich als seinen Besitz markieren.

„Und du weißt, dass du mir keine Vorschriften machen sollst", feuere ich zurück.

„Deinetwegen bin ich hier bei diesen aufgeblasenen Sportlern, die nichts in der Birne haben und verzichte auf eine Hausparty, die wesentlich interessanter gewesen wäre. Schon hundertmal habe ich dir gesagt, dass ich keinen Bock auf diesen Scheiß hier habe!" Matthew redet sich in Rage und scheint nicht mal zu bemerken, dass ihm alle zuhören. Aus dem Augenwinkel erkenne ich, wie Amber der Mund aufklappt, während sich die Gesichter der Jungs bei seinem Gesagten verfinstern.

Nun erschließt sich mir auch, warum er den Kontakt zu meinen Freunden meidet. Er empfindet sie nicht nur als dumm, sondern überheblich, weil ihr Fokus auf dem Sport liegt. Dabei sind sie alles andere als das!

„Jetzt wird mir so einiges klar." Wütend funkle ich ihn an. „Ich habe dich allerdings nie dazu gezwungen, mitzukommen! Es ist nur deine beschissene Eifersucht!" Mit der Hand schlage ich auf den Tisch, sodass sämtliche Gläser klirren. „Du gehst mir damit tierisch auf den Geist!"

Matthew, der mittlerweile vollkommen rot angelaufen ist, ballt die Hand zur Faust.

„Leute, wir sind hier immer noch in einem Pub", wirft Ben plötzlich beschwichtigend ein.

„Halt du dich da raus!", knurrt ihn Matthew an. „Deinetwegen haben wir doch erst das Problem!"

„Das einzige Problem bist du!", schleudere ich ihm an den Kopf. „Du hast uns allen den Abend versaut!" Mit diesen Worten stehe ich auf, schlüpfe in meine Jacke und stürme hinaus. Dort halte ich das erstbeste Taxi an, schiebe mich auf die Rückbank und gebe meine Adresse an. Matthew, der mir dicht auf den Fersen war, schafft es, ebenfalls einzusteigen.

Schweigend sitzen wir im Fahrzeug. Allmählich verpufft meine Wut und weicht dem Drang nach einer Entscheidung. Mir wird einmal mehr bewusst, dass ich das mit Matthew beenden muss. Es hat keinen Sinn, viel zu sehr quäle ich mich in dieser Beziehung.

Keine zwanzig Minuten später kommt das Auto vor meinem Elternhaus zum Stehen. Das Licht im Erdgeschoss verrät, dass Dad noch wach ist. Eigentlich war geplant, dass Matthew die Nacht bei mir verbringen wird. Nach dem heutigen Abend brauche ich allerdings möglichst schnell Abstand.

Dem Taxifahrer lege ich das Geld in die Hand und steige aus. Dabei hoffe ich, dass Matthew einfach sitzen bleibt und nach Hause fährt. Leider habe ich die Rechnung ohne ihn gemacht.

Das Klappen der Autotür verrät mir, dass er ebenfalls ausgestiegen ist und mir folgt. *Na, wenn das kein Zeichen ist*, denke ich, *vielleicht ist es an der Zeit, ihm meine Entscheidung mitzuteilen.*

„Wir müssen reden", sage ich, bevor ich das Tor öffne. Mit schwitzigen Händen drehe ich mich um.

„Das müssen wir", bestätigt er. „Bitte halt dich in Zukunft von den Sportlern fern. Sie tun dir nicht gut." Matthew steht dicht vor mir, wobei mein Unbehagen sofort stärker wird. Eilig weiche ich einen Schritt zurück. „Die Spieler der *Morriton Scorpions* stehen vor allem für …"

„Stopp!", unterbreche ich ihn, weil ich das alles gar nicht hören möchte. Zornig stemme ich die Hände in die Hüften. „Ich muss mit dir reden!" Dabei betone ich das *ich*, um ihm deutlich zu machen, dass er die Klappe halten soll. „Es kann mit uns nicht so weitergehen", setze ich etwas versöhnlicher hinzu.

„Das sehe ich genauso! Deswegen sollten wir auch zusammenzieh…"

„Matthew!" Diesmal schreie ich. „Hör auf damit! Es hat keinen Sinn, nach einer gemeinsamen Wohnung zu suchen! Das mit uns hat keine Zukunft!"

Sein Gesichtsausdruck wechselt von erschrocken, zu überrascht bis hin zu wütend. „Was soll das denn jetzt heißen?!" Matthews grünen Augen funkeln bedrohlich.

„Das, was ich sage." Zwischen meinen geschürzten Lippen stoße ich Luft aus. Wieso checkt er es einfach nicht?

„Willst du etwa Schluss machen?" Verwirrt sieht mich Matthew an.

Mit der Hand reibe ich mir über die Stirn. „Ja", antworte ich. „Genau das möchte ich. Unsere Ansichten sind einfach zu verschieden."

„Das ist jetzt nicht dein Ernst, oder?" In seinem Gesicht spiegelt sich Zorn wider. „Also hast du mich doch mit Ben betrogen?!", unterstellt er mir sofort.

„Nein, habe ich nicht!" Gedanklich bin ich bei der knisternden Situation vor dem Pub. Ben und ich waren uns so verdammt nah und ohne das hupende Auto hätte ich ihn nicht abgeblockt, wenn er mich geküsst hätte. Ganz im Gegenteil wollte ich sogar, dass er mich küsst!

„Wieso machst du dann Schluss? Es war doch alles prima!", meint er, klingt verzweifelt. „Es muss mit Ben zu tun haben! Anders kann ich es mir nicht erklären!"

Mein schlechtes Gewissen meldet sich, weil Matthew einen der Gründe für die Trennung ahnt. Natürlich spielen meine Gefühle für Ben eine Rolle, schließlich hätte ich Matthew beinahe betrogen und das möchte ich auf keinen Fall. Es ist nicht meine Art, jemanden zu hintergehen. Matthew ist mir, trotz seines Benehmens, sehr wichtig und ich möchte ihn nicht verletzen. Das bedeutet allerdings noch lange nicht, dass ich ihm meine Gedanken zu Ben mitteilen muss.

„Es geht vor allem um deine Eifersucht und dein besitzergreifendes Verhalten in den letzten Wochen! Du erdrückst mich mit deinem kontrollierenden Benehmen und ich kann das nicht mehr. Ständig sitzt du mir im Nacken, möchtest wissen, wo ich bin und was ich mache."

„Pah, wer`s glaubt", spuckt er mir entgegen und setzt dazu an, noch etwas zu sagen.

„Ich habe jetzt wirklich keine Lust mehr auf unnötige Diskussionen mit dir!" Mit meiner Hand greife ich nach dem Griff des Tors und öffne es. „Wir sehen uns." Mit diesen Worten lasse ich ihn stehen und laufe auf mein Elternhaus zu.

„Warte nur ab", ruft er mir hinterher, „Ben wird dich vögeln und dann fallen lassen. So machen es alle Sportler der *Scorpions*, zu mehr sind sie sowieso nicht zu gebrauchen!"

Es kostet mich eine Menge Selbstbeherrschung, mich nicht umzudrehen und ihm eine Ohrfeige zu verpassen. Allerdings weiß ich, dass es in einer endlosen Diskussion enden würde, weshalb ich seine Unterstellungen lieber stillschweigend hinnehme. Matthew, dessen Ego sichtlich gekränkt ist, wird sich wieder davon erholen. Da draußen wartet bestimmt eine Frau auf ihn, die die gleiche Meinung vertritt wie er und besser zu ihm passt als ich.

Gerade, als ich die Haustür öffne, wird sie aufgerissen. Dad, der sich einen Pulli übergeworfen hat, kommt mir entgegen. Erleichterung erscheint auf seinem Gesicht, als er mich sieht.

„Ist alles okay?", fragt er mich sofort. „Ich habe euch diskutieren gehört."

Bei seinem Anblick schießen mir Tränen in die Augen. Erst jetzt wird mir bewusst, was eben passiert ist.

„Was ist denn los?" Behutsam streichelt er mir über den Kopf, während ich das Gesicht in seiner Halsbeuge vergrabe. Obwohl es sich wie eine Erleichterung anfühlt, ist es auch merkwürdig.

„Wir haben Schluss gemacht", schniefe ich und beginne zu zittern. Mein Körper stand so unter Strom, dass sich die Anspannung nun löst.

„Komm erstmal mit rein." Er führt mich direkt ins Wohnzimmer. Dort holt er eine Decke und legt sie mir um die Schultern. „Was ist passiert?"

Unterdessen trockne ich meine Tränen mit einem Taschentuch und erzähle ihm alles. Von dem mulmigen Gefühl, das mich in Matthews Gegenwart begleitet hat, bis hin zu seinem ständigen Gerede über eine gemeinsame Wohnung und natürlich von seiner Eifersucht.

Dad, der keine großen Worte verliert, drückt mich fest an sich. „Hör auf dein Herz." Er küsst mich auf den Scheitel. „Und egal, was es dir sagt, ich werde immer für dich da sein."

„Danke." Ich kuschle mich an ihn. In diesem Moment durchströmt mich pure Erleichterung und vor allem Glück darüber, dass Dad so für mich da ist. Manchmal wüsste ich wirklich nicht, was ich ohne ihn machen sollte.

„Ich sollte Amber Bescheid geben, dass ich gut zuhause angekommen bin", murmele ich. Es ist ein

Ding zwischen uns beiden, dass wir einander Bescheid geben, wenn wir abends nach einer gemeinsamen Party getrennt nach Hause fahren.

„Okay. Brauchst du noch etwas? Soll ich uns eine heiße Milch machen?"

„Das wäre schön", erwidere ich. Schon immer hat mir Dad heiße Milch gemacht, wenn er gemerkt hat, dass es mir schlecht geht. Sei es wegen mieser Noten oder Liebeskummer.

Er nickt und begibt sich anschließend in die Küche. Während ich das Klappen der Kühlschranktür höre, wühle ich in meiner Handtasche nach meinem Handy. Als ich es finde und auf das Display sehe, macht mein Herz einen Satz. Bens Name leuchtet auf und darunter eine Nachricht, in der er mich fragt, ob ich wohlbehalten nach Hause gekommen bin. Wärme durchströmt mich bei dem Wissen, dass er sich um mich sorgt.

Bin zuhause. Es geht mir gut, tippe ich und sende es an ihn.

Postwendend, als hätte er nur darauf gewartet, kommt eine Message zurück. *Dann bin ich beruhigt. Bin jetzt auch daheim.*

Nervös wippe ich mit dem Zeh. Soll ich ihm nochmal eine Nachricht schicken? Nachdenklich schreibe ich ein paar Zeilen, die ich anschließend wieder lösche. Letztlich entscheide ich mich für folgende Worte: *Danke für das schöne Gespräch vor dem Pub!*

„Hier, deine heiße Milch." Dad stellt eine Tasse auf den Tisch und lässt sich neben mir auf der Couch nieder. Gleichzeitig vibriert mein Handy und Bens Name leuchtet auf. Ein Lächeln breitet sich auf meinen Lippen aus, das meinem Dad sofort auffällt.

„Habe ich etwas verpasst?" Mit hochgezogenen Augenbrauen, aber einem Grinsen auf dem Gesicht, betrachtet er mich.

Augenblicklich kriecht mir Wärme in die Wangen. Kurz darauf bricht alles aus mir heraus und ich berichte Dad von meinen Gefühlen, die ich über die letzten Wochen für Ben entwickelt habe. Es beruhigt mich, mir alles von der Seele zu reden, während Dad mir schweigend zuhört.

Kapitel 6
Ben

Kühle Luft streicht über meine Wangen, während ich durch den Park jogge. Einige Passanten laufen an mir vorüber und genießen den Sonnenaufgang, der sich über den See erstreckt und von ihm widergespiegelt wird.

An einer Parkbank halte ich und dehne meine Beine, indem ich erst den rechten und anschließend den linken Fuß darauf stütze. Kris, der sich meiner morgendlichen Joggingrunde angeschlossen hat, platziert sich neben mir und führt ebenfalls Dehnübungen durch.

Beim Anblick eines Pärchens, das an mir vorüberläuft, schiebt sich Summer in meine Gedanken. Ihre dunkelbraunen Augen funkeln mich an, während sich rote Flecken auf ihren Wangen abzeichnen. Vor dem Pub waren wir uns so verdammt nah. Es hätte nicht mehr viel gefehlt und wir hätten uns geküsst. Trotz der Tatsache, dass ihr Freund im Lokal saß und wir lediglich ein paar Schritte von ihm entfernt waren.

Der darauffolgende überstürzte Abgang von ihr und Matthew, setzte mir stark zu. Durch sein Arschloch-Verhalten hat er mir ein mulmiges Gefühl gegeben. Aus einem Instinkt heraus musste ich ihr eine Nachricht schicken, um mich zu versichern, dass es ihr gut geht. Erst, als ich eine Rückmeldung bekam, ließ die Unruhe in mir nach.

Seitdem verfolgt mich die Frage, ob sie ihm endlich den Laufpass gegeben hat. Er hat sie herumkommandiert, sie als seinen Besitz markiert und zusätzlich ihren kompletten Freundeskreis beleidigt. Ob sie das auf sich sitzen lässt? Unter keinen Umständen kann ich mir vorstellen, dass sie es einfach hinnimmt. Die Summer, die ich kenne, hat sich nie befehligen und sich schon gar nichts verbieten lassen.

Ich lasse die Schultern kreisen und versuche, den Gedanken an sie zu verdrängen. Seit jenem Abend im Pub sind ein paar Tage vergangen, in denen ich sie nicht mehr zu Gesicht bekommen habe. Aufgrund unserer Teilnahme an den Playoffs der *National College Hockey League* ist unser Trainingsplan noch enger getaktet als zuvor. Zudem finden in nächster Zeit einige Charity-Veranstaltungen statt, zu denen wir eingeladen sind. Eine davon wird von der Firma meines Dads geleitet. Er möchte Geld zugunsten Krebskranker sammeln, die sich eine Behandlung nicht leisten können.

In den vergangenen zwei Jahren bin ich um diese Events herumgekommen, aber dieses Mal hat er die *Scorpions* explizit als *Special Guests* eingeladen. Es werden unsere Trikots, Schläger und Helme versteigert. Die Einnahmen werden anschließend an eine Stiftung gespendet, die es an die Bedürftigen verteilt. Die meisten meiner Teamkollegen haben bereits jemanden gefunden, der sie begleitet. Am liebsten würde ich Summer fragen, nur möchte ich nicht, dass sie deswegen noch mehr Stress mit Matthew bekommt.

Außerdem sollte ich vorher mit meiner Schwester sprechen. Immerhin geht es um ihre beste Freundin und ich möchte keinen Keil zwischen die beiden treiben, wenn ich mich Summer annähere. Ich kann mir zwar nicht vorstellen, dass Amber ein Problem hätte, wenn ich Summer als Begleitung mitnehme, aber trotzdem fühle ich mich verpflichtet, mit ihr darüber zu reden.

„Alles okay?", erkundigt sich mein Mitbewohner, dem meine geistige Abwesenheit auffällt.

„Ja", erwidere ich hastig und fokussiere mich wieder auf mein Training.

„Sicher? Du weißt, dass du über alles mit mir sprechen kannst?"

„Es ist alles bestens", beharre ich, in der Hoffnung, dass er nicht weiter nachbohrt.

Kris ist deutlich anzusehen, dass er es mir nicht abkauft. „Hat es mit Summer zu tun? Man merkt deutlich, dass da etwas zwischen euch ist."

Obwohl ich wusste, dass diese Frage irgendwann kommen würde und ich mir verschiedene Antwortmöglichkeiten zurecht gelegt habe, überrumpelt er mich damit. Kris ist der Letzte, dem ich lange etwas vormachen kann. Seit er bei mir wohnt, wir uns bei Auswärtsfahrten ein Zimmer teilen und er mit meiner Schwester zusammen ist, bin ich wie ein offenes Buch für ihn.

„Was soll schon sein?", frage ich zurück, wohlwissend, dass ich ihm damit ausweiche.

„Na ja … du starrst sie an, sie beobachtet dich. Sobald sich eure Blicke kreuzen …"

„Okay, okay", unterbreche ich ihn, ehe es unangenehm wird. „Du musst mir nicht aufzählen, was wir alles machen."

„Dann bin ich ganz Ohr." Herausfordernd sieht er mich an.

Seufzend rücke ich meine Cap zurecht. „Bitte versprich mir, dass du meiner Schwester erstmal nichts erzählst, okay?", flehe ich.

Mein Mitbewohner macht eine Geste, als würde er seinen Mund mit einem Schlüssel versiegeln. „Von mir erfährt sie nichts."

„Danke." Wir schlagen einen gemächlichen Gang ein, um unserer Route weiter zu folgen. „Vor rund drei Jahren hatten Summer und ich Sex." Bei der Erinnerung überkommt mich eine Gänsehaut. „Zu Ambers Abschied haben wir einen Filmabend veranstaltet und sind uns dabei näher gekommen." Es tut gut, das Geschehene endlich mit jemandem zu teilen. Bisher habe ich noch niemandem davon erzählt, weil ich immer dachte, es würde keine Rolle spielen. Schließlich hatten wir eine Entscheidung getroffen.

„Du und Summer also." Kris zieht eine Augenbraue hoch. „Was ist dann passiert?"

Ehe ich weitererzähle, räuspere ich mich. „Nun ja, Summer und ich haben uns zwar noch ein paar Mal getroffen, aber für uns beide stand außer Frage, dass wir eine Beziehung miteinander eingehen werden. Wir wollten uns beide aus verschiedenen Gründen nicht binden. Sie wollte als Single an der Uni starten, ich wollte meinen Fokus auf die Aufnahme bei den *Scorpions* richten. Wir waren uns also einig, es bei diesem einen Mal zu belassen."

„Und jetzt?", hakt Kris nach. „Du scheinst nicht darüber hinweg zu sein."

„Doch, aber ..." Auf der Suche nach den richtigen Worten stocke ich. Wie soll ich ihm beibringen, dass ich das Gefühl habe, damals eine Dummheit begangen zu haben? Nicht der Sex mit ihr war falsch, sondern unsere Entscheidung danach. Oder?

„Es gibt Entscheidungen, die wir heute treffen und morgen vielleicht wieder bereuen. Aber das heißt noch lange nicht, dass sie falsch waren." Er scheint meine Gedanken zu lesen. „Du hattest damals gute Gründe, keine Beziehung mit ihr einzugehen. Dabei vergisst du die Tatsache, dass ihr *beide* nichts Festes wolltet. Also selbst, wenn du dich für sie entschieden hättest, hätte sie dir noch immer einen Korb geben können."

Schweigend denke ich über seine Worte nach. Kris hat recht. Selbst, wenn ich mich für Summer entschieden hätte, wären wir kein Paar geworden. Sie war damals fest entschlossen, sich an nichts und niemanden zu binden, um ihr Studentenleben auszukosten. Zudem wusste sie noch nicht mal, an welcher Uni sie in Zukunft studieren wollte. Mir hingegen standen einige Trainingslager bevor, die mich auf meinen Sporteignungstest für die *Scorpions* vorbereiten sollten. Eine Beziehung kam für mich dementsprechend nicht in Frage, schon gar keine Fernbeziehung.

„Aber was soll ich jetzt tun? Ich würde Summer unheimlich gern auf die Gala einladen, möchte aber nicht, dass sie deswegen noch mehr Stress mit Matthew bekommt. Abgesehen davon weiß ich noch nicht mal, was meine Schwester davon hält", beichte ich Kris.

„Amber wird kein Problem damit haben, da bin ich mir sicher. Immerhin hast du unsere Beziehung auch unterstützt." Er zwinkert mir zu.

„Und wenn ..."

„Was ist, wenn du einfach mit Amber sprichst?", unterbricht er mich. „Auch wenn ich überzeugt bin, dass sie dir das Gleiche sagen wird, wie ich gerade, hast du diese Sicherheit erst nach einer Unterhaltung mit ihr. Niemand sonst kann sie dir geben, nur deine Schwester selbst."

„Du hast recht", pflichte ich ihm bei. *Nur wie?*, füge ich in Gedanken hinzu. Es geht mir nicht mal nur um die Gala. Vielmehr möchte ich auch in Erfahrung bringen, was Amber davon hält, wenn aus Summer und mir etwas werden könnte. Meine Anziehung zu ihr lässt sich kaum noch leugnen.

Ein Blick auf die Uhr verrät mir, dass es bereits acht Uhr ist. Nachdem in einer Stunde unser Training beginnt, sollten wir uns schleunigst auf den Rückweg machen, um nicht zu spät zu kommen.

Bevor wir allerdings den Heimweg antreten, legt Kris seine Hand auf meine Schulter und lässt mich innehalten. „Klär das mit ihr. So wie sie wirkt, ist sie noch lange nicht darüber hinweg."

Nickend folge ich ihm, wobei ich mich in den Gedanken an Summer verliere. Mir bleibt nichts anderes übrig, als die ganze Sache nochmal aufzurollen. Seit ein paar Wochen nimmt die Anziehung zu ihr zu. Unbewusst vergleiche ich jede Frau mit ihr, nicht nur in sexueller Hinsicht, sondern auch ihren Charakter und die Emotionen, die Summer in mir auslöst. Sie gibt mir nicht nur einen Platz in ihrem Leben, sondern fängt mich auf. In ihrer Gegenwart fühle ich mich angekommen, akzeptiert und vor allem zugehörig. Erst, seit wir wieder Kontakt miteinander haben, wurde mir klar, wie sehr ich ihre Gegenwart und die damit verbundenen Empfindungen vermisst habe.

All das habe ich in meiner Kindheit nur selten erlebt. Gerade Dad hat mich öfter spüren lassen, dass ich kein Teil der Familie sein sollte. Dabei weiß ich nicht mal, warum. Schon oft habe ich mich gefragt, was sein Problem ist. Mir ist bewusst, dass er meine Liebe zum Eishockey nicht akzeptieren möchte. Für ihn war das bloß eine Nebenbeschäftigung, mit der ich sowieso nichts erreichen würde. Angespornt von seinen Vorurteilen, habe ich alles gegeben, um erfolgreich zu sein, Pokale zu holen und auf den Sprung in die Profimannschaft hinzuarbeiten. Ich wollte ihm beweisen, dass es nichts ist, was ich nur nebenbei mache.

Lange konnte ich es also auf seine Abneigung gegen meinen Berufswunsch schieben, aber mittlerweile frage ich mich, ob das auch wirklich der einzige Grund ist.

Rund zehn Minuten später schließe ich die Haustür auf und begebe mich direkt in mein Zimmer, um mich im angrenzenden Bad zu duschen. Unterdessen lege ich mir einen Plan zurecht, wie ich meine kleine Schwester am besten auf ihre Freundin ansprechen kann.

Danach richte ich meine Sportkleidung her und gehe in die Küche, bereit, mit Amber zu reden. Sie sitzt am Esstisch, liest in ihren Unterlagen und trinkt ihren Kaffee.

Als sie mich erblickt, lächelt sie mir zu. „Guten Morgen."

„Morgen", murmle ich und gehe als erstes zur Kaffeemaschine. „Hast du einen Moment?", frage ich sie, während ich mir eine Tasse durchlaufen lasse.

„Klar." Sie schlägt ihren Ordner zu und richtet ihre volle Aufmerksamkeit auf mich. Dabei rast mir das Herz. Warum zur Hölle bin ich plötzlich so nervös?! Die schwitzigen Handflächen wische ich an meiner Jeans ab.

Ehe ich zu sprechen beginne, nehme ich meine Tasse und setze mich zu meiner Schwester an den Tisch. „Es geht um Summer."

„Was ist mit ihr?" Amber runzelt die Stirn.

Um mir Zeit zu verschaffen, nehme ich einen Schluck Kaffee. „Ich würde sie gern auf eine Gala einladen."

„Oh!", quietscht meine kleine Schwester. „Das wäre doch toll! Summer freut sich ganz bestimmt darüber! Schließlich hat sie sich gerade erst von Matthew getrennt und könnte sicherlich Ablenkung gebrauchen."

„Sie hat was?" Erst, als ich die Worte laut gerufen habe, wird mir meine überschwängliche Reaktion bewusst. Dennoch juble ich innerlich. Endlich hat sie erkannt, was für ein Trottel der Kerl ist und ihn in den Wind geschossen! Doch was ist der Grund für die Trennung? Ob sie sich wohl wegen unseres Fast-Kusses getrennt hat?

„Ja, direkt nach unserem Besuch im Pub. Es kriselte schon seit ein paar Wochen zwischen ihnen, aber sein Verhalten an diesem Abend hat den Ausschlag gegeben." Amber betrachtet mich prüfend. „Aber wieso eigentlich Summer? Du könntest jede andere Frau mitnehmen, die Single ist. Läuft etwas zwischen euch?"

Bei ihren Worten stolpert mein Herz. Wochenlang hatte ich gehofft, Summers und meine Anziehung falle nicht allzu sehr auf. Gerade Amber war so verliebt in Kris, dass sie nur Augen für ihn hatte. Ihr Gesichtsausdruck verrät mir allerdings, dass ich mich gewaltig getäuscht hatte.

„Wenn es denn so wäre, hättest du etwas dagegen?", frage ich Amber gerade heraus. Warum noch länger verstecken, wenn sie sowieso etwas ahnt?

„Nein, das nicht. Es ist euer Leben und ihr könnt machen, was ihr wollt." Sie runzelt die Stirn. „Ich wundere mich nur darüber, weil sie mit Matthew zusammen war." W

An ihrem Gesichtsausdruck erkenne ich, dass sie noch etwas dazu sagen möchte. In diesem Moment klingelt ihr Handy und Kris betritt gleichzeitig die Küche.

„Wir können los", sagt dieser, während Amber ihm einen Kuss gibt, bevor sie den Anruf annimmt.

„Alles klar." Im Flur schlüpfe ich in meine Schuhe, hole meine Sporttasche und ziehe meine Jacke an, ehe wir in den Aufzug steigen. Bei Kris' Auto angelangt, verstauen wir unsere Taschen im Kofferraum. Er setzt sich hinter das Steuer, während ich auf dem Beifahrersitz Platz nehme. Unterwegs berichte ich ihm von meinem Gespräch mit Amber, woraufhin er mir einen „Ich hab's dir doch gesagt"-Blick zuwirft. Anschließend unterhalten wir uns über die bevorstehenden Spiele.

Als er sein Fahrzeug auf den Parkplatz am Eisstadion auf dem College-Gelände lenkt, stehen einige Paparazzi an den Eingängen.

„Was ist denn da los?" Kris deutet mit einem Kopfnicken in diese Richtung. „Ist für heute eine Pressekonferenz angesetzt?"

Irritiert folge ich seinem Blick. Fieberhaft überlege ich, ob Coach Snyder etwas erwähnt hatte.

„Nicht, dass ich wüsste", gebe ich wahrheitsgemäß zurück. „Die nächste sollte erst im Zusammenhang mit der Stiftung stattfinden." Normalerweise bekommen wir frühzeitig Bescheid, wenn ein Pressetermin ansteht. Es zieht eine Menge Aufwand nach sich, von der Kleiderwahl bis hin zur Information über die Dinge, die wir weitergeben dürfen und sollen.

„Na dann, stellen wir uns der heutigen Herausforderung", meint mein Teamkollege achselzuckend und steigt aus.

Wir begeben uns zum Kofferraum, holen unsere Sporttaschen heraus und laufen Richtung Eingang. Sobald uns die Journalisten erblicken, beginnt ein reges Blitzlichtgewitter. Einige Reporter steuern direkt auf uns zu.

„Stimmt es, dass Coach Snyder aufhören wird?", fragt einer.

„Ist es korrekt, dass seine Frau eine schwerwiegende Krebserkrankung hat?", hakt ein anderer nach.

„Veranstalten Ihre Eltern deshalb die Benefizgala, Mr. Jeffers?", erkundigt sich ein Dritter.

Mir schwirrt der Kopf. Wieso weiß die Presse schon jetzt über etwas Bescheid, von dem wir offensichtlich noch nichts wissen? Entgeistert sehe ich zu Kris, der verwirrt dreinblickt. Ist es wirklich möglich, dass Coach Snyder aufhört? Allmählich verspüre ich einen Stich in der Brustgegend. Er ist für mich eine der wichtigsten Personen in meinem Leben. Während meiner ganzen Zeit im Team der *Scorpions* ist er eine wahnsinnige Stütze für mich gewesen. Nicht nur das, er ist ein Motivator, Coach und Vorbild.

Ohne ein Wort zu verlieren, schlängeln wir uns durch die Reportermeute, stoßen die Metalltür auf und treten hinein. Dort folgen wir dem Flur, der aus einem dunklen Gummiboden und hellblauen Wänden besteht, bis wir zur Umkleide gelangen.

Schweren Herzens öffne ich die dunkelblaue Tür, auf der das Logo der *Scorpions* prangt. Die traurigen Gesichter meiner Mannschaftskollegen blicken mir entgegen, während ich die Augen schweifen lasse. In der Mitte des großen Raums bleibt mein Augenmerk an Coach Snyder hängen. Mit eingesackten Schultern und hängenden Mundwinkeln starrt er auf seine Fußspitzen. Erst, als er das Knallen der Tür hört, sieht er auf. Obwohl er nicht anders aussieht als bei unseren letzten Treffen, scheint er um einige Jahre gealtert zu sein. Falten zeichnen seine Stirn und die Mundwinkel, während sein Haar grauer wirkt als sonst.

Zuerst überlege ich, ihn direkt mit dem zu konfrontieren, was uns die Journalisten vor die Füße geworfen haben. Aber irgendetwas in seinem Ausdruck lässt mich innehalten. Mein Magen zieht sich schmerzhaft zusammen, als ich die Tasche abstelle und auf ihn zugehe. Je näher ich zu ihm komme, desto schneller schlägt mein Herz. Ich hoffe einfach, dass das alles ein Irrtum ist.

„Alles okay, Coach?" In der Hoffnung, dass sich sein Gesichtsausdruck erhellt, klopfe ich ihm auf die Schulter. Doch nichts geschieht.

Ohne etwas zu sagen, schüttelt er den Kopf. „Leider habe ich schlechte Neuigkeiten für euch."

„Was ist passiert?" Brian kommt zur Tür herein. „Warum stehen so viele Pressevertreter draußen herum? Und was erzählen die für einen Scheiß?"

„Setzt euch." Coach Snyder deutet auf die Bänke.

Mit aufeinandergepresstem Kiefer nehme ich auf einer Platz. Allein aufgrund Coach Snyders Anblick wird mir bewusst, dass die Journalisten keinen Bullshit erzählen. Kris und Brian lassen sich neben mich plumpsen, während wir darauf warten, bis auch die Letzten da sind.

„Habt ihr eine Ahnung, was los ist? Die Reporter schwafeln etwas davon, dass Coach Snyder aufhört", sagt Jesse, der eben den Raum betritt und seine Tasche auf der Bank abstellt. Er scheint den Trainer nicht gleich zu bemerken. „Ich kann das nicht glauben. Warum sollte er uns ausgerechnet jetzt ..."

Brian bringt ihn mit einem Kopfschütteln zum Schweigen und deutet in die Richtung, in der Coach Snyder sitzt. Dieser reibt nervös über sein Kinn, als wüsste er nicht, wo er anfangen sollte.

„Die Journalisten haben recht." Unser Trainer schluckt. Betretenes Schweigen legt sich über uns, weil keiner so richtig weiß, was er sagen soll. Den Blick auf den Boden gesenkt, wünsche ich mir, dass das alles nur ein schlechter Scherz ist. Es fühlt sich so unwirklich an.

„Bei meiner Frau wurde eine schwerwiegende Krebserkrankung diagnostiziert, deren Heilungschancen noch unbekannt sind." Mit jedem Wort, das er ausspricht, sacken seine Schultern mehr ein. „Nachdem wir nicht wissen, wie viel Zeit uns noch bleibt, muss ich euch mit sofortiger Wirkung verlassen. Es fällt mir wirklich nicht leicht, aber …" Er wischt sich eine Träne aus dem Augenwinkel. „Sie braucht mich jetzt mehr denn je."

Es dauert einen Augenblick, bis ich vollends realisiert habe, was das bedeutet. Coach Snyder wird den Trainerposten aufgeben und nicht an der Bande stehen, wenn wir in den Playoffs spielen. Alles, was er uns gelehrt hat, könnte mit einem Trainerwechsel auf der Kippe stehen.

Verunsichert sehe ich zu meinen Mannschaftskollegen, die vor sich auf den Boden starren. Auch ihnen scheint dieser Gedanke gekommen zu sein. Ob wir es schaffen werden, als Mannschaft zusammenzuhalten? Schließlich ist es das, was uns Coach Snyder immer beigebracht hat.

Mit einem Mal prasseln unzählige Erinnerungen an die bisherige Saison auf mich ein. Unser holpriger Start, mein Streit mit Kris, als er mit Amber angebandelt hat. Der unermüdliche Kampf, um die Playoffs zu erreichen. Und jetzt tut sich eine neue Hürde auf, die wir nehmen müssen.

Auch, wenn ein Trainerwechsel für uns nicht optimal ist, kann ich seine Entscheidung nachvollziehen. Es geht um seine Frau, der er zur Seite stehen möchte. Sie ist seine Familie.

„Coach." Kris findet als Erster seine Worte wieder. „Die Familie ist das Wichtigste. Wir sind auch eine Familie und können deine Entscheidung verstehen." Er geht zu ihm und legt einen Arm um seine Schultern. „Im Moment braucht dich deine Frau mehr als wir."

„Genau", stimmen die anderen zu.

Nun erhebe ich mich räuspernd, woraufhin mich meine Teamkollegen ansehen. „Wir stehen zwar vor einer neuen Herausforderung, aber wir werden das schaffen." Ich laufe ebenfalls zu Coach Snyder. „Was auch passieren wird, wir sind eine Familie und werden für dich da sein. Du hast uns so viel mit auf den Weg gegeben, dass wir uns für dich ins Zeug legen werden!"

Dankbar blickt er zu mir. Tränen zeichnen sich in seinen Augenwinkeln ab, die er schnell wegwischt.

„Dann stellen wir uns jetzt gemeinsam der Pressemeute." Brian erhebt sich mit geschwollener Brust. „Wir gehen da raus und zeigen, was uns Coach Snyder gelehrt hat. Nämlich, dass wir immer füreinander da sind."

Ehe wir zur Tür hinausgehen, bilden wir einen Kreis um den Trainer, wie wir es vor jedem Spiel machen, legen unsere Hände übereinander und führen unseren Schlachtruf aus. Dabei entgeht mir nicht, wie er eine weitere Träne von seiner Wange wischt.

Kapitel 7
Summer

Die Meldung über Coach Snyders Ausscheiden verbreitet sich wie ein Lauffeuer. Innerhalb kürzester Zeit spekulieren sämtliche lokalen, aber auch überregionalen Zeitschriften, ob die *Morriton Scorpions* den Kampf um den Pokal ohne seine Unterstützung schaffen werden. In den sozialen Medien wird gleichzeitig darüber gemutmaßt, wer seine Nachfolge antreten wird. Es gibt einige Trainer, die derzeit auf dem Markt zur Verfügung stehen und diesen Posten übernehmen könnten. Meiner Einschätzung nach, kann keiner von ihnen Coach Snyder das Wasser reichen. Nicht, weil sie nicht gut wären, vielmehr vertreten sie andere Werte als er. Während er immer das Teambuilding vor Augen hatte, wollen sie möglichst schnell aufsteigen.

„Es ist schrecklich, was die Presse veranstaltet." In Ambers Bett gekuschelt, lege ich mein Handy beiseite, auf dem ich eben einen neuen Bericht gelesen habe. Er wurde auf sämtlichen Kanälen geteilt und hat mehrere zehntausend Likes. „Wieso können sie es nicht einfach bleiben lassen?"

„Das ist eine gute Frage." Meine beste Freundin seufzt. Sie sitzt an ihrem Schreibtisch und versucht, ihre Notizen zu sortieren. Bald steht eine wichtige Klausur an, für die sie eigentlich lernen wollte. „Kris und Ben rücken dadurch nur noch mehr in den Fokus.

Es wird darüber gemutmaßt, ob zwischen ihnen ein Konkurrenzkampf entbrennen wird."

Die Zeitschriften berichten, Coach Snyder sei dafür verantwortlich, dass bisher keine Rivalität zwischen ihnen entstanden sei. Dabei ist das völliger Humbug. Natürlich betreiben sie einen Leistungssport, bei dem sie streng genommen auch Konkurrenten sind. Schließlich können sie bei schlechteren Leistungen ihre gute Platzierung im Team verlieren oder erhalten im schlimmsten Fall kein Angebot eines *AHL-* oder *NHL-*Teams, auf das sie nach dem Studium angewiesen sind, um im Rennen zu bleiben und Fuß als Eishockeyspieler zu fassen. Dennoch kann man miteinander befreundet sein. Beide versuchen, Berufliches und Privates zu trennen. Bisher ist es ihnen gut gelungen und ich bin mir sicher, dass es auch so bleiben wird. Schließlich sitzen sie auch jetzt zusammen im Wohnzimmer und warten auf das Essen, welches wir uns bestellt haben.

Beim Gedanken an Ben beginnt mein Herz zu rasen. Seine kurzen blonden Haare, der Bartschatten auf seinen Wangen und die schmalen Lippen, die meinen Puls jedes Mal in die Höhe schnellen lassen. In seinen Augen flackert in den letzten Wochen bei jeder unserer Begegnungen etwas auf, das ich bisher nicht zuordnen konnte. Ist es Sehnsucht? Ich weiß nicht, warum, aber es erinnert mich daran.

Im Flur ertönen Schritte, die mich aufhorchen lassen. In der Hoffnung, es könnte Ben sein, halte ich den Blick von Amber unbemerkt auf ihre Zimmertür gerichtet.

„Kommt ihr zum Essen?" Kris streckt den Kopf herein. Leider kann ich nicht verhindern, dass sich Enttäuschung in mir ausbreitet.

„Klar." Lächelnd steht Amber auf und geht zu ihrem Liebsten, um ihm einen Kuss auf den Mund zu drücken. Wehmütig betrachte ich sie. Viel zu gern würde ich mit Ben sprechen, ihm nah sein.

Seit ich mich wieder vermehrt zu ihm hingezogen fühle, muss ich häufiger an unseren Abend vor drei Jahren denken. Ihn in mir zu spüren, während wir uns gegenseitig zum Höhepunkt trieben, war fantastisch. Damals haben wir uns körperlich so stark zueinander hingezogen gefühlt, dass wir diesem Drang, dieser Lust, einfach nachgeben mussten. Doch im Vergleich zu damals hat sich etwas verändert.

Den ganzen Tag über spukt er in meinen Gedanken herum. In den verschiedensten Momenten taucht sein Gesicht in meinem Gedächtnis auf. Immer wenn ich seinen Namen höre, verspüre ich ein Kribbeln im Bauch und sehne mir unser nächstes Treffen herbei.

Dabei haben wir seit gut einer Woche kaum Kontakt. Das liegt nicht nur daran, dass die Jungs viel mit ihrem Training und den Spielvorbereitungen sowie Galas beschäftigt sind, sondern auch ich habe mich von ihm zurückgezogen. Unser Umgang hat sich auf ein paar Nachrichten am Tag beschränkt, die meistens ausgereicht haben, um mein Herz flattern zu lassen und die Sehnsucht nach ihm zu wecken. Gerade seit der Trennung von Matthew ist mir bewusst geworden, warum ich dauerhaft von diesem mulmigen Gefühl begleitet wurde. Die Beziehung zu ihm war einfach falsch. Er ist nicht der *Richtige* für mich. Einerseits wegen unserer komplett unterschiedlichen Ansichten, andererseits hat sich jemand anders in mein Herz geschlichen. Lange wollte ich mir das nicht eingestehen, doch jetzt … ich kann es einfach nicht mehr leugnen. Nur weiß ich nicht, wie ich Ben darauf ansprechen soll.

„Summer?" Amber greift nach meiner Hand und zieht mich hoch. „Komm."

Nickend streiche ich mein Kleid glatt, folge meiner besten Freundin und Kris ins Wohnzimmer, wo Ben bereits mit Pizza auf uns wartet. Er ist gerade dabei, sie in gleich große Stücke zu teilen. Das lockere Shirt spannt an seinen Oberarmen und die Bermuda-Shorts lässt nicht allzu viel Raum für Fantasie. Allein bei seinem Anblick bekomme ich schwitzige Hände. Unwillkürlich denke ich an den Moment vor dem Pub, als wir uns beinahe geküsst hätten. Der Wunsch, ihm erneut so nah zu kommen, überfällt mich.

„Hey", grüßt Ben seine Schwester, bevor sein Blick an mir hängen bleibt und etwas in ihm auflodert. „Summer." Seine Stimme ist mehr ein Raunen und doch löst sie eine Gänsehaut aus. Er legt den Pizzaroller beiseite und kommt zu mir. „Schön, dich zu sehen."

Während er seine Arme um mich schlingt und mich an sich drückt, beginnt mein Herz zu rasen. Für einen

Augenblick atme ich tief ein, um den Duft seines herben Aftershaves einzusaugen. Wir verharren einen Atemzug in dieser Umarmung, wobei ich die Nähe auskoste.

„Hi", wispere ich an seinem Hals. Seine Hand fährt in meinen Nacken und löst ein Kribbeln auf meiner Haut aus. Die Umgebung blenden wir aus, es gibt nur uns beide. Wie selbstverständlich hebt er seine Hand und schiebt eine Strähne, die sich aus meinem Zopf gelöst hat, hinter mein Ohr, nachdem ich mich ein wenig zurückgelehnt habe. Meine Wange schmiege ich in seine Hand, als wäre es das Normalste der Welt. Es ist genau das, was ich mir in den letzten Tagen gewünscht habe.

„Also, wo ist die Pizza?" Kris' Stimme durchbricht unseren intimen Moment, während von Amber ein Kichern zu hören ist.

Verlegen löse ich mich von Ben. Amber wirft mir einen belustigten Blick zu, der mir Hitze in die Wangen treibt.

„Wie geht es dir?", frage ich Ben und setze mich an den Tisch, um von dem eben Geschehenen abzulenken. Er nimmt direkt gegenüber von mir Platz. Unter dem Tisch berührt er meinen Fuß mit seinem, woraufhin mir ein wohliger Schauer über den Rücken läuft.

„Gut." Ein schiefes Grinsen zeichnet sich auf Bens Lippen ab. „Und wie geht es dir?" Seine blauen Augen bohren sich in meine. Ob er wohl etwas von meiner Trennung mitbekommen hat? Bisher hatte ich keine

Gelegenheit, ihm davon zu erzählen, aber ich bin mir sicher, Amber könnte es erwähnt haben. Trotzdem entscheide ich mich, nichts darüber zu sagen.

„Alles bestens", antworte ich, wobei sich ein Lächeln auf meine Lippen stiehlt.

„Guten Appetit", flötet Amber und greift nach einem Stück Pizza. Ihr Blick ruht auf mir, während sie mit den Augenbrauen wackelt.

Ich rolle mit den Augen und greife ebenfalls nach einer Pizza. Selbst jetzt muss ich Ben beobachten. Mit den kurzen blonden Haaren und seinem Bartschatten wirkt er einfach unheimlich attraktiv. Obwohl man nichts von seinem Oberkörper sieht, verspricht sein definierter Bizeps, dass der Rest seines Körpers ebenfalls durchtrainiert ist. Es ist kein Wunder, dass ihn viele weibliche Fans anhimmeln. In gewisser Weise kann ich mich selbst dazu zählen, auch, wenn ich es nie offen zugeben würde.

Ben leckt sich etwas Tomatensauce von seiner Oberlippe. Unwillkürlich stelle ich mir vor, wie es wäre, wenn seine Zunge meinen Mund berühren und um Einlass bitten würde. Wie sich seine Küsse wohl inzwischen anfühlen? Noch immer so wie damals? In meiner Fantasie lege ich meine Hand unter sein Shirt und lasse die Finger über seinen muskulösen Oberkörper über die Härchen unterhalb seines Bauchnabels hin zum Bund seiner Jogginghose wandern.

Das Klirren von Besteck durchbricht meine Gedanken, ehe sie mit mir durchgehen. Erneut kriecht mir Hitze in die Wangen und ich beiße von meiner Pizza ab, um mich möglichst unauffällig zu verhalten.

Zeitgleich versuche ich, mich auf das Gespräch mit Amber und Kris zu fokussieren, was mir leider nicht sofort gelingt. Noch immer hängen meine Gedanken bei Bens Lippen.

„Wir haben etwas Neues erfahren", berichtet Kris und weckt damit meine Aufmerksamkeit. „Eure Eltern wollen zugunsten krebskranker Kinder eine Benefizveranstaltung abhalten. Natürlich ist das Team der *Morriton Scorpions* auch eingeladen."

„Oh, wow." Amber verdreht die Augen. „Brauchen sie mal wieder Werbung?"

Ihre Eltern beteiligen sich immer mal wieder an solchen Events, wobei sie meist die *Children with Cancer Foundation* unterstützt haben. Das ist eine Organisation, die sich darum kümmert, dass Eltern krebskranker Kinder finanzielle Unterstützung während der Behandlung ihres Kindes erhalten.

Dafür luden die Jeffers bekannte Schauspieler, Autoren oder andere Stars zu diesen Veranstaltungen ein. Umso überraschter bin ich, dass sie nun Colleges ins Boot holen. Irgendwie beschleicht mich das merkwürdige Gefühl, sie könnten damit einen Plan verfolgen.

„Sie wollen Trikots, Schläger, Helme und solche Dinge versteigern", fügt Ben hinzu.

„Klar, immerhin wollen sie Geld scheffeln", murrt Amber vor sich hin.

„Für den guten Zweck", erinnert Kris sie.

„Pfft", erwidert sie nur und zuckt mit den Achseln.

„Das ist vollkommen egal", meint Ben. „Im Zuge dessen soll jedenfalls der neue Trainer vorgestellt werden. Wir wissen zwar schon, wer es ist, aber Mom und Dad sind auf die glorreiche Idee gekommen, dass man das gut miteinander kombinieren könnte. Immerhin wäre die Presse wegen der Vorstellung bereits vor Ort."

„Natürlich, man kann sich in den Vordergrund drängen, wenn es am unpassendsten ist", giftet Amber weiter.

Sie ist seit geraumer Zeit nicht mehr gut auf ihre Eltern zu sprechen und hat gewissermaßen mit ihnen gebrochen, nachdem diese sie in der Vergangenheit zugunsten ihrer geschäftlichen Beziehungen im Stich gelassen und emotional erpresst haben.

„Amber", tadelt Ben seine kleine Schwester.

„Jeder von uns darf eine Begleitung mitbringen", erzählt Kris, woraufhin er einen skeptischen Blick von Amber erntet.

„Du willst mich aber nicht zwingen, diese Veranstaltung zu besuchen?", wehrt sie sofort ab.

„Es würde mich freuen, wenn du mich begleitest." Er nimmt ihre Hand und küsst diese. „Wir müssen auch gar nicht viel mit deinen Eltern sprechen."

Argwöhnisch zieht sie die Augenbrauen hoch und kurze Zeit später runzelt sie die Stirn. „Nein, ich habe keine Lust dazu. Was soll ich da schon? Mom und Dad werden mir sowieso nur vorhalten, was ich alles falsch gemacht habe."

„Amber, wir müssen kein Wort mit ihnen sprechen. Sie werden zwar da sein, aber der Saal ist groß und bestimmt sind dort weit wichtigere Gäste, die bedeutsam für ihre geschäftlichen Beziehungen sind", versucht Kris, sie zu beruhigen.

„Ich weiß nicht." Stirnrunzelnd erhebt sie sich und räumt ihren leeren Teller auf. Kris läuft ihr hinterher, sichtbar bereit, diese Diskussion zu gewinnen.

Nun sitzen nur noch Ben und ich am Tisch. Unwissend, was ich sagen soll, greife ich erneut nach einem Stück Pizza. Im gleichen Moment möchte er sich ebenfalls eines nehmen. Unsere Finger kommen sich dabei in die Quere, wobei allein diese Berührung die Sehnsucht nach ihm in mir wachsen lässt. Verlegen sehe ich ihn an. Ein Grinsen liegt auf seinen Lippen und lässt die Schmetterlinge in meinem Bauch zum Leben erwachen.

„Begleite mich." Er spricht die Worte leise aus und doch sind sie da. Schwer hängen sie in der Luft, lassen mich sprachlos werden. Sofort schnellt mein Puls in die Höhe und in seinen Augen erkenne ich die dringende Bitte, mitzugehen.

„Bitte", fügt er hinzu, als er meine Zweifel bemerkt. Ein beinahe flehender Ausdruck erscheint auf seinem Gesicht. „Ich würde mich freuen, wenn du dabei bist."

Wärme durchströmt mich bei seinen Worten. Mein Herz ruft ein lautes „Ja", während mein Verstand mir klar macht, dass ich erst seit kurzem von Matthew getrennt bin und deshalb besser nicht mit Ben auf eine Gala gehen sollte.

„Ich ...", stottere ich, „ich weiß nicht. Ob das so eine gute Idee ist?" Nervös reibe ich mir die Hände.

„Warum nicht? Das wäre fantastisch!", ruft Amber, die gerade an den Tisch tritt und seine Aufforderung mitbekommen zu haben scheint. Euphorisch klatscht sie in ihre Hände. „Den Abend könnten wir gemeinsam verbringen und uns vor Mom und Dad in Acht nehmen."

Jetzt ist es an mir, nachdenklich über mein Kinn zu streichen. „Aber ich habe doch wenig damit zu tun und ..." *bin gar nicht mit dir zusammen*, beende ich den Satz in Gedanken.

„Das spielt keine Rolle. Ich würde mich sehr freuen, wenn du an diesem Abend mitkommen würdest." Bens Ausdruck ist flehend. Warum bittet er mich darum? Was hat das zu bedeuten? Ist da doch mehr?

„Die Ablenkung wird dir sicherlich guttun", eilt Amber ihrem Bruder zur Hilfe. „Du kommst raus und kannst die Zeit mit uns genießen."

Bei ihren Worten halte ich kurz inne. Ben, der zustimmend nickt, scheint über meine Trennung von Matthew Bescheid zu wissen. Ob er die Gründe kennt? Oder geht er davon aus, dass ich mich allein wegen dem Beinahe-Kuss vor dem Pub getrennt habe?

„Okay", antworte ich schließlich, „ich werde dich begleiten." Dabei fasse ich den Entschluss, an diesem

Abend mit ihm über uns zu sprechen. Nicht nur das, aus irgendeinem Grund habe ich auch das Bedürfnis, klarzustellen, *warum* ich mich von Matthew getrennt habe.

Kapitel 8
Ben

Mein Fahrzeug lenke ich auf den Parkplatz des Eisstadions auf dem Campus des *Morriton College*. Für den heutigen Abend sind meine Eltern eine Kooperation mit dem College eingegangen und haben deren Veranstaltungsräume angemietet, die sich direkt auf dem Sportcampus befinden. Normalerweise werden die Räumlichkeiten meistens für Informationsveranstaltungen oder Abschlussfeiern von Wettbewerben und Meisterschaften genutzt. Es handelt sich um einen weißen Bau mit großen Fenstern. Vor dem Eingang wurde ein roter Teppich ausgerollt, der zu beiden Seiten von Stehlichtern umgeben ist. Einige Gäste stehen bereits an der Tür und warten darauf, dass ein Security ihre Eintrittskarte kontrolliert und sie anschließend das Event besuchen können.

„Wow", murmelt Summer. Sie sitzt neben mir und schnallt sich ab, sobald das Auto steht. „Es ist Wahnsinn, was deine Eltern jedes Mal auf die Beine stellen." Anerkennend betrachtet sie das Bauwerk.

„Das stimmt", pflichte ich ihr bei. „Sie wussten schon immer, wie sie sich gekonnt in Szene setzen." Manchmal wünschte ich, ich könnte die Arbeit meiner Eltern wertschätzen. Im Endeffekt wollen sie mit der Spendensammlung etwas Gutes für die Allgemeinheit bezwecken.

Dennoch muss ich immer daran denken, wie mich mein Vater als Kind behandelt hat. Als wäre ich kein Teil der Familie, nur, weil mich der Eissport anzieht. Für ihn war es schon immer ein Drama, dass ich lieber mit den Schlittschuhen über das Eis geglitten bin, als mich an den Schreibtisch zu setzen und Bauwerke zu zeichnen. Mein Bruder Gavin konnte sich stundenlang damit beschäftigen, aus Holzklötzen Gebäude zu formen, während ich mir Zeitschriften über Sportarten durchgelesen und Grandpa beim Training seiner Jugendmannschaft zugesehen habe. Es hatte immer etwas Beruhigendes, in der Eishalle zu sitzen, dem Kratzen der Kufen auf der Fläche zu lauschen und Grandpas Trainingsmethoden zu betrachten. Von ihm habe ich eine ganze Menge gelernt, das ich nie vergessen werde.

„Sollen wir los?", frage ich Summer, ehe ich weiter über meine Kindheit nachdenken kann.

„Sehr gern", antwortet sie und wirft einen prüfenden Blick in den Spiegel.

Für den heutigen Abend hat sie sich in Schale geworfen. Das dezente Make-up ist perfekt auf ihre sinnlichen roten Lippen abgestimmt. Sie trägt ein hautenges Kleid, es ist von dunkler Farbe und hat einen Schlitz, der die Haut ihres Schenkels freigibt. Nur zu gern würde ich mit meinen Fingern daran hinauffahren und die Hand unter den Stoff schieben. Wie sie wohl reagieren würde?

Je länger ich sie betrachte, desto mehr geht meine Fantasie mit mir durch. Deshalb steige ich schnell aus.

Eigentlich hatte ich mir fest vorgenommen, auf der Fahrt hierher mit ihr zu sprechen. Leider ist alles anders gelaufen als geplant. Sobald ich sie angesehen habe, hat mich der Mut verlassen. Was ist, wenn sie mich abblitzen lässt? Ist es möglich, dass sie noch immer an Matthew hängt? Ständig kreisten diese Fragen durch meinen Kopf, sodass wir stillschweigend hierher gefahren sind.

Ich umrunde das Fahrzeug halb und gehe zu ihr. Sobald ich ihr die Hand hinhalte, greift sie lächelnd nach meinem Unterarm, zieht ihren Mantel fester an sich und folgt mir. Am Einlass zeige ich unsere VIP-Karten vor, die von dem Security kontrolliert werden. Danach werden wir hineingelassen und können die Jacken an der Garderobe abgeben. Als sie ihre auszieht, beginnt mein Schwanz zu zucken. Das dunkle Kleid betont jeden Zentimeter ihres weiblichen Körpers und sorgt dafür, dass ich die Augen nicht mehr von ihr abwenden kann.

Erst durch einen Hieb auf meine Schulter werde ich wachgerüttelt. Neben mir steht Kris, während Amber Summer bereits um den Hals fällt.

„Dich hat es ganz schön erwischt, was?" Ein Grinsen umspielt Kris' Lippen. „Und, hast du mit ihr geredet?", erkundigt er sich.

Hastig werfe ich einen Blick zu Summer und Amber, um mich zu vergewissern, dass sie auch wirklich nichts mitbekommen. Zu meiner Erleichterung scheinen die beiden in ein Gespräch vertieft zu sein.

„Nein", antworte ich verärgert. Bisher hat es mir nie viel ausgemacht, Dinge direkt anzusprechen. Doch bei Summer ist es anders. Allein bei ihrem Anblick verschlägt es mir die Sprache. Noch nie hatte ich so viel Angst davor, zurückgewiesen zu werden, wie bei ihr.

Kris' Gesichtsausdruck verrät mir, dass ich endlich etwas tun soll, woraufhin ich mit den Achseln zucke. Wenn es nur so leicht wäre, wie er sich das vorstellt ...

Summer und Amber haben sich mittlerweile zum Buffet begeben, das an die Garderobe angrenzt. Eine Hostess läuft mit einem Tablett an uns vorbei, auf dem sich zahlreiche Sektgläser befinden. Meine kleine Schwester greift beherzt nach zwei Gläsern, drückt Summer eines in die Hand und stößt mit ihr an. Als Summer das Getränk an ihre Lippen führt, kann ich mich nicht mehr von ihr abwenden. Ihr Mund liegt sanft am Rand des Sektglases und ich stelle mir vor, es wären meine Lippen, die sie berührt. Augenblicklich schießt mir Hitze durch den Körper und ich zwinge mich, ein Gespräch mit Kris zu beginnen. Doch der hat nur Augen für Amber, die ihm einen flüchtigen Kuss zuwirft.

Amüsiert verdrehe ich die Augen und ziehe ihn mit zu einer Hostess, die gerade neue Getränke bringt. Wir nehmen uns zwei Gläser und gesellen uns zu unseren Teamkameraden, die sich an einem Stehtisch versammelt haben.

Während ich der Unterhaltung der Jungs über die bevorstehende Pressekonferenz lausche, betrachte ich die Freundin meiner kleinen Schwester erneut. Es ist fast so, als wäre sie ein Magnet, der mich regelrecht anzieht. Auch ihre Augen wandern durch den Raum, als würde sie jemanden suchen. Als sich unsere Blicke begegnen, lächle ich sie an, woraufhin sie schmunzelnd errötet.

Es bedeutet mir viel, heute Abend von ihr begleitet zu werden. Obwohl ich bisher noch nicht groß mit ihr gesprochen habe, gibt mir ihre Gegenwart das Gefühl, einen Anker an meiner Seite zu haben. Ich weiß, dass sie mich ohne zu zögern auffangen würde.

„Liebe Gäste", ertönt eine Durchsage, „in wenigen Minuten startet die heutige Pressekonferenz."

„Das ist wohl unser Stichwort", sage ich an die Jungs gewandt.

Kris und ich begeben uns zu unseren Begleitungen. Summer hakt sich sofort wieder bei mir unter und löst dabei ein Kribbeln in mir aus. Ihr frühlingshafter Duft weht zu mir herüber und verstärkt den Drang, mein Gesicht in ihrem Haar zu verbergen.

Gemeinsam betreten wir den hell beleuchteten Konferenzraum. Direkt über der Bühne sind Scheinwerfer angebracht, die den Sprecher am Pult beleuchten. Vor der Plattform sind unzählige Stühle in Reihen aufgestellt, die teilweise von prominenten Gästen oder der Presse besetzt sind. Neben dem Direktor des *Morriton College* befinden sich auch einige Professoren unter der Menschenmenge, die zu diesem Anlass ebenfalls geladen wurden.

An den Seiten des Raums sind Stehtische platziert, die zum Verweilen einladen. Da wir in der Masse keine freien Sitzplätze ausmachen können, stellen wir uns an einen dieser Tische.

Kurz darauf kommt der PR-Manager unserer Mannschaft auf uns zu. „Wir haben euch einen Platz in der ersten Reihe reserviert." Mit einem Kopfnicken deutet er zur Bühne. Ganz vorne in der Menge kann ich Jansson, unseren neuen Coach ausmachen. Ich erkenne ihn an seinen blonden Haaren, seinem markanten Gesicht und den breiten Schultern.

„Sind schon unterwegs", erwidert Kris und holt sich einen Kuss von Amber.

Summer, die den beiden zusieht, zuckt ertappt zusammen, als ich nach ihrer Hand greife und sie an mich ziehe. Viel zu gern würde ich bei ihr stehen bleiben, aber nachdem Brian, Jesse und die anderen zu den Plätzen geführt werden, müssen wir uns ihnen anschließen, um als Mannschaft aufzutreten.

Mit dem Mund gehe ich ganz nah an Summers Ohr. „Wir sind bald wieder da", flüstere ich und streife mit den Lippen die zarte Haut ihres Ohrläppchens. Zu meiner Freude bildet sich eine sichtbare Gänsehaut in ihrem Nacken. „Du siehst heute umwerfend aus." Summers Schultern erzittern bei meinen Worten.

„Danke." Sie macht einen Schritt zurück, wobei ihre Augen an meinen Lippen hängenbleiben. Was sie wohl gerade denkt? Möchte sie von mir geküsst werden?

„Nun hört schon auf, ihr Turteltäubchen", neckt uns meine Schwester und schiebt mich von ihrer besten Freundin weg, die daraufhin knallrot anläuft.

„Wir müssen." Kris lacht, packt mich am Arm und zieht mich mit sich.

Eilig schieben wir uns in die erste Reihe und setzen uns neben Brian und Jesse, die uns zu sich winken.

„Deine Eltern haben hier echt was auf die Beine gestellt." Brian pfeift anerkennend.

„So edel habe ich die Hallen des *Morriton College* lange nicht gesehen", pflichtet ihm Jesse bei.

Beiläufig nickend lasse ich den Blick durch den Raum gleiten, um meine Eltern in der Menge zu erkennen. Natürlich sitzen auch sie in der ersten Reihe, ganz außen. Wie immer hat sich meine Mom perfekt gekleidet. Sie trägt ein Business-Kleid, hat die Haare hochgesteckt und dezente Schminke aufgetragen. Doch irgendwas an ihrem Auftreten macht mich stutzig. Sie wirkt sehr unruhig, obwohl sie sonst bei Presseevents immer die Ruhe in Person ist.

„Herzlich willkommen zur heutigen Pressekonferenz." Der Sprecher unterbricht meine Gedanken, ehe ich mich weiter über Moms Verhalten wundern kann und lenkt meine Aufmerksamkeit auf sich. „Zuerst möchten wir dem Team der *Morriton Scorpions* zu ihrem letzten Sieg und dem Einzug unter die besten zehn Mannschaften der *National College Hockey League* gratulieren. Dank einer herausragenden Leistung und der hervorragenden Leitung durch Arvo

Snyder hat das Team sein langersehntes Ziel erreicht." Applaus brandet auf.

Noch immer flammt stolz in mir auf, wenn ich realisiere, was wir geleistet haben. Nur zehn Mannschaften der Liga haben es in die Playoffs geschafft. Zehn! Und wir sind eine davon.

„Leider haben wir auch eine schlechte Nachricht zu verkünden", spricht der Moderator weiter. Sofort setzt Getuschel ein. Lange wurden Presse und Fans im Dunkeln gelassen, wie es um einen neuen Trainer steht. Es wurde zwar verkündet, dass Coach Snyder aufhört, aber bisher stand kein Nachfolger fest. „Der bisherige Coach Arvo Snyder tritt aufgrund persönlicher Umstände mit sofortiger Wirkung zurück." Ein Raunen geht durch die Menge. „Einige von ihnen werden sich bereits gefragt haben, wer den freien Trainerposten übernehmen könnte. Es gab zahlreiche Spekulationen, wer dieser Aufgabe gerecht werden kann." Der Redner macht eine kurze Pause, um die Spannung künstlich zu erhalten. „Heute können wir Ihnen mitteilen, dass wir bereits einen ebenbürtigen Nachfolger gefunden haben. Begrüßen Sie gemeinsam mit mir Edvard Jansson."

Der Pressesprecher deutet auf den Platz in der ersten Reihe, an dem Coach Jansson sitzt. Dieser erhebt sich und begibt sich unter Beifall zur Bühne. Passend zu den Vereinsfarben der *Scorpions* trägt er einen royalblauen Anzug mit weiß-blauer Krawatte.

Er ist ein wirklich korrekter Trainer. Bereits vorab konnten wir uns mit ihm austauschen, wobei er uns einiges über sich selbst erzählte. Zu Beginn seiner Karriere hat er für ein College im Süden der USA gespielt, ehe er einen Platz in der *AHL* ergattern und schließlich für die *NHL* auflaufen konnte. Zugleich wurde er als finnischer Nationalspieler eingesetzt und bringt einige Erfahrungen mit, die er mit uns teilen kann. Während seiner aktiven Laufbahn war er ein Mitspieler von Coach Snyder und die beiden wurden gute Freunde. Selbst nach Beendigung ihrer Karriere und Janssons Umzug nach Finnland blieben sie in Kontakt.

„Vielen Dank!", sagt Jansson, nachdem ihm der Sprecher das Mikrofon übergeben hat. „Ich freue mich sehr darüber, diese Aufgabe zu übernehmen. Natürlich überlässt mir Arvo eine hervorragende Mannschaft. Er hat sie bereits all das gelehrt, was wir zu unserer eigenen aktiven Spielzeit gelernt haben. Das A und O jedes Teams ist der Zusammenhalt." Sein finnischer Akzent ist beim Sprechen kaum zu überhören.

In den folgenden Minuten erzählt er den Anwesenden etwas über seinen Werdegang und die Ziele mit unserer Mannschaft. Dabei betont er, wie sehr er sich auf seine bevorstehende Arbeit als Trainer freut und welche Werte er mit Coach Snyder teilt.

„An diesen Zusammenhalt möchten wir anknüpfen und im Kampf um den Pokal alles geben", beendet er seine Rede.

Die meisten Gäste erheben sich klatschend, während er von der Bühne herunterläuft.

Anschließend informiert der Sprecher über den weiteren Verlauf des Abends, wobei er meine Eltern kurz vorstellt. Dad lässt es sich nicht nehmen, auf sich und seine Firma aufmerksam zu machen. Mit erhobenem Haupt begibt er sich zur Bühne, nimmt dem Moderator das Mikro aus der Hand, ehe er sich räuspernd ans Publikum wendet.

„Wir freuen uns sehr, dass die Gala zustande gekommen ist. Besonders im Hinblick auf die Erkrankung von Arvo Snyders Frau ist es uns ein Anliegen, Geld für die Familien krebskranker Kinder zu sammeln. Bereits in der Vergangenheit konnten wir für mehrere Stiftungen, wie zum Beispiel die *Children with Cancer Foundatio*n Benefizveranstaltungen durchführen und damit eine beachtliche Summe spenden." Beim Sprechen stolziert er über das Podest. „Umso mehr bedeutet es uns auch heute, sie alle auf der Veranstaltung begrüßen zu dürfen. Heute möchten wir gemeinsam für das *Emma Grows Hospice* Spenden sammeln, um schwerkranken Kindern eine schöne Zeit zu ermöglichen. Die *Scorpions* haben sich dazu bereiterklärt, einen Teil ihrer bereits getragenen Spielerausrüstung zu versteigern. Das Geld wird anschließend an das Kinderhospiz gespendet, welches eine eigene Abteilung für krebskranke Kinder besitzt. Zusätzlich gibt es ein Buffet, das vom Catering der *Morriton College* Cafeteria zur Verfügung gestellt wird. Der komplette Erlös des heutigen Abends fließt in die Stiftung."

Er lässt seine Augen durch den Saal schweifen, ohne eine Gefühlsregung zu zeigen. Allein sein Anblick jagt mir einen eisigen Schauer über den Rücken. Vollkommen emotionslos stellt er Mrs. Bowly, die Geschäftsführerin des Kinderhospizes, vor. Wie kann er bei solch wichtigen Themen nur so kalt sein?

„Es ist mir eine Ehre, hier sein zu dürfen", meint die ältere Frau und stellt sich neben Mr. Jeffers. „Mir bedeutet es wirklich viel, in den Diensten des Hospizes anwesend zu sein und bei der Gala unterstützen zu können. Sollten Sie Fragen haben, finden Sie mich…"

„Sie finden Mrs. Bowly jederzeit am Catering", unterbricht Dad die Geschäftsführerin.

Diese scheint sichtlich nach Worten zu ringen, doch er ignoriert sie einfach und fährt mit seinem Text weiter, sodass ihr nichts anderes übrig bleibt, als zu ihrem Sitzplatz zu gehen.

„Nun beende ich meine Rede und wünsche Ihnen einen angenehmen Aufenthalt auf der Spendengala. Das Team wird Ihnen natürlich auch für Autogramme zur Verfügung stehen." Unter tosendem Applaus verlässt er die Bühne.

Wenige Minuten später beendet der Pressesprecher die Konferenz und die Anwesenden begeben sich zu den Ausgängen. Kris und ich machen uns auf den Rückweg zu Amber und Summer, die noch immer am selben Tisch stehen.

„Eine wirklich fantastische Rede von Dad", säuselt meine kleine Schwester. Der Spott in ihrem Ton ist nicht zu überhören. „Immer wieder übertrumpft er sich selbst."

„O ja", stimme ich zu und stelle mich direkt neben Summer. Wir sind kaum ein paar Zentimeter voneinander entfernt, so dass mein Handrücken ihren berührt.

„Zum Glück wohnt Gavin längst in Pittsburgh, sonst hätten wir ihn auch noch an der Backe", murmelt Amber und schmiegt sich an Kris. „Das wäre wirklich übel geworden."

„Ach, ist er schon umgezogen?", hakt Summer nach und scheint unsere körperliche Nähe zu ignorieren. Aus einem Impuls heraus greife ich, von den anderen unbemerkt, nach ihrer Hand. Daraufhin ernte ich einen scheuen Blick von ihr.

„Ja, vor rund drei Wochen. Er organisiert alles für den Aufbau der Zweigstelle", informiere ich sie. Summer schmiegt ihre Hand in meine, womit sie mich sichtlich überrascht. Wärme breitet sich in mir aus, als ich bei einem Seitenblick feststelle, wie sie errötet.

„Auf seinem *Social-Media-Account* postet er dauernd Updates über den Stand der Firma. Anscheinende geht es ihm wirklich gut dort." Amber zuckt mit den Achseln. An ihrer Körperhaltung erkenne ich, dass sie nichts von Summers und meiner Annäherung mitbekommt.

Im Hintergrund sehe ich Mom herannahen.

„Achtung, Mom ist im Anmarsch", warne ich die anderen vor.

„Amber. Ben." Einen Atemzug später, steht sie direkt neben mir.

„Mom." Das Lächeln auf Ambers Gesicht erstarrt, während ich mich räuspere.

Nachdem sie uns umarmt hat, bedenkt sie Kris und Summer lediglich mit einem abschätzigen Blick.

„Wie geht es euch?" Sie streicht ihr Kleid glatt.

„Sehr gut", erwidere ich und lege schützend den Arm um Summers Taille, die automatisch näher zu mir rückt.

„Es geht uns hervorragend", gibt Amber schnippisch zurück. Seit der Sache mit ihrem Ex Marcus hat sie eine regelrechte Abneigung gegen unsere Eltern entwickelt.

„Schön. Seid so lieb und bewegt die Leute zum Spenden, schließlich geht es um einen guten Zweck." Mit diesen Worten macht sie auf dem Absatz kehrt. Sie läuft direkt zu Dad, der in Gespräche mit Geschäftspartnern vertieft ist, und hakt sich bei ihm unter.

„Nett", sagt Amber trocken. Sie nimmt sich einen Sekt vom nächstgelegenen Tablett und nippt daran.

So schnell Mom da war, so rasch ist die Begegnung mit ihr auch wieder vergessen. Wir vertiefen uns in eine Unterhaltung über Ambers und Kris' Wohnungssuche. Sie berichten uns von einigen Apartments, die sie sich in letzter Zeit angesehen haben.

„Ben?" Eine weibliche Stimme unterbricht unsere Unterhaltung. „Schön, dich wiederzusehen!"

„Elle." Ein Lächeln zeichnet sich auf ihrem Gesicht ab, als ich ihr zunicke. Gleichzeitig spüre ich, wie sich Summer neben mir versteift. Durch zusammengekniffene Lider betrachtet sie Elle, als würde sie abschätzen, ob sie ihr trauen kann.

„Hi!" Amber schiebt sich dazwischen. „Das ist Summer, sie war an dem Abend im Pub nicht mehr da", stellt sie ihre beste Freundin vor.

„Oh, hallo." Elle fährt sich verlegen durch ihr blondes Haar. „Wie unhöflich von mir, dass ich mich gar nicht vorgestellt habe."

„Kein Problem", wiegelt Summer ab. Noch bin ich mir nicht sicher, ob es wirklich *kein Problem* ist.

„Du hast dich gar nicht mehr gemeldet", wendet sich Elle an mich. Augenblicklich überrollt mich ein Unwohlsein. Muss sie das ausgerechnet vor Summer ansprechen?

„Das stimmt." Mit meiner freien Hand kratze ich mich am Kopf „Tut mir leid, ich hatte keine Zeit. Wir hatten einige Trainingseinheiten, deshalb habe ich es nicht mehr geschafft."

„Schon gut." Ein breites Lächeln erscheint auf ihrem Gesicht. Ich bin mir nicht sicher, ob es ihr entgangen ist oder nicht, jedenfalls scheint sie die Tatsache, wie ich den Arm um Summer lege, zu ignorieren.

„Da bist du ja." Coach Jansson kommt zu uns und legt einen Arm um Elles Hüfte. Ist Elle etwa seine …? Fragend werfe ich Kris einen Blick zu, der das Gleiche zu denken scheint.

„Hi Dad." Sie strahlt Coach Jansson an. „Das ist übrigens mein Vater, deswegen bin ich heute auch hier."

„Elle hat noch nie eine Veranstaltung ihres Dads verpasst, stimmt's?" Coach Jansson bedenkt seine Tochter mit einem liebevollen Blick.

„Das würde mir im Traum nicht einfallen", erwidert diese.

„Wir hatten noch nicht das Vergnügen", wendet er sich an meine Begleitung. „Darf ich fragen, wie Sie heißen?"

„Natürlich. Mein Name ist Summer Davis." Summer reicht ihm die Hand. „Ich bin die beste Freundin von Amber und kenne Ben daher sehr gut."

„Schön, dich kennenzulernen." Zufrieden betrachtet uns Coach Jansson. „Es ist toll, was für ein Team Arvo mir hinterlässt. Diesen Zusammenhalt findet man nur selten."

Wir unterhalten uns noch über Belanglosigkeiten, ehe Elle ein bisschen über sich selbst erzählt.

„Seit kurzem wohnen meine Eltern in Minneapolis", berichtet sie. „Meine Mutter konnte ihren Arbeitsplatz wechseln und mein Vater hat die Trainerstelle erhalten. Normalerweise studiere ich in Michigan Sportmanagement. Im Moment habe ich mir allerdings eine Auszeit genommen." Innerhalb weniger Sekunden verändert sich ihr Gesichtsausdruck.

Das Läuten einer Glocke unterbricht uns. Der Eventmanager stellt sich in die Mitte des Raums und zieht unsere Aufmerksamkeit auf sich.

„Einige der hier Anwesenden haben bereits geboten. Jetzt möchten wir sie bitten, die letzten Preisangebote vorzunehmen, da wir anschließend zur Auswertung kommen werden."

Ein reger Trubel bricht aus. Coach Jansson entschuldigt sich und begibt sich zum Trainerteam, das sich angeregt mit dem Manager der *Morriton Scorpions* unterhält. Elle verabschiedet sich ebenfalls, als sie einen Anruf erhält.

Nun stehen Summer, Amber, Kris und ich zusammen. Schweigend betrachten wir die anderen Gäste. Dabei muss ich ständig daran denken, dass ich bisher noch nicht mit ihr gesprochen habe. Also wann, wenn nicht jetzt?

„Summer, wollen wir frische Luft schnappen?", frage ich sie, in der Hoffnung, dass sie den Wink mit dem Zaunpfahl versteht.

Irritation zeichnet sich in ihrem Gesicht ab. „Klar." Summer legt ihre Hand auf meinen Unterarm, wobei sie Ambers vielsagenden Blick einfängt. Summer verdreht die Augen, ehe wir Kris und Amber den Rücken kehren, um auf die Terrasse hinauszugehen. Dabei frage ich mich, ob und *was* Summer und Amber miteinander gesprochen haben, als Kris und ich nicht bei ihnen waren. Ich könnte darauf wetten, dass es um Summers Gefühle für mich ging und ich hoffe, gleich mehr darüber in Erfahrung bringen zu können.

„Wie gefällt dir der Abend?", frage ich Summer, sobald wir draußen sind und in den Sternenhimmel hinauf sehen. Wir stehen am Geländer der Terrasse. Meine Hände habe ich auf die Brüstung gestützt, während sie sich an mich schmiegt.

Mit ihren dunkelbraunen Augen sieht sie mich an. Ihr kupferrotes Haar schimmert im Licht des Scheinwerfers, der neben uns steht, und betont ihre blasse Haut. Dabei stechen ihre roten, sinnlichen Lippen noch mehr hervor.

„Er ist sehr schön", antwortet sie. Für einen Augenblick habe ich das Gefühl, Summer möchte noch etwas zu mir sagen. „Amber ...", beginnt sie, hält allerdings inne.

„Was ist mit ihr?", bohre ich nach und mein Puls beschleunigt sich sofort. Ich bin mir sicher, dass sich meine Vermutung bestätigt.

„Sie hat mich darauf angesprochen, ob zwischen uns etwas läuft."

„Was hast du ihr geantwortet?" Nervös tippe ich mit dem Finger auf das Geländer.

„Ich wusste nicht, was ich ihr sagen soll", gesteht sie mir. Gefangen von dem Ausdruck in ihren Augen, lösen sich meine Gedanken allmählich in Luft auf. Kein einziges Wort erscheint mir greifbar, stattdessen bin ich vollkommen fokussiert auf sie. Unsere Umgebung rückt in weite Ferne, das Stimmengewirr der anderen Gäste auf dem Balkon verschwimmt immer mehr. Die Zeit bleibt für einen Moment stehen.

Sie hebt ihre Hand und greift nach meiner Wange. Mit ihrer Fingerspitze fährt sie über meinen Bartschatten, wobei meine Haare an ihrer Haut kratzen. Wir versinken vollständig in diesem Augenblick und meine Selbstbeherrschung schwindet mit jedem Zentimeter, den sie mir näher kommt. Meine Begierde ist so stark, dass ich einfach nicht mehr länger warten kann. Ich will sie spüren, hier und jetzt!

„Komm mit." Meine Finger verhake ich mit ihren, ehe ich sie hinter mir herziehe. Überrumpelt folgt sie mir. Wir durchqueren den großen Saal, wobei ich Kris' Blick einfange und ihm ein Zeichen gebe, dass Summer und ich einen Moment für uns brauchen. Grinsend nickt er, was ich als Versprechen deute, dass er uns Rückendeckung geben wird. Anschließend führe ich Summer in einen abgelegenen Raum, der sich hinter der Bühne befindet. Dort ist ein weiterer abgetrennter fensterloser Bereich, der von einem Vorhang verhüllt wird.

Mit meinem Körper dränge ich sie gegen die Wand und fahre mit dem Finger von ihrer Wange hinab zu ihrem Schlüsselbein. Sie erzittert und die Härchen an ihren Armen richten sich langsam auf. Die Lider geschlossen, legt sie den Kopf in den Nacken und beugt sich mir entgegen. Sanft bedecke ich die zarte Haut an ihrem Hals mit meinen Lippen, woraufhin ihr ein Stöhnen entweicht. Mein Schwanz pulsiert, während ich sie küsse. Summer vergräbt ihre Hände in meinem Nacken und zieht mich näher zu sich. Hitze durchschießt mich und die Lust auf sie wird von Sekunde zu Sekunde größer. Davon angespornt, lasse ich meinen Mund weiter wandern, bis hin zum Ausschnitt ihres Kleides.

Kapitel 9
Summer

Ben macht mich wahnsinnig mit seinen Berührungen. Er schafft es, mein Höschen innerhalb weniger Sekunden feucht werden zu lassen. Seine Finger auf meiner Haut lösen nicht nur ein Kribbeln, sondern ein Feuerwerk in mir aus.

Seine Hand geht weiter auf Wanderschaft. Sanft umklammert er meine Brüste, die vom Stoff des Kleids und der Unterwäsche verhüllt werden. Trotzdem reicht das aus, damit sich meine Brustwarzen aufrichten und gegen den BH drücken. Den Kopf in den Nacken gelegt, koste ich jede Einzelne dieser Zuwendungen aus. Ben küsst meine Halsbeuge, während seine Hand an meinem Oberkörper hinuntergleitet. Am Schlitz meines Kleides angelangt, schiebt er die Finger unter den Saum. Ein angenehmes Brennen lässt meinen Unterleib lustvoll krampfen.

In freudiger Erwartung, was er als Nächstes vor hat, schlinge ich mein Bein um seine Hüfte. Angespornt von meiner Einladung, zwängt er seine Hand unter den Stoff und gelangt innerhalb weniger Augenblicke zum Bund meiner Seidenstrumpfhose, die er vorsichtig herunterzieht. Er kniet sich vor mich, woraufhin ich aus den Schuhen schlüpfe und er mir die Strumpfhose auszieht. Anschließend senkt er seine Lippen erst auf meine Waden und zieht eine Spur aus Küssen an meinen Schenkeln hinauf. Das Kleid rafft er, sodass er direkt am Höschen angelangt. Umso näher er zu meiner Mitte gelangt, desto fester schlägt mein Herz gegen den Brustkorb.

Liebevoll umklammert er meine Pobacken und sieht zu mir auf. Im Blau seiner Augen spiegelt sich ein deutliches Verlangen wider, das das Prickeln in meinem Inneren verstärkt. Hitze schießt durch meinen Körper, als er mit seinem Daumen sanfte Kreise auf meiner Perle beschreibt, die noch vom Stoff verdeckt wird. Erneut schließe ich die Lider, um das Gefühl der Erregung vollständig auszukosten. Es ist so anders, Ben berührt nicht nur meine Haut, sondern rüttelt auch an meinem Inneren. Geborgenheit durchströmt mich, die ich zuvor nicht kannte.

Ein angenehmer Druck baut sich in mir auf, der sich zunehmend steigert. In meinen Ohren rauscht es, während ich dem Höhepunkt immer näher komme. Doch dann hört er plötzlich auf. Ich sehe zu ihm herab, kann ein verzweifeltes Seufzen nicht unterdrücken.

Mit einem frechen Grinsen auf dem Gesicht schiebt er mein feuchtes Höschen beiseite. Kurz darauf dringt er vorsichtig mit einem Finger in mich ein und entlockt mir damit ein lautes Stöhnen. So fest ich die Lippen auch aufeinanderpresse, ich kann es nicht mehr zurückhalten. Ihn in mir zu fühlen, auch, wenn es nur sein Finger ist, bringt mich um den Verstand. Ich will mehr. Ihn in mir spüren und diese Emotionen, die er in mir auslöst, für immer behalten. Mir ist dabei vollkommen egal, dass die Presse im Nebenraum hockt und uns ins Licht der Öffentlichkeit zerren würde, sollte man uns hier entdecken.

Die Überraschung über meine eigenen Gedanken hält nicht lange an. Ben, dessen Finger noch immer in mir ist, während sein Daumen an meiner Klitoris spielt, zieht eine Spur aus Küssen bis hin zu meinem Mund. Seine Zunge drängt er zwischen meine Lippen und erforscht meine Mundhöhle. Als sich mein Orgasmus allmählich anbahnt, bricht mir der Schweiß aus. Unzählige Empfindungen überfluten mich und werden verstärkt, als Ben einen zweiten Finger hinzunimmt. Ich kralle mich in seinen Nacken und ziehe ihn näher zu mir. Kurz bevor mich der Höhepunkt überfällt, hält Ben inne. Langsam lässt er sich auf die Knie sinken, schiebt mein Kleid beiseite und das Höschen bis zu meinen Knien herunter.

Ehe ich überhaupt realisiere, was er da macht, presst er seinen Mund auf meine Klit. Mit den Zähnen knabbert er daran, während ich versuche, nicht erneut laut aufzustöhnen. Auch, wenn wir hier in einem von der Veranstaltung abgelegenen Raum sind, ist es nicht ausgeschlossen, von jemandem gehört zu werden. Schließlich findet nebenan noch immer die Gala seiner Eltern statt.

Mein Kopf verwandelt sich allmählich in Watte. Überschüttet vom elektrisierenden Gefühl seines Mundes, kann ich kaum einen klaren Gedanken fassen. Ein Schauer nach dem anderen jagt mir über den Rücken, während ich mich ihm immer näher fühle.

Seine Zunge bearbeitet gerade meinen Kitzler, als er zwei Finger hinzunimmt und in mich hineinstößt.

Mein lautes Seufzen durchdringt die Stille um uns herum. „Ben", stöhne ich und drücke ihm das Becken entgegen. Ich will mehr, so viel mehr.

Es braucht nur wenige Augenblicke, bis Ben den richtigen Rhythmus gefunden hat. Er stimmt seine Stöße auf den Takt ab, mit dem er meine Perle verwöhnt, und treibt mich dem Orgasmus entgegen. Auf keinen Fall soll er aufhören!

Der Höhepunkt überrollt mich wie eine Welle. Unzählige Empfindungen schießen durch meinen Körper, der sich anspannt. Meine Fingernägel vergrabe ich in Bens Haaren, als die Ausläufer über mich hineinbrechen. Für ihn ist das noch kein Grund, innezuhalten. Erst, als ich vor Erschöpfung gegen die Wand sacke und ein letztes Mal erzittere, zieht er seine Finger aus mir heraus.

„Du machst mich fertig", wispere ich. Unterdessen atme ich gleichmäßig, um mein wildpochendes Herz zu beruhigen.

„Hab ich gesehen." Erneut erscheint das freche Grinsen auf seinem Gesicht.

„Na warte", zische ich und drücke ihn mit meinem Körper gegen die Wand, nachdem ich mein Höschen hochgezogen habe. Sichtlich überrascht von meiner Reaktion, wehrt er sich nicht, als ich ihm ungestüm sein Hemd aus der Hose zerre und den Gürtel aufmache. „Dir werde ich es heimzahlen." Selbstbewusst öffne ich den Knopf seiner Anzughose, ziehe sie bis zu seinen Knöcheln herunter und gehe in die Knie. Meine Augen wandern dabei an seinem Sixpack hinab, hin zu den Härchen unterhalb seines Bauchnabels, die mir den Weg zu seinem Glied zeigen. Ehe ich mich auf den Weg zu seinem besten Stück mache, fahre ich mit dem Finger über den Flaum. Mit den Fingerspitzen zupfe ich an ihm und bringe Ben damit zum Erzittern. Seine Beule wächst rasant an und zeichnet sich deutlich unter seiner Pants ab. Kurz darauf entledige ich ihn dieser und sehe seinen Schwanz in voller Pracht.

Zart streichle ich seitlich darüber, ehe ich ihn umklammere und zu massieren beginne. Ben, der den Kopf in den Nacken und seinen Kiefer fest aufeinanderpresst, erschauert. Seine Hand drückt er gegen die Wand, wobei seine Knöchel weiß hervortreten. Mit der anderen Hand packt er meine Schulter. An seinen geröteten Wangen und seinem Griff, der die Anspannung in seinem Körper widerspiegelt, merke ich, wie gut ihm diese Zärtlichkeiten gefallen. Ich kann nicht leugnen, dass es ein Glücksgefühl in mir auslöst, ihn so aus dem Konzept bringen zu können.

Meine Hand umklammert seinen Penis und bewegt sich auf und ab. Ben vergräbt seine Hand in meinem Nacken. An seinem Gesicht erkenne ich, dass er das, was ich hier tue, sichtlich genießt. Er krallt seine Finger in meine Schulter, wodurch er mich anspornt, weiterzumachen.

Kurz, bevor er seinen Höhepunkt erreicht, halte ich inne und betrachte für einen Augenblick seinen

Schwanz, ehe ich ihn mit meinen Lippen umschließe. Ein Stöhnen entfährt ihm, das mir eine Gänsehaut beschert.

„Was zur Hölle macht sein Vater hier?!" Mr. Jeffers' Stimme durchdringt die Stille und lässt mich hochfahren. Erschrocken blicke ich zu Ben, dessen Erregung vollständig aus seinem Gesicht verschwunden ist.

„Das weiß ich nicht." Bens und Ambers Mom ist zu hören. Sie scheint den Tränen nah zu sein. Eine Tür knallt im Hintergrund, bevor für einen Augenblick Stille einkehrt. Eilig ziehe ich mir die Strumpfhose an, schlüpfe in meine Schuhe und rücke das Kleid zurecht. Ben tut es mir mit seiner Kleidung gleich.

„Wir haben doch abgemacht, dass er ihn nie kennenlernen soll. Wie kommt er also auf die Idee, hier zu sein?!", poltert Bens Dad.

„Ich weiß es wirklich nicht."

„Es war doch abgemacht, dass sie niemals aufeinander treffen werden! Du hast es mir versprochen!" Mr. Jeffers schreit seine Frau an. Bei dem Ton in seiner Stimme läuft es mir eiskalt über den Rücken.

Ben, der bei der lauten Stimme seines Dads zusammenzuckt, greift sofort nach meiner Hand.

Das Gesagte hinterlässt riesige Fragezeichen in meinem Kopf. Unschlüssig, ob wir einfach zuhören oder möglichst unbemerkt den Raum verlassen sollen, sehe ich fragend zu Ben. Dieser lauscht ganz gebannt der Auseinandersetzung seiner Eltern.

„Er ist dein Sohn!", erwidert Mrs. Jeffers. „Immerhin haben wir ihn zusammen groß gezogen, gemeinsam mit Gavin und Amber!"

In diesem Moment wird Ben blass. Langsam dämmert mir, was hier passiert. Die Worte seiner Eltern deuten darauf hin, dass er gar nicht der leibliche Sohn von Mr. Jeffers ist. Ich kann mir nicht mal ansatzweise vorstellen, was Ben gerade durch den Kopf gehen muss. Es ist schon für mich schrecklich, zu hören, dass Mr. Jeffers nicht sein leiblicher Vater ist. Um Ben zu signalisieren, für ihn da zu sein, drücke ich seine Hand.

„Jede DNA-Untersuchung wird uns zeigen, dass er *nicht* mein Sohn ist! Sein Vater ist ein anderer. Er hat jahrelang in meinem Haus gelebt, aber mehr auch nicht!" Mr. Jeffers Zorn ist nicht zu überhören. „Die ganze Zeit über habe ich Ben vorgespielt, sein Vater zu sein. Dabei habe ich nie die Hoffnung verloren, er könnte noch ein Jeffers werden. Und jetzt? Sieh dir doch an, was aus ihm geworden ist. Ein dämlicher Sportler … pah! Was können die schon?!" Spott mischt sich in Mr. Jeffers Stimme.

Ben versteift sich. Er geht in Angriffshaltung, als würde er jeden Moment durch den Vorhang springen. Wut zeichnet sich sichtlich auf seinem Gesicht ab. Die Worte seines Dads treffen ihn verständlicherweise. Schließlich hat er damit alles, was sich sein Sohn erarbeitet hat, mit den Füßen getreten. Fassungslosigkeit breitet sich in mir aus.

„Er ist noch immer dein Sohn! Wir haben ihn beide erzogen!", hält Mrs. Jeffers dagegen. „Wie kannst du es wagen ..."

„Du hast ihn mir untergeschoben! Ben ist nicht mein Sohn!", brüllt Mr. Jeffers. „Jahrelang habe ich ein Kuckuckskind aufgezogen, wohl wissend, dass er nicht von mir stammt!"

Scharf zieht Ben die Luft ein. Im gleichen Atemzug greift er nach dem Vorhang und gibt die Sicht auf uns frei. Das Gesicht seines Vaters versteinert sich augenblicklich, während Mrs. Jeffers weiß um die Nase wird.

„Ich bin nicht dein Sohn?" Bens Stimme ist gefährlich ruhig.

„Nein, mein Junge", erwidert Mr. Jeffers, als wäre es das normalste der Welt, „du bist der Sohn deiner Mutter, aber nicht meiner." Abfällig gleitet sein Blick zu mir, bereit, etwas über unsere Abwesenheit zu sagen.

„Wollt ihr mich eigentlich verarschen?", brüllt Ben unvermittelt, bevor Mr. Jeffers auch nur ein weiteres Wort von sich geben kann. Erschrocken zucke ich zurück. „All die Jahre habt ihr mich angelogen! Was ist nur in euch gefahren?" Er lässt meine Hand los und macht einen großen Schritt auf seine Eltern zu. „Warum konntet ihr mir nicht einfach die Wahrheit sagen? Das wäre alles besser gewesen, als ständig von dir", er deutet auf Mr. Jeffers, „abgelehnt zu werden. Du hast mich immer wegen meiner Liebe zum Sport niedergemacht und mich deutlich spüren lassen, wie scheiße ich in deinen Augen bin. Dabei hättest du mir einfach sagen können, dass ich ein untergeschobenes Kind bin." Bens Gesicht ist rot angelaufen. „Alles wäre besser gewesen, als deinen unerklärlichen Hass gegen mich zu ertragen!"

Um ihn von einer Dummheit abzuhalten, lange ich nach seiner Hand. Zu meiner Überraschung lässt er es zu und verflechtet seine Finger mit meinen. Auch sein Dad scheint sichtlich überrumpelt über Bens Ausbruch zu sein. Er ringt noch nach Worten, während sich Ben an seine Mutter wendet.

„Wer ist mein Vater?", fragt er. „Ist er hier?" Seine erhobenen Schultern spiegeln nicht nur seine nachvollziehbare Wut wider, sondern auch etwas, das mir Angst macht. „Sag mir bitte, wer mein Vater ist. Ich habe schließlich ein Recht darauf, es zu erfahren."

Mr. Jeffers bricht in schallendes Gelächter aus. „Dein *Vater* hat sich all die Jahre nicht für dich interessiert. Du warst ihm egal. Eher solltest du mir dankbar sein, dass ich dir ein Zuhause gegeben habe." Von oben herab betrachtet er Ben.

Dieser ignoriert Mr. Jeffers und dreht sich stattdessen erneut zu seiner Mutter. „Bitte, sag mir, wer mein Vater ist." Verzweifelt faltet er die Hände vor der Brust. „Das seid ihr mir schuldig, nachdem ihr mich mein Leben lang angelogen habt!" Ein flehender Ausdruck liegt in seinem Gesicht. Es zerbricht mir das Herz, zu sehen, wie sehr ihn die Unwissenheit auffrisst. Ich kann mir nicht mal vorstellen, wie es mir gehen würde, wenn ich plötzlich erführe, dass Dad nicht mein Dad ist.

In den Augen von Bens Mutter erkenne ich Reue. Sie scheint mit sich zu ringen, was nun richtig ist. „Es ist …", setzt sie an, erhascht dann jedoch einen Blick auf ihren Mann. Mr. Jeffers schüttelt den Kopf, woraufhin Bens Mutter verstummt.

„Ist das dein Ernst?!" Aufgebracht rauft sich Ben die Haare. „Schon immer hast du das gemacht, was Dad wollte. Es wird Zeit, dass du mal aus seinem Schatten herauskommst!"

„Hör auf, so mit deiner Mutter zu sprechen. Sie macht nur das Richtige", wirft Mr. Jeffers ein. Mit verschränkten Armen und hochgezogenen Augenbrauen steht er vor uns.

Lange konnte ich den Impuls unterdrücken, aber nun bricht es aus mir heraus. „Na, so richtig kann es nicht sein, wenn sie ihr das Wort verbieten", schreie ich ein. Es ist nicht okay, wie Mr. Jeffers alles daran setzt, Ben im Unwissen zu lassen.

„Ah, da spricht Bens kleines Flittchen." Mr. Jeffers bedenkt mich mit einem bemitleidenswerten Blick, der mich rasend macht. Ich balle die Hand zur Faust, versuche mir aber nicht anmerken zu lassen, wie sehr mich sein Gesagtes verletzt. „Pass lieber auf, dass er dir nicht auch ein Kind unterjubelt und du am Ende allein da stehst, so wie meine Frau. Der Apfel fällt sicher nicht weit vom Stamm. Sie kann nur von Glück reden, dass wir bereits verheiratet waren."

In diesem Augenblick geht alles viel zu schnell. Ben lässt meine Hand los, ich möchte ihn zurückhalten, bin allerdings zu langsam. Er stürzt sich auf Mr. Jeffers, hebt den Arm und seine Faust landet krachend auf dessen Kinn.

„Ben!", kreischt Mrs. Jeffers.

„Du bist ein Arschloch!", brüllt er und packt Mr. Jeffers am Kragen.

Als Ben erneut ausholen möchte, schaltet mein Hirn in einen Standby-Modus. Obwohl ich mir fast sicher bin, dass ich ihn niemals allein von seinem Vater wegbekomme, muss ich es zumindest versuchen. Deshalb greife ich nach seinem Arm.

„Das ist nicht der richtige Weg", sage ich. Für einen Augenblick steht die Zeit still. Ben scheint erstarrt, als würde er darüber nachdenken. Schließlich erschlafft er und ich ziehe ihn weg.

In seinen Augen erkenne ich den Schmerz, den die Worte seines Vaters auf seiner Seele hinterlassen habe. Ehe er eine weitere Dummheit begeht, umschlinge ich seinen Oberkörper und klammere mich an ihm fest. Ben vergräbt sein Gesicht an meiner Halsbeuge und erzittert.

„Verschwinden Sie!", fauche ich Mr. Jeffers an.

Erschrocken nickt dieser und verlässt zusammen mit seiner Frau den Raum. Ben, der beim Klappen der Tür zusammenzuckt, rollen Tränen über die Wangen. Er kann sich kaum auf den Füßen halten, so fest haben ihn seine Emotionen im Griff. Gemeinsam sinken wir auf den Fußboden und mir bleibt nichts, als ihm Trost zu spenden. Auf keinen Fall werde ich ihn allein lassen, so, wie es seine Eltern getan haben.

Kapitel 10
Ben

Meine Gedanken rasen. Immer wieder erinnere ich mich daran, was mein *Vater* gesagt hat. *Ben ist nicht mein Sohn.* All die Jahre haben sie es vor mir geheim gehalten. Dabei habe ich gespürt, dass etwas nicht stimmt. Ich dachte, es sei, weil ich den Eissport so liebe und mein *Vater* ihn hasst. Ständig wollte er einen Immobilienhai aus mir machen, der ich niemals werden könnte.

Noch immer auf dem Boden kauernd, balle ich die Hände zu Fäusten. An der Stelle, mit der ich meinen *Vater* am Kinn getroffen habe, schmerzt es ein wenig. Aber viel schlimmer ist mein Brustkorb, um den sich eine Klaue zu legen scheint. Über die Jahre hinweg hat er mit seinen Taten Narben auf meiner Seele hinterlassen. Und jetzt … sitze ich hier, versuche, trotz zugeschnürter Kehle zu atmen und den Kummer zu verdrängen.

Doch die Emotionen wirbeln durch meinen Körper. Es fällt mir schwer, einen klaren Kopf zu bekommen. Am liebsten wäre es mir, all das, was eben passiert ist, zu vergessen. So zu tun, als wäre es normal, jahrelang von der eigenen Mutter belogen und von seinem Vater wie das fünfte Rad am Wagen behandelt worden zu sein. Es wäre so viel leichter, wenn ich es nicht wüsste. Oder?

„Ben?" Summer, die mich in ihren Armen hält, während mir Tränen über die Wangen rinnen, durchbricht die Stille.

Ohne etwas zu sagen, richte ich mich auf. In ihren Augen schimmert der Schmerz, den ich auf der Seele spüre. Jahrelang wurde ich belogen, habe die Schikanen meines Vaters ausgehalten.

„Sollen wir nach Hause fahren?" Summer streicht mir liebevoll über die Wange und wischt so meine Tränen weg.

Normalerweise würde ich mich dafür schämen, in der Öffentlichkeit zu weinen. Mom und Dad haben mir immer beigebracht, wie wichtig es ist, seine Emotionen in Gesellschaft Dritter zu unterdrücken. Doch bei Summer fühlt es sich an, als sei es das Normalste auf der Welt. Sie gibt mir den Raum und die Zeit, mit meinen Dämonen zu kämpfen. Sie lässt mich deutlich spüren, dass sie mich nicht allein lassen wird. Erneut schmiege ich mich an ihre Seite. Wie selbstverständlich legt sie ihre Hand auf meinen Rücken und fängt mich auf. Sie bewahrt mich davor, nicht in die endlose Tiefe zu fallen, die sich vor mir öffnet.

Ihre Berührung jagt mir nicht nur einen Schauer über den Rücken, sondern scheint einen Teil des Schmerzes, den ich verspüre, von mir zu nehmen.

„Ja", erwidere ich schließlich und löse mich von ihr. Obwohl ich mich elend fühle, beugt sich Summer zu mir und gibt mir einen Kuss auf die Wange. Erst dann erhebt sie sich. Ich tue es ihr gleich und ergreife ihre Hand.

Während im großen Saal die Spenden ausgewertet und darauf angestoßen wird, kehren wir der Veranstaltung den Rücken, holen unsere Jacken und begeben uns zu meinem Fahrzeug.

„Kannst du Amber eine Nachricht schicken, dass wir fahren und uns zuhause treffen werden?", bitte ich Summer. Der Gedanke, meiner kleinen Schwester davon berichten zu müssen, bricht mir schon jetzt das Herz. Wird sie es gut aufnehmen? Was wird sie dazu sagen? Schließlich sind wir nur noch Halbgeschwister. Bisher hatten wir immer eine enge Verbindung zueinander. Wird sich das ändern?

In meinem Inneren verkrampft sich alles. Beklommenheit lastet auf mir, während sich zugleich Wut in mir breitmacht. Wie konnten sie es mir so lange verheimlichen? Ob Gavin davon wusste? Immerhin hat er mich auch anders behandelt als Amber.

Mit einem Mal schießen mir unzählige Erinnerungen durch den Kopf. *Vater*, der mir das Eishockey-Camp verbat, weil er es nicht finanzieren wollte. *„Für so einen Rotz geb ich doch kein Geld aus"*, höre ich ihn sagen. *„Schon gar nicht für ihn."*

Letztlich hatte Grandpa das Camp bezahlt, aber bereits damals schmerzten diese Worte. Nun weiß ich, warum *Vater* mir nie finanzielle Mittel für die Ausrüstung oder Trainingseinheiten zur Verfügung stellte. Ich bin nicht sein Sohn, also wollte und will er mir dieses Leben nicht finanzieren.

Die Erkenntnis trifft mich hart. Mein Leben lang habe ich versucht, *Vater* so zu akzeptieren, wie er ist. Besonders seine komische Art und die Abweisung, die er mich jedes Mal spüren ließ. Wie dumm ich war!

Die Fahrt vergeht wie im Flug und ich parke das Fahrzeug in der Tiefgarage des Wohnhauses, in der sich die WG befindet. Anschließend schlage ich mit geballter Hand auf das Lenkrad. Wut entspringt aus meinem Inneren, möchte raus.

Augenblicklich greift Summer nach meinen Fingern. Ihre Anwesenheit gibt mir im Moment so viel Trost. Sie sorgt dafür, dass ich mich nicht ganz so allein fühle, wie ich es wohl sonst wäre.

„Lass uns hochgehen", fordert sie mich auf, „hier wird es langsam kalt."

Nickend steige ich aus und folge ihr zum Aufzug, der sich noch im neunten Stock befindet. Genervt drücke ich den silbernen Knopf, der ihn zu uns befördern soll.

Behutsam legt mir Summer einen Arm um die Hüfte und zieht mich zu sich. Ihre Nähe ist beruhigend und berauschend zugleich, weswegen ich mich zu ihr beuge und einen Kuss auf ihr Haar drücke. Einmal mehr wird mir bewusst, dass sie mein Anker, mein Fels in der Brandung ist. Während mich meine Eltern im Stich lassen, ist sie noch immer hier, obwohl mein *Vater* sie als Flittchen bezeichnet hat. Automatisch balle ich die Hand wieder zur Faust. Sobald ich nur an ihn denke, verspüre ich erneut Wut und möchte ihm eine reinhauen. Es tat verdammt gut, als meine Faust auf seinen Kiefer getroffen ist. Noch immer hängt mir das Knacken im Ohr, aber leider war es nicht schlimm genug, als dass man sofort etwas gesehen hat. Wäre Summer nicht da gewesen, dann hätte ich wohl nicht mehr aufgehört. Es war der flehende Ton in ihrer Stimme, der mich davon abgehalten hat, erneut zuzuschlagen. Beinahe, als würde sie mich daran erinnern, wer ich wirklich bin.

Eilig schiebe ich den Gedanken beiseite und drehe mich zu ihr. Ein helles Läuten meldet die Ankunft des Aufzugs. Wir steigen ein und sie drückt mit ihrem Finger auf die große Sieben. Danach dreht sie sich zu mir. Nervös zwirbelt sie eine Haarsträhne zwischen ihren Fingern und betrachtet mich. Ihre Augen sind von Schminke umrundet, das Haar steht unordentlich ab und doch ist sie das Schönste, das ich bisher gesehen habe. Ihr betörender Duft dringt in meine Nase und ruft mir ins Gedächtnis, was vor dem Gespräch mit meinen Eltern passiert ist. Sie war so nah dran, mich zum Kommen zu bringen.

Automatisch lange ich an ihre Wange. Mit dem Daumen schiebe ich die Haarsträhne hinter ihr Ohr und beobachte, wie sie dabei erschauert. Ihr Anblick hilft mir, alles zu vergessen. Der Schmerz über den Verrat meiner Eltern wird weniger, bis er nur noch eine leise Stimme in meinem Hinterkopf ist. Ich verliere mich in Summers Augen, die mich wie ein Magnet anziehen. Trotz dem, was ich über mein Leben erfahren habe, sehne ich mich nach ihr. Allein dieser Gedanke fühlt sich falsch, aber zugleich auch richtig an. Sie gibt mir das Gefühl, nicht allein zu sein, und genau das brauche ich jetzt.

Als sich ein Lächeln auf ihre Lippen legt, verpufft der Rest meiner Selbstbeherrschung. Mein Mund kracht auf ihren, wild bitte ich mit meiner Zunge um Einlass, den sie mir gewährt. Mit dem Körper presse ich sie gegen die Wand des Aufzugs, während sie die Beine spreizt. Einen Fuß schlingt sie um meine Hüfte, sodass ihr Kleid hochrutscht und uns nur noch ihre Strumpfhose trennt. Ich will sie spüren. Ihren Körper an meinem.

Sobald der Aufzug zum Stehen kommt, packe ich sie an der Hand, zerre sie zur Wohnungstür, schließe auf und lasse die Tür ins Schloss knallen. Achtlos schlüpfe ich aus meinen Schuhen, ziehe ihr das Kleid mit einem Ruck über den Kopf und schiebe sie in mein Zimmer. Sobald sie die Kante meines Betts in den Kniekehlen spürt, lässt sie sich auf die Matratze sinken. Ich nutze die Gelegenheit und bedecke ihren Oberkörper mit Küssen, während ich die Strumpfhose an ihren Beinen herunterziehe. Lediglich in Unterwäsche bekleidet liegt sie vor mir und betrachtet mich erwartungsvoll. Ich reiße mir die Jacke, das Hemd und die Hose herunter. In meinem Kopf hat die Sehnsucht, in ihr zu sein, überhandgenommen.

Nur noch in Pants gekleidet stehe ich vor ihr, gehe ich in die Knie und begutachte jeden Zentimeter ihres wunderschönen Körpers. Mit den Fingerspitzen fahre ich über ihre Haut und sehe dabei zu, wie sich die Härchen an ihrem Körper aufrichten. Summer erschauert bei jeder meiner Berührungen und löst damit ein wohliges Gefühl in mir aus. Mit einer flinken Handbewegung entledige ich sie ihres BHs, den ich auf den Boden werfe. Ihre Brustwarzen recken sich mir entgegen, als würden sie verzweifelt darum bitten, dass ich sie zwischen meinen Fingern drehe. Bevor ich das mit Vergnügen mache, drücke ich den Mund auf ihren Bauchnabel, küsse jeden Zentimeter ihres Bauchs bis hin zu ihren Brüsten, die ich parallel dazu knete. Ein Stöhnen entfährt ihr, als ich ihren Nippel mit meinen Lippen umschließe und daran sauge. Ein heißkalter Schauer rinnt über meinen Rücken und regt mich noch mehr an. Meine Beule reibt am Stoff der Pants.

Sanft knabbere ich mit den Zähnen an Summers Brustwarze. Sie vergräbt ihre Fingernägel in meinem Haar und drückt meinen Kopf an ihren Körper. Vorsichtig hebe ich ihn, um mich auch der anderen Brust zuzuwenden. Als ich meine Lippen auf ihren Nippel senke, gibt sie ein ersticktes Geräusch von sich. Befeuert davon, lasse ich die Hand über ihren Bauch hinab zu ihrem Höschen gleiten. Rasch zerre ich es herunter und drücke den Mund auf ihre Schenkel. Dort ziehe ich eine Spur aus Küssen zu ihrer Klit, während mein Finger an der anderen Seite hinaufgleitet. Schon vorhin habe ich gemerkt, wie gut ihr das gefällt.

Sobald ich ihre empfindlichste Stelle erreiche, seufzt sie. Mein Mund verwöhnt ihren Kitzler, während ich mit zwei Fingern immer wieder in sie hineinstoße. Summer ist so feucht, dass ich ihre Pussy am liebsten sofort mit meinem Schwanz erkunden möchte.

Normalerweise würde ich das bei jeder anderen Frau, die so willig vor mir liegt, auch machen. Aber nicht bei ihr, dafür ist sie mir zu wichtig. Sie hat es verdient, geliebt zu werden.

Während ich ihre Perle mit meinen Fingern bearbeite, hebe ich den Kopf, um Summer zu betrachten. Ihre Augen sind geschlossen, den Kopf hat sie in den Nacken gelegt. Sie so nackt vor mir liegen zu sehen, strahlt vollkommenes Vertrauen in mich aus. Das erfüllt mich mit einer unbeschreiblichen Zufriedenheit, sorgt aber auch dafür, dass ich ihr noch näher sein will.

„Ben." Ihre zittrige Stimme durchbricht die Ruhe des Raums. „Schlaf mit mir."

„Okay." Grinsend greife ich zu meinem Nachttisch, um ein Kondom herauszuholen. Flink öffne ich das Päckchen, nehme den Gummi heraus und will es gerade über meinen Schwanz streifen, als Summer sich aufsetzt, mich hochzieht und ihn mit ihrem Mund umschließt. Als ihre Zunge auf meine Spitze trifft, zucke ich zusammen und stöhne laut auf. Sie hat genau den Punkt getroffen, der mir die meiste Erregung verschafft. Gänsehaut legt sich über meinen Körper, die Haare in meinem Nacken richten sich spürbar auf. Mit ihren Händen krallt sie sich in meinen Po und saugt meinen Schwanz tiefer zwischen ihre Lippen. Wie eine Prise macht sich mein herannahender Höhepunkt bereit. Als Summer mit ihren Zähnen seitlich über meinen Schaft streift, treibt sie mich beinahe in den Wahnsinn.

„Stopp!", unterbreche ich sie deswegen. „Wenn du jetzt weitermachst, dann wird das nichts mehr." Mit großen Augen betrachtet sie mich. Ihre geröteten Wangen zeigen mir, wie sehr ich sie errege. Mein Körper kribbelt vor Vorfreude auf das, was kommt, und ich ziehe mir das Kondom über meinen Penis.

Anschließend umklammere ich Summers Wange, presse meine Lippen auf ihre und drücke sie sanft auf die Matratze. Liebevoll umfasse ich ihre Pobacken, hebe ihr Becken an und dringe langsam in sie ein. Uns beiden entfährt dabei ein lautes Stöhnen. Während ich immer wieder in sie hineinstoße, beobachte ich ihr schönes Gesicht. Die Lippen leicht geöffnet, die Lider geschlossen, genießt sie die Verbundenheit zu mir. Dieses Wissen über ihr Empfinden löst ein gutes Gefühl in mir aus. Wärme durchschießt meinen Körper und treibt mich an.

Wir finden einen gemeinsamen Rhythmus, der mich dem Höhepunkt näherbringt. Summer, die sich am Bettlaken festkrallt, scheint es ähnlich zu gehen. Sie spannt sich an, während sie mir ihre Hüfte noch mehr entgegenstreckt. Ich umklammere ihre Taille, um tiefer in sie hineingleiten zu können.

„Ben!", stößt sie hervor. Mit ihren Händen umklammert sie meine Handgelenke, um mich bei sich zu halten. Ihre Pussy zieht sich zusammen. Gleichzeitig erkenne ich an ihrem Gesicht, dass sie ihren Höhepunkt erreicht. Auch mein Orgasmus überwältigt mich und schickt ein Feuerwerk durch mich hindurch. Hitze breitet sich in mir aus und treibt mir den Schweiß auf die Stirn. Ein paar Mal stoße ich fest in sie hinein, ehe ich vor Erschöpfung auf sie sinke.

Verbunden durch unsere Körper, kommen wir langsam wieder zu Atem. Schwerelosigkeit legt sich über meine Seele, die heute so verletzt wurde. In diesem Moment wird mir bewusst, wie viel mir Summer bedeutet. Sie ist so viel mehr als nur mein Anker in dieser schweren Zeit.

Vorsichtig streiche ich eine Strähne aus ihrem Gesicht. Sie sieht mich müde, aber glücklich an. Ich kann nicht anders, als ihr einen Kuss zu geben und all die Emotionen, die unausgesprochen zwischen uns stehen, in ihn zu legen.

Kapitel 11
Summer

Sonnenstrahlen küssen mein Gesicht. Als ich die Augen öffne, bin ich im ersten Augenblick verwirrt. Ich sehe weiße Vorhänge vor bodentiefen Fenstern, die die Sicht etwas abfangen. Auf dem Boden liegen meine Klamotten, dazwischen befindet sich eine Anzughose. Irritiert runzle ich die Stirn, da dämmert mir, wo ich mich befinde. Freudestrahlend drehe ich mich um und möchte nach Ben greifen, mit dem ich die Nacht verbracht habe, doch er ist nirgends zu finden. Die Seite seines Betts ist bereits kalt, was bedeutet, dass er längst aufgestanden ist.

    Enttäuscht sinke ich ins Kissen zurück. Ob er den Sex mit mir bereut? Die Verbundenheit zu ihm hat sich so gut angefühlt. Hat er sie genauso gespürt wie ich? Oder sucht er bereits Abstand und hat mich abgeschrieben?

    Um auf andere Gedanken zu kommen, lasse ich den Blick durch sein Zimmer schweifen. Die Wände sind mit Regalen versehen, auf denen verschiedene Pokale stehen. Er hat sie alle dank seines unermüdlichen Trainings erkämpft. An der Wand hängen ein paar Trikots, die er in den letzten Jahren getragen hat. Auch eine Ausgabe seines Jetzigen hat er in einen Bilderrahmen gepackt und über seinen modernen Schreibtisch gehängt. Über der Zimmertür wurden die

Schläger angebracht, mit denen er seine ersten Schritte im Eishockey gegangen ist.

„Guten Morgen." Die Tür wird geöffnet. Herein kommt Ben, lediglich in eine Jogginghose gekleidet, mit zwei Kaffeetassen. „Gut geschlafen?" Ein ausgeruhtes Lächeln liegt auf seinem Gesicht.

Bei seinem Anblick könnte ich erneut schmelzen, so, wie gestern Abend beim Sex. Die Erinnerung daran sorgt dafür, dass mir heiß wird.

„Ja, danke." Verlegen richte ich mich auf, wobei ich feststelle, dass ich noch immer komplett nackt bin. „Und du?" Mit dem Rücken lehne ich mich an das Kopfende des Betts.

Ben stellt meine Tasse auf den Nachttisch, ehe er sich mit seiner auf die Matratze setzt. „Trotz der gestrigen Umstände wirklich gut", gesteht er. An seinem Gesichtsausdruck erkenne ich, dass er das ehrlich meint. „Dank dir." Ein Glücksgefühl durchströmt mich bei seinen Worten.

Während des Sex ist mir bewusst geworden, wie wichtig er mir ist. Es ist nicht nur die körperliche Verbundenheit, die ich zu ihm gespürt habe, sondern auch die seelische. Es war beinahe, als wären wir miteinander eins geworden. Bei ihm konnte ich die Hüllen fallen lassen und habe mich trotzdem wohl gefühlt. Zuvor hatte ich das nie.

„Woran denkst du?", hakt Ben nach. Mit gerunzelter Stirn betrachtet er mich.

Mein Herz klopft mir bis zum Hals. Soll ich es jetzt ansprechen? Um Zeit zu schinden, nehme ich einen Schluck von meinem Kaffee.

„Ach, nichts Wichtiges." Obwohl mich ein merkwürdiges Gefühl beschleicht, entscheide ich mich dagegen, ihm davon zu erzählen. Schließlich hat er genug damit zu tun, was er über seinen Vater erfahren hat und kann meine Gefühlsduselei mit Sicherheit nicht gebrauchen. Oder?

„Okay." Ben beugt sich zu mir und drückt mir einen Kuss auf die Stirn, der mir augenblicklich einen Schauer über den Rücken jagt. „Kris ist Frühstück holen und ich werde den Tisch vorbereiten, bevor Amber aufwacht."

Nickend denke ich nach. Seine kleine Schwester weiß bisher noch nichts davon, welches Gespräch wir gestern belauscht haben. Sicherlich wird sie sich wundern, weshalb wir so schnell weg waren.

„Wirst du es ihr heute sagen?", frage ich.

Ben seufzt. Ein trauriger Ausdruck ist in seinem Gesicht erkennbar. „Ja, mir bleibt keine andere Wahl. Kris weiß schon Bescheid." Erschöpft reibt er sich über die Nasenwurzel. „Ich wünschte, ich müsste es ihr nicht sagen."

„Das kann ich verstehen." Verständnisvoll verschränke ich meine Hand mit seiner. „Sie hat aber ein Recht darauf, es zu erfahren."

„Das stimmt." Für einen Atemzug sehen wir einander an. Dabei verliere ich mich in seinen Augen und versuche, seine Gedanken zu lesen. „Aber was ist, wenn sie es schlecht aufnimmt? Ich möchte nicht, dass sich irgendwas an unserem Verhältnis verändert." Mit hängenden Schultern starrt er an die Wand. Sein Gesagtes verrät mir, wie mies er sich fühlt.

„Amber wird dir deswegen nicht den Rücken kehren", muntere ich ihn auf. „Dass ihr nicht denselben Vater habt, ist egal, viel wichtiger sind die gemeinsamen Erinnerungen."

Hoffnung leuchtet in seinem Gesicht. „Hoffentlich hast du recht", wispert er und beugt sich ein Stück näher. Behutsam küsst er mich auf die Wange und weckt damit die Schmetterlinge in meinem Bauch.

Das ist der entscheidende Moment, in dem ich all meinen Mut zusammen nehme. Ein Impuls verdeutlicht mir, dass jetzt der richtige Augenblick ist, um über uns zu sprechen.

„Ben, wir müssen ..."

„Ben?" Kris' Stimme ertönt aus dem Flur und lässt meine Entschlossenheit schwinden. „Bin wieder da."

„Alles klar", ruft er. „Das ist wohl mein Stichwort", meint er grinsend an mich gewandt. „Du darfst dir gern etwas zum Anziehen aus meinem Schrank nehmen, wenn du was brauchst. Eine Zahnbürste habe ich dir im Bad hingelegt."

„Danke", sage ich, wobei sich mein Herz mit Liebe füllt.

Es ist schön, zu sehen, wie er sich um mich kümmert. Mit kleinen alltäglichen Aufmerksamkeiten drückt er aus, dass ich ihm wichtig bin. Und doch überrumpelt mich sein Verhalten. Will er denn gar nicht wissen, was ich ihm sagen wollte? Insgeheim muss ich mir eingestehen, dass mir sein Desinteresse ein wenig zusetzt.

Während ich ihm hinterher sehe, denke ich noch einen Moment über uns nach. Gestern auf der Gala hatte ich ein Gespräch mit Amber, die nachgebohrt hat, ob ich Gefühle für ihren Bruder entwickle. Natürlich habe ich meiner besten Freundin, die unsere ständigen zufälligen Berührungen längst bemerkt und zur Ansprache gebracht hat, von meinen Empfindungen für ihren Bruder berichtet. Ich habe ihr aber auch von meinen Unsicherheiten erzählt, weil ich absolut nicht einschätzen kann, wie er zu uns steht. Obwohl sie mir nicht direkt seine Emotionen verraten hat, bin ich mir sicher, dass er auch etwas für mich fühlt. Besonders nach dieser Nacht, die wir miteinander verbracht haben. Es ist, als hätte all die Jahre ein unsichtbares Band zwischen uns bestanden, das jetzt gefestigt wurde.

Und doch sind da Zweifel. Erst gestern hat er erfahren, dass sein Vater gar nicht sein Vater ist. Für mich ist nur schwer vorstellbar, wie sehr ihn all das aus der Bahn geworfen haben muss und trotzdem trifft mich sein mangelndes Interesse an dem, was ich ihm sagen wollte.

„O Summer", sage ich zu mir selbst und rolle mit den Augen. „Lass diese Gedanken! Im Moment gibt es Wichtigeres als das", rüge ich mich selbst. Hastig schiebe ich sie beiseite und packe sie in eine Kiste im letzten Eck meines Gedächtnisses.

Anschließend trinke ich meinen Kaffee leer, stelle den Becher auf den Nachttisch und mache mich vorzeigbar. Dazu schlüpfe ich in eines seiner T-Shirts, nachdem ich mir eine ausgiebige Dusche unter der Regenbrause gegönnt habe. Es reicht mir bis zur Mitte der Oberschenkel, weshalb ich lediglich die Strumpfhose vom gestrigen Abend darunterziehe. Mein Haar kämme ich mit einer Bürste, die er mir ebenfalls hingelegt hat, und binde es zu einem hohen Zopf. Anschließend putze ich mir die Zähne.

Als ich komplett fertig bin, begebe ich mich in die Küche. Dort werde ich von den anderen bereits erwartet. Amber sitzt müde am Tisch, als hätte sie die halbe Nacht nicht geschlafen, was augenblicklich mein Kopfkino anregt. Dabei waren Ben und ich bestimmt nicht besser. Kris wirkt im Gegensatz fit und unterhält sich angeregt mit Ben über das bevorstehende Spiel.

„Guten Morgen." Ich ziehe den Stuhl neben Ben heraus und lasse mich darauf fallen.

„Guten Morgen", murmelt Amber und reibt sich über die Augen.

„Morgen", sagt auch Kris und greift nach einem Sandwichbrot, welches er sich mit Marmelade beschmiert.

Nachdem Ben und ich nicht darüber gesprochen haben, was da zwischen uns ist, fühlt sich die Situation merkwürdig an. Mir ist nicht recht klar, wie ich mich verhalten soll. Um möglichst gelassen zu wirken, lange ich ebenfalls nach einem Sandwichbrot, das ich mir mit Käse belege. Schweigend frühstücken wir. Ein Blick auf Ben verrät mir, dass er in Gedanken mit Worten jongliert, wie er Amber von dem Gespräch seiner Eltern gestern erzählen soll.

„Amber, ich muss dir was sagen", meint Ben, als wir mit dem Frühstück fertig sind. Ihm steht der Schmerz über das, was er seiner kleinen Schwester gleich verraten wird, ins Gesicht geschrieben. Es zerreißt mir beinahe das Herz, ihn so leiden zu sehen.

„Was ist los?" Verwirrt schaut sie ihn an und greift nach Kris' Hand. „Ist etwas passiert?"

„Auf der Gala habe ich ein Gespräch zwischen Mom und Dad belauscht", beginnt er schließlich. Mein Herz rast, obwohl ich nicht in Bens Haut stecke. Dennoch bin ich nervös, wie meine beste Freundin auf diese Botschaft reagieren wird.

„Das haben wir früher oft gemacht", erwidert Amber. Sie strahlt Unsicherheit aus, die sie zu überspielen versucht. Kris neigt sich behutsam in ihre Richtung, als würde er ihr Halt geben wollen für das, was kommt.

„Dad ist nicht mein Vater", platzt es aus Ben heraus.

Die Hand vor den Mund geschlagen, starrt sie Ben erschrocken an. In seinem Gesicht scheint sie nach Anzeichen zu suchen, dass er einen verdammt schlechten Scherz gemacht haben könnte.

Bedrücktes Schweigen senkt sich über den Raum, als ihr bewusst wird, dass es die Wahrheit ist. Niemand weiß so recht, was er dazu sagen soll, weshalb die folgenden Augenblicke schleppend vergehen.

Erst nach und nach scheint Amber zu dämmern, welche Bedeutung Bens Gesprochenes hat. „Wie bitte?" Aufgebracht fährt sie sich durchs Haar. „Das ist doch ein schlechter Scherz, oder?" Ein Hoffnungsschimmer ist in ihrem Gesicht zu erkennen.

„Nein, leider nicht. Er ist nicht mein Vater."

Es ist so still, dass man eine Stecknadel auf den Boden fallen hören könnte. Lediglich das Ticken der Uhr ist zu vernehmen.

Meine beste Freundin steht auf und geht direkt zu ihrem Bruder. Sie setzt sich neben ihn und nimmt seine andere Hand.

„Und wer ist dann dein Dad?", fragt sie, noch immer fassungslos über die Neuigkeiten.

„Wenn ich das nur wüsste." Bens Schulter sacken ein. „Vater hat mir verboten, ihn kennenzulernen. Für ihn steht fest, dass ich es nicht wissen muss. Schließlich hat er mich auch großgezogen."

„Das kann doch nicht sein Ernst sein!", entfährt es diesmal Kris. „Er kann dir nicht verbieten, deinen leiblichen Vater kennenzulernen."

„Genau der Meinung bin ich auch. Was hat Mom gesagt?", hakt Amber nach. „Sie muss doch zumindest jetzt dazu stehen und dich unterstützen, oder?!" Hoffnungsvoll betrachtet sie ihren Bruder.

„Nichts. Sie hat getan, was Dad von ihr verlangt." Ben lässt meine Hand los und reibt sich über die Nasenwurzel. Die Erschöpfung ist ihm deutlich ins Gesicht geschrieben. „Schließlich kennen wir sie ja nicht anders."

Seine Schwester hüllt sich in Schweigen. Sie runzelt die Stirn und scheint in Gedanken versunken zu sein. „Ben", sagt sie wenige Augenblicke später und rutscht näher zu ihm. „Was auch immer passiert, ich werde zu dir halten. Es ist mir egal, ob du mein Halbbruder oder Bruder bist, es spielt für mich keine Rolle. Wir sind zusammen aufgewachsen und unsere Beziehung zueinander wird sich nie verändern." Sie schmiegt sich an ihn, woraufhin er einen Arm um sie legt. In seinen Augenwinkeln bilden sich Tränen, die er hastig abwischt.

„Wir helfen dir, deinen leiblichen Vater zu finden. Vielleicht fällt uns etwas ein, wie du deine Mom zum Reden bringen kannst", meint Kris.

Gedanklich spiele ich den gestrigen Abend noch einmal durch. Nachdem Bens Eltern öfter ein Charity-Event veranstalten, kennen sie die meisten Gäste. Es muss also jemand gewesen sein, der sonst noch nicht dabei war. Das bedeutet wiederum, dass es nur jemand vom College oder aber von den *Morriton Scorpions* sein könnte. Plötzlich kommt mir ein Verdacht.

„Könnte es sein, dass …", setze ich an zu sagen. Sobald ich die neugierigen Blicke der anderen bemerke, halte ich sofort inne. Auf keinen Fall sollte ich meine Vermutung äußern, oder? Immerhin könnte ich damit nicht nur Ben verunsichern, sondern auch das Team beeinflussen. Ich räuspere mich. „Könnte es sein, dass es jemand war, der gestern auch auf der Gala war?", meine ich stattdessen.

„Ja, Dad hatte so etwas erwähnt", pflichtet mir Ben bei.

„Aber wer?" Amber fährt sich durchs Haar. „Es waren mehrere hundert Leute da."

„Möglicherweise weiß eure Grandma darüber Bescheid", werfe ich noch ein. „Mit ihr könntest du auch sprechen."

„Das wäre eine gute Idee! Ich rufe sie gleich mal an." Sofort erhebt sich Amber und greift nach ihrem Handy, das sie in der Tasche ihres Hoodies verstaut hatte. Innerhalb kürzester Zeit hat sie den Kontakt ihrer Großmutter gewählt.

„Hallo Grandma! Du musst uns unbedingt helfen!" Stumm lauschen wir Amber, die mit ihrer Grandma ausmacht, dass diese am Nachmittag vorbeikommt. „Danke! Ich hab dich lieb." Mit diesen Worten beendet sie das Telefonat.

„Grandma kommt vorbei, sobald Ella ihre Schicht beginnt." Amber setzt sich wieder auf den Stuhl neben Ben.

„Danke für eure Unterstützung, Leute." Auf Bens Lippen zeichnet sich ein erleichtertes Lächeln ab.

„Das ist doch klar!", meint meine beste Freundin. „Schließlich warst du derjenige, der nach der Sache mit Marcus für mich da war. Du hast mir gezeigt, wie wichtig Familie ist und vor allem, was Zusammenhalt bedeutet." Sie fällt ihm um den Hals und drückt ihn fest an sich. „Dafür werde ich dir auf ewig dankbar sein, egal, ob du mein Bruder oder Halbbruder bist.

Für mich bist und bleibst du Ben, mit dem ich aufgewachsen bin", versichert sie ihm erneut.

„Danke." Ben lächelt, wobei ich ein paar Tränen in seinen Augenwinkeln ausmachen kann. „Das bedeutet mir wirklich viel."

Amber bedenkt ihren Bruder mit einem Lächeln. „Aber sag mal, warum ist Dad eigentlich mit einem geschwollenen Kiefer zur Verkündung der Spendeneinnahmen gekommen? Seine Stylistin musste Backstage einiges an Make-up auftragen, um es auf den Fotos unkenntlich zu machen."

Ben fährt sich verlegen durchs Haar. „Also, na ja …"

„Das warst du?!" Sie starrt ihren Bruder verblüfft an. „Sonst bist du die Ruhe in Person!"

„Glaub mir, so rasend habe ich Ben noch nie erlebt", pflichte ich ihr bei.

„Wäre Summer nicht da gewesen, wäre es wohl noch viel schlimmer gekommen." Bens Miene verfinstert sich.

„Nach so einer Aktion würde es mir nicht anders gehen." Kris zuckt mit den Achseln.

„Eigentlich war es auch längst überfällig, dass Dad in seine Schranken gewiesen wird", murmelt Amber. „Schließlich hat er sich schon mehr geleistet." Sie macht eine kurze Pause. „Okay, vielleicht war Gewalt nicht die richtige Lösung", fügt sie schnell hinzu, als sie meinen skeptischen Blick bemerkt. „Trotzdem kann er nicht erwarten, von jedem mit Samthandschuhen angefasst zu werden."

Wir anderen nicken zustimmend.

„Aber sagt mal ..." Amber runzelt die Stirn. „Gibt es da eigentlich etwas, das Kris und ich dringend wissen müssen? Immerhin hat Summer heute nicht in meinem, sondern in deinem Bett geschlafen." Sie deutet grinsend auf ihren Bruder, ehe ihr Blick zu mir schweift.

Sofort schnellt mein Puls in die Höhe, während Ben gelassen meine Hand in seine nimmt. „Summer hat hier übernachtet, das hast du richtig erkannt", stimmt er zu. „Alles weitere bleibt unser Geheimnis." Er zwinkert seiner Schwester zu.

„Was auch immer euer Geheimnis ist, wir freuen uns für euch." Ihr Grinsen verwandelt sich in ein liebevolles, ehrliches Lächeln. Mit einem Mal wird mir leichter ums Herz. Dank ihren Worten kann ich mir nun sicher sein, dass sie uns ihren Segen gibt. Egal, was daraus letztlich wird.

„Danke", antworten Ben und ich gleichzeitig. Dabei überkommt mich Verunsicherung darüber, *was* das mit uns ist. Schließlich haben wir noch nicht über das Geschehene gesprochen.

Kapitel 12
Ben

„Na, bereit für das erste Spiel in den Playoffs?" Brian klopft mir auf die Schulter, als er in die Kabine kommt.

„Immer", murre ich, schlüpfe aus meinen Schuhen und schiebe sie achtlos unter die Bank.

„Bist du mit dem falschen Fuß aufgestanden?", hakt Jesse nach, der ebenfalls hereinkommt.

„Oder hattest du schlechten Sex?" Brian wackelt mit den Augenbrauen.

„Witzig." Augenverdrehend ziehe ich die Sportklamotten an.

Seit der Benefizveranstaltung hat in meinem Kopf nichts mehr Platz außer die Frage, warum mir meine Eltern nichts davon erzählt haben, dass ich nicht *Vaters* leiblicher Sohn bin. In der Hoffnung, Grandma könne Licht ins Dunkle bringen, habe ich mich mit ihr darüber unterhalten. Ihre Bestürzung über diese Neuigkeit ließ mich zu dem Schluss kommen, dass selbst sie nichts davon wusste. Also warum haben meine Eltern alle angelogen? Wieso konnten sie es mir nicht einfach sagen? Wo sind meine Wurzeln? Wer ist mein Vater? Weshalb haben es mir meine Eltern so lange verschwiegen? Es hätte so viel für mich erleichtert!

Nur Summers Anwesenheit und der Sport konnten mir in den letzten Tagen Erleichterung verschaffen. Die meiste Zeit verbringen wir damit, nach

Möglichkeiten zu suchen, wie ich herausfinden kann, wer mein Vater ist. Bisher ist uns noch keine Idee gekommen, außer, nochmal mit meiner Mom zu sprechen. Für alles andere weiß ich zu wenig.

Mein Handy meldet eine eingehende Nachricht und katapultiert mich in die Gegenwart. Schnell entsperre ich das Display und sehe Summers Namen. Augenblicklich beschleunigt sich mein Puls. Gerade in den letzten Tagen war sie mein sicherer Hafen und steht mir bei. Hätte ich sie nicht gehabt, wüsste ich nicht, wie ich mit all den Neuigkeiten klargekommen wäre.

Ich wünsche dir viel Glück!, steht auf dem Display. Hastig tippe ich ein *Danke* und schicke ihr eine Message zurück. Allein ihr Name sorgt dafür, dass sich alles ein bisschen leichter anfühlt. Obwohl mir Summers Gegenwart guttut, und wir in der letzten Zeit häufig auf Tuchfühlung gehen, habe ich mich bisher noch nicht dazu durchringen können, mit ihr über meine Gefühle zu sprechen. Mein Gedächtnis ist überfüllt mit den Fragen nach meinem leiblichen Vater. Außerdem habe ich insgeheim Angst davor, es könnte ihr nicht mehr bedeuten als ein bisschen Spaß, eine Freundschaft Plus. Schließlich haben wir uns schon damals gegen eine Beziehung entschieden, weil wir beide unsere Freiheiten wollten. Doch jetzt weiß ich, dass meine Gefühle anders sind. Da ist nicht nur die körperliche Anziehung zu ihr, sondern viel mehr besteht auch eine seelische Verbindung, die ich auskosten möchte, solange es nur geht. Meine Angst davor, dass sie nicht das Gleiche spürt wie ich, ist viel zu groß. Noch eine Abweisung würde ich im Moment nicht verkraften.

„Los gehts!" Coach Jansson trommelt uns zusammen, woraufhin ich mein Handy sofort wegstecke. „Wir beginnen mit dem Aufwärmtraining."

Heute steht ein starker, aber nicht unschlagbarer Gegner an. Da wir zu den besten zehn Mannschaften der Liga zählen, stehen uns nun die K.O.-Runden bevor. Der Sieg entscheidet darüber, ob wir weiterkommen oder nicht. Umso wichtiger ist es, konzentriert an die Sache heranzugehen und alles zu geben.

Coach Jansson holt das Netz mit den Bällen, während wir unser Off-Ice-Training durchführen. Anschließend spielen wir Aufwärmfußball.

„Also erzähl", nervt mich Brian, „warum bist du so gereizt?"

„Sag du mir lieber, weshalb du mir ständig auf die Nerven gehst." Um ehrlich zu sein, kann ich nicht genau sagen, wieso ich ausgerechnet heute so angefressen bin. Vermutlich liegt es an dem komischen Bauchgefühl, welches mich seit heute Morgen begleitet.

„Na ja, deine schlechte Laune ist kaum zu übersehen. Dabei bist du quasi unser Sonnenschein", gibt er zurück.

Als Antwort brumme ich und kicke ihm den Ball zu. Unser Verteidiger Jesse und Kris gesellen sich zu uns und wir bilden einen Kreis. Abwechselnd schießen wir uns den Ball zu.

Die Jungs unterhalten sich über die vergangene Benefizveranstaltung und rufen damit unangenehme Erinnerungen bei mir hoch. Es ist, als würde ich den Abend erneut durchleben.

„Ist alles okay?" Kris steht neben mir und betrachtet mich besorgt.

Mit schmalen Lippen schüttle ich den Kopf. „Heut ist ein Scheißtag", gestehe ich.

„Das ist normal", meint er. „Immerhin hast du etwas erfahren, das dein Leben geprägt hat und jetzt zu einer Veränderung führt."

„Stimmt." Ich jongliere den Ball mit den Füßen. „Es ist trotzdem ein beschissenes Gefühl. Schließlich läuft da draußen mein Vater, mein Erzeuger, herum und ich könnte dir nicht mal sagen, wer es ist."

Kris hält in seiner Bewegung inne und legt mir eine Hand auf die Schulter. „Du wirst es bald erfahren. Deine Grandma hat ja angekündigt, mit deiner Mom zu sprechen", erinnert er mich.

„Du hast recht." Dennoch lässt mich diese merkwürdige Spannung einfach nicht los. Verbissen konzentriere ich mich auf das Aufwärmtraining, um auf andere Gedanken zu kommen.

Erst als Coach Jansson pfeift, höre ich auf. Er gibt uns das Zeichen, wieder in die Kabine zu gehen, um unsere Ausrüstung anzuziehen. Anschließend versammeln wir uns in einer Reihe vor der Tür zum Eis und warten auf die Worte des Stadionsprechers, der uns ankündigt. Wir gleiten auf das Spielfeld, während uns das Publikum mit einem tosenden Applaus empfängt.

Wie immer, wenn ich die Eisfläche betrete, fühle ich mich frei und beschwingt. Jedes Mal wieder ist es, als würde ich nach Hause kommen. Von klein auf hat mich diese Leichtigkeit ergriffen, sobald ich in meine Schlittschuhe geschlüpft und mit Grandpa das Kratzen des Eises unter den Füßen gespürt habe. Hier konnte ich sämtliche Gedanken und Emotionen ablegen, die mich sonst belastet haben. Auch jetzt kann ich die Erinnerungen an die Geschehnisse mit meinem *Vater* in eine Kiste packen und mich völlig auf das bevorstehende Spiel konzentrieren.

Ein paar Pucks liegen achtlos auf dem Feld, ich schnappe mir einen und schieße ihn direkt ins Netz. Daraufhin dehne ich mich, bevor ich weitere Pässe zu Kris und Schüsse aufs Tor spiele.

Mit einem lauten Signal wird irgendwann das Ende unseres Aufwärmens angekündigt, wir gehen in die Kabine und lauschen Coach Janssons Ansagen. Er erinnert uns mehrmals daran, welches Ziel wir verfolgen, und ermahnt uns, möglichst wenige Strafminuten einzufahren. Voller Motivation starten wir in das Match.

Kris und ich stehen in der *Starting Six*, er als *Center*, ich als *Winger*. Seine Aufgabe besteht darin, den gegnerischen Torhüter so zu behindern, dass wir möglichst viele Chancen erhalten, und Kris den Puck abfälschen kann. Mein Job ist es, die Strecken zwischen den Toren so schnell es geht zurückzulegen und bei Angriffen die Scheibe festzuhalten, damit meine Mitspieler ihre Positionen einnehmen können. Gleichzeitig gehören Torschüsse zu meinem Aufgabengebiet.

Zu Beginn des ersten Drittels positioniere ich mich direkt hinter Kris, der für den Gewinn der Bullys verantwortlich ist. Er ist fixiert auf den Puck, den der Schiedsrichter zwischen die *Center* der beiden Mannschaften hält. Mit einer flinken Handbewegung lässt er ihn fallen, woraufhin ihn Kris mit seinem Schläger holt und direkt an mich abgibt. Die gegnerischen *Winger* versuchen, mich zu blocken, schaffen es jedoch nicht. Erst vor den Verteidigern gebe ich den Puck an Brian ab, der der zweite *Winger* unserer Reihe ist. Beinahe erzielen wir ein Tor innerhalb der ersten Minute, werden aber von den Verteidigern und letztendlich vom Goalie ausgebremst.

„Gutes Spiel!", lobt uns Coach Jansson, ehe er die nächste Reihe aufs Eis schickt. Allein dieser Satz beruhigt mich.

Das Spiel läuft richtig gut. Wir blühen auf und können bereits im ersten Drittel zwei Tore erzielen. Obwohl wir einige Chancen erhalten, verläuft das zweite Drittel torlos.

Im letzten Drittel fahren wir ein Gegentor ein, können das Spiel allerdings mit einem Sieg für uns beenden.

Direkt im Anschluss werden einige von uns zu einem spontanen Interview eingeladen.

„Ben", ruft mich der PR-Manager, „die Presse bittet um ein Gespräch mit dir."

„Du meinst, sie wollen mich aushorchen", witzele ich und ernte dafür ein Schmunzeln.

„Sie warten in der Lounge", informiert er mich und geht vor.

Nickend rücke ich meine Sportjacke mit dem Vereinslogo zurecht, ehe ich in das Foyer trete. Dort werde ich von einem Blitzlichtgewitter empfangen. Es wurde ein Mikrofon aufgestellt, vor dem ich mich positioniere, während die Aasgeier von Journalisten darauf warten, endlich ihre Fragen stellen zu können. Auf ein Zeichen des Managers dürfen sie mich schließlich aushorchen.

„Erstmal herzlichen Glückwunsch zum Sieg", sagt einer der Reporter, „Sie haben sich heute gut geschlagen!"

„Danke", gebe ich zurück. Innerlich wappne ich mich schon gegen die Fragen, die ans Eingemachte gehen.

„Vor kurzem waren Sie auf der Benefizveranstaltung, die von Ihren Eltern organisiert wurden. Haben Sie Ihrem Vater dazu verholfen, dieses Event in Kooperation mit den *Morriton Scorpions* auf die Beine zu stellen?", hakt er nach.

„Nein", gebe ich zurück. Dabei kann ich nicht verhindern, wie mich allein die Erwähnung meines

Vaters verkrampfen lässt. „Die Gala wurde eigens von seinem Unternehmen geplant."

„Wie ist das Verhältnis zwischen Ihnen und Ihrem Vater?", bohrt ein anderer nach. „Sie haben die Benefizveranstaltung frühzeitig verlassen, gab es dafür Gründe?" Während er auf eine Antwort wartet, schiebt er seine runde Brille über die Nase, zückt das Aufnahmegerät und betrachtet mich durch seine Knopfaugen.

„Kein Kommentar", erwidere ich. *Nicht provozieren lassen*, versuche ich, mich zu beruhigen, und balle gleichzeitig die Hand zur Faust. Eigentlich hatte ich die Hoffnung, dass diese Bewegung unbemerkt bleibt, aber einer der anderen Reporter bekommt sie seinem Blick nach zu urteilen mit.

„So, wie sich das anhört, haben Sie keine gute Beziehung zueinander", schlussfolgert er, ahnungslos darüber, wie mich diese Worte aufbringen. „Können Sie uns mehr dazu sagen? Was ist zwischen Ihnen vorgefallen?"

„Das geht Sie überhaupt nichts an!", entfährt es mir. Ich kann nicht verhindern, dass mich die Wut auf meinen *Vater*, der mich jahrelang belogen hat, überrollt. Auch kann ich nicht verhindern, dass eine Stimme in meinem Kopf, die auf Rache sinnt, die Kontrolle übernimmt. „Sie können sich gern für die morgige Ausgabe notieren, dass Mr. Jeffers nicht mein leiblicher Vater ist. Nachdem er mich lange genug belogen hat, ist es bestimmt kein Problem, das mit der Öffentlichkeit zu teilen." Meinetwegen sollen alle wissen, was für ein Mensch er ist. Ehrlichkeit sieht jedenfalls anders aus.

Ein Raunen geht durch die Menge der Reporter. Einige von ihnen kritzeln eifrig etwas auf ihre Blöcke. Nur zu gern würde ich ihnen ihre Notizen um die Ohren hauen. Diese Treiber der Klatschpresse gehen mir gehörig auf den Sack.

Ehe ich noch eine weitere Dummheit begehen und etwas Falsches sagen kann, kommt unser Pressemanager zu mir. An seinem Gesichtsausdruck erkenne ich, dass ich einen Gang zu hoch geschaltet habe.

„Die Fragerunde ist damit beendet", sagt er in Richtung der Reporter und zieht mich schnell beiseite. „Was fällt dir ein?", zischt er, sobald wir außer Hörweite der Journalisten sind. „Wieso reagierst du so? Und überhaupt, was soll diese Behauptung?"

„Das ist keine Behauptung", erwidere ich angepisst von meinem Verhalten und den bestehenden Tatsachen. „Es ist die Wahrheit."

„Ben! Was ist los mit dir?" Mit zusammengezogenen Augenbrauen betrachtet er mich. „Normalerweise bist du der …"

„Ihr könnt mich alle mal! Mir ist es scheißegal, dass ihr es nicht gewohnt seid, wenn ich schlechte Laune habe", gebe ich geladen zurück und drehe ihm den Rücken zu. Mir ist bewusst, dass mir unser Pressemanager nichts Böses will, aber ich kann meine Emotionen einfach nicht mehr unter Kontrolle halten.

Noch immer wütend, stürme ich in die Kabine, schnappe mir meine Sporttasche und möchte gerade hinaus zu meinem Fahrzeug gehen. Genau in diesem Augenblick bemerke ich eine Frau, die an Coach Janssons Tür steht. Sie trägt ein Businesskleid, hat ihr blondes Haar hochgesteckt und sieht aus wie …

„Mom", entfährt es mir. Das darf doch nicht wahr sein!

Schockiert und mit rasendem Herzen, gehe ich zu ihr. „Was willst du denn hier?!"

In meinem Kopf startet ein Gedankenkarussell, das sich nicht mehr stoppen lässt. Was macht sie hier? Wieso steht sie an der Tür zu Coach Janssons Büro? Reicht es nicht, dass sie mich belogen haben? Wollen sie mit Lügen auch noch meine Karriere zerstören? *Vater* wäre zuzutrauen, dass er sie vorschickt, um irgendwelche Lügen über mich zu verbreiten.

Mit großen Augen blickt sie zu mir. Ihr ist sichtlich anzusehen, dass sie überrumpelt von der Begegnung mit mir ist. Scheinbar hatte sie nicht mit meinem nochmaligen Auftauchen hier gerechnet, sondern gedacht, ich würde direkt nach dem Interview fahren.

„Hallo Ben, ich …", setzt sie an.

„Was willst du hier?!", knurre ich und balle die Hand zur Faust.

Betreten starrt sie zu Coach Jansson, der bleich hinter seinem Schreibtisch sitzt. Er reibt sich übers Kinn, während er von mir zu ihr schaut. In meinem Kopf rattert es, als sich plötzlich ein Schalter umlegt. Wie Schuppen fällt es mir von den Augen.

„Du!" Mit dem Finger zeige ich auf ihn. Keiner meiner Gedanken bleibt haften, es ist, als würde ein Tornado alle aufwirbeln. „*Du* bist mein Vater?!" Fassungslos starre ich von ihm zu meiner Mom. Zugleich scheine ich den Boden unter den Füßen zu verlieren. Wie ist das möglich?

Verlegen schiebt sie eine lose Strähne hinter ihr Ohr. Die Lippen zu einem schmalen Strich gepresst, scheint sie zu überlegen, wie sie aus dieser Situation wieder herauskommt. Schließlich sacken ihre Schultern ein. „Ja, Edvard ist dein Vater."

„Was?!" Taumelnd laufe ich rückwärts, bis ich mit dem Rücken an die Wand stoße. Mein Kiefer mahlt, während ich auf eine Antwort von ihr warte. Die Fingernägel graben sich tief in meine Handflächen.

„Ben, ich ..." Coach Jansson erhebt sich. In seinen Augen erkenne ich plötzlich meine wieder. Sie haben die gleichen Sprenkel zur Mitte der Pupille. Die Hände abwehrend vor den Körper gehalten, kommt er auf mich zu. „Deine Mom hat es ..."

„Hör auf!" Wütend schleudere ich die Tasche auf den Boden, woraufhin er zusammenzuckt. „Ihr habt mich mein Leben lang angelogen und mir verheimlicht, wer ich wirklich bin!" Wie lange Coach Jansson wohl schon darüber Bescheid wusste? Warum hat er es mir nicht eher erzählt? Wieso haben mich alle jahrelang belogen?!

„Ben, bitte, hör mir zu." Flehend steht der Coach vor mir. Seine Mundwinkel sind verzerrt, die Stirn gerunzelt.

„Nein!", erwidere ich barsch. „Du bist genauso scheiße, wie alle anderen. Ihr alle habt mich hintergangen und keine Eier gezeigt. *Vater* hat mir schon gesagt, dass du nichts von mir wissen wolltest!" Der Zorn geht mit mir durch. „Ihr könnt mich alle mal! Mit euch bin ich fertig!" Bei meinen letzten Worten zeige ich auf Mom. Ohne länger zu warten, schnappe ich mir meine Tasche, drehe mich um und stürme hinaus. Erst im Auto fällt mir auf, dass ich den ganzen Weg über die Luft angehalten habe. Rasselnd atme ich aus und schlage gegen das Lenkrad.

Innerhalb weniger Tage hat sich mein Leben in das reinste Chaos verwandelt. Einzig und allein Summer ist mein Halt in dieser Dunkelheit.

Kapitel 13
Summer

Noch immer fassungslos über das, was ich in meiner heutigen Schicht in der Boutique erfahren habe, biege ich in die Straße ein, in der mein Wohnhaus liegt. Dad, der übers Wochenende mit einem Freund auf einem Trip ist, hat mir das Auto dagelassen, worüber ich einmal mehr dankbar bin. Es schüttet aus Eimern, das passt ausgezeichnet zu meiner Stimmung.

„Die *Morriton Scorpions* haben eine hervorragende Leistung gebracht und sind eine Runde weiter", berichtet der Journalist im Radio und erhält dadurch meine volle Aufmerksamkeit. „Besonders hervorgestochen sind die Zuschauerlieblinge Kristoffer Andersson und Benjamin Jeffers." Bei der Erwähnung von Bens Namen beginnt mein Herz zu rasen und ein Lächeln schleicht sich auf meine Lippen. Wie gern ich nur im Stadion gewesen wäre, um ihn anzufeuern.

Allerdings war das wegen meiner Kollegin, der heute Morgen eingefallen ist, dass sie meine Schicht am Abend doch nicht übernehmen kann, nicht möglich. So konnte ich das Match lediglich im Radio mitverfolgen, während ich meinem Job in der Boutique nachgegangen bin. Ausgerechnet heute habe ich Mrs. Bowly getroffen, die das *Emma Grows Hospice* leitet. Sie hat mir etwas erzählt, das ich noch immer nicht glauben kann. Wie soll ich es bloß Ben sagen?

Erschöpft lenke ich den Wagen in unsere Einfahrt, wobei ich überrascht feststelle, dass bereits ein weiteres Auto dort steht. Verwundert runzle ich die Stirn. Bei genauerem Hinsehen erkenne ich Bens Kennzeichen.

„Ben?", frage ich in die Stille des Fahrzeugs. Was könnte er nur hier wollen? Fieberhaft überlege ich, ob ich eine Verabredung vergessen habe. Dabei bin ich mir sicher, dass wir nichts ausgemacht hatten.

Aufgeregt und voller Vorfreude steige ich aus dem Auto, sperre es ab und begebe mich zur Tür. In Jeans und Trainingsjacke gekleidet, sitzt er auf der Treppe vor unserer Haustür. Den Kopf hat er in die Hände gestützt, die Kapuze seiner Jacke versteckt sein Haar. Obwohl ich beinahe vor ihm stehe, scheint er mich nicht zu bemerken.

„Ben?" Verunsichert von seinem Auftreten, lege ich eine Hand auf seine Schulter.

Er hebt den Kopf und sieht mich an. Innerhalb weniger Sekunden leuchten seine Augen.

„Summer." Mit der Hand greift er nach meiner und ich ziehe ihn hoch.

„Was machst du hier?" In seinem Gesichtsausdruck erkenne ich, dass ihn etwas zu beschäftigen scheint.

Dicht stellt er sich vor mich und beugt sich zu mir. „Ich wollte dich sehen", raunt er und jagt mir damit einen Schauer über den Rücken. Wir stehen so nah beieinander, dass ich seinen Atem an meiner Nasenspitze spüre, als er mir in die Augen sieht. Mit seinem Daumen streicht er mir über die Wange, beugt sich vor und hält kurz vor meinen Lippen inne.

Erwartungsvolles Prickeln breitet sich in mir aus, während ich darauf warte, was als Nächstes passieren wird. Der Sturm in seinen Augen verrät mir, dass Ben von unzähligen Emotionen geplagt wird. Was ist nur vorgefallen?

„Lass uns reingehen", flüstere ich berauscht von seiner Nähe. Zugleich hoffe ich insgeheim, etwas Abstand zu ihm zu gewinnen und einen klaren Kopf zu bekommen. Wir haben in den letzten Tagen viel Zeit zusammen verbracht und jedes Mal hat sich die Luft zwischen uns aufgeladen. Ganz besonders seit dem Sex, den wir am Abend der Gala hatten.

Mit zittrigen Fingern öffne ich die Haustür, trete ein und entledige mich meiner Jacke und der Schuhe. Ben tut es mir gleich und räumt beides an den dafür vorgesehenen Platz.

„Was ist passiert?", frage ich Ben, der nur ein paar Zentimeter von mir entfernt steht. Die Anspannung, welche in der Luft liegt, ist kaum noch auszuhalten.

Schmerz zeichnet sich in seinem Gesicht, als er sich zu mir dreht. Es bricht mir das Herz, ihn so verzweifelt zu sehen.

In der Absicht, ihm tröstend einen Arm um die Hüfte zu legen, mache ich einen Schritt auf ihn zu. Für einen kurzen Moment schließt er die Augen, scheint das Gefühl meiner Berührung zu genießen. Als er sie wieder öffnet, liegt etwas Unbekanntes in seinem Blick. Unerwartet packt er mich an der Taille und drückt mich mit seinem Körper gegen die Wand neben dem Treppenaufgang. Seine Lippen prallen auf meine. Es fühlt sich an, als sei er ein Ertrinkender, der sich an den letzten Strohhalm klammert, der ihn retten könnte.

Sofort findet seine Hand ihren Weg unter mein T-Shirt. Er streicht über meine Haut, hin zum Rand des BHs. Ein Prickeln durchströmt meinen Körper und seine Berührungen lösen ein Brennen auf meiner Haut aus. Innerhalb weniger Sekunden richten sich meine Brustwarzen auf und reiben am Stoff meines BHs.

Es ist unglaublich, wie schnell er es schafft, meine Selbstkontrolle in Luft aufzulösen. Kaum ist er mir nah, möchte ich ihn spüren. An mir, auf mir, in mir. Kein anderer Gedanke hat mehr Platz in meinem Kopf.

Als Ben mich mit seinem Arm hochhebt, umschlinge ich seine Hüften mit den Beinen. Fest presse ich meine Mitte gegen seine Beule, die sich unter der Jeans abzeichnet. Die Finger vergrabe ich in seinem Haar, um ihn näher zu mir zu ziehen. Unsere Zungen tanzen miteinander, während seine Hände auf Wanderschaft gehen und innerhalb weniger Augenblicke den Bund meiner Hose passieren. Er legt einen Finger auf meine empfindlichste Stelle und lässt ihn kreisen. Den Kopf in den Nacken gelegt, die Lider geschlossen, lasse ich mich treiben.

Mein Instinkt lässt mich innehalten. Zweifel schieben sich in meine Gedanken und das, was wir hier machen, fühlt sich mit einem Mal völlig falsch an. „Stopp", bitte ich ihn. Auf keinen Fall möchte ich, dass er unsere Nähe als Ablenkung benutzt, um sein eigentliches Problem zu verdrängen.

„Was ist?" Atemlos hält er inne. Seine Wangen sind gerötet, in seinen Augen flackert Erregung. Mit seiner Zunge benetzt er seine Lippen, bereit dazu, mich erneut zu küssen.

„Du versuchst, deine Gefühle mit Sex zu betäuben." Sanft schiebe ich ihn von mir, sodass er mich loslassen und auf dem Boden abstellen muss. „Bitte erzähl mir, was passiert ist. Sex ist auch keine Lösung für dein Problem." Liebevoll nehme ich seine Hand und ziehe ihn ins Wohnzimmer. Dort setze ich mich auf die Couch und klopfe neben mich. Gleichzeitig versuche ich, das in mir aufkeimende Gefühl zu unterdrücken. Unwillkürlich muss ich an die Worte seines Dads denken. Was ist, wenn ich für Ben wirklich nicht mehr bin, als nur ein *Flittchen*? Bei der Erinnerung daran überkommt mich ein Schauder. Hastig schiebe ich die Gedanken beiseite. Niemals sollte ich so denken. Schließlich kenne ich Ben lange genug, um zu wissen, dass es nicht so ist!

„Es tut mir leid", murmelt er. „Ich bin ... in meinem Kopf ist einfach so viel los und ich wusste nicht ..."

„Hör auf dich zu entschuldigen." Behutsam streichle ich über seine Hand. „Was ist heute passiert?"

Hilflos rauft er sich durchs Haar. „Jansson."

Verwirrt runzle ich die Stirn. „Jansson?"

„Er ist mein Vater", presst Ben hervor.

Seine Worte bestätigen meinen Verdacht, der mir bereits am Tag nach der Gala kam. Meinen Gedanken habe ich nicht mit Ben geteilt, um niemanden unnötig zu beschuldigen und damit Unruhe in das Team zu bringen. Stattdessen habe ich die Vermutung verdrängt. Schließlich hätte ihm Coach Jansson doch etwas gesagt, oder?! „Coach Jansson ist dein Vater?!", wiederhole ich.

„Ja." Er seufzt und lehnt seinen Kopf an meine Schulter. Seine Hand findet automatisch zu meinem Bauch, über den er streichelt. An den gleichmäßigen Kreisen, die er auf ihm beschreibt, mache ich fest, dass es eine Art Beruhigungsmethode für ihn zu sein scheint.

„Wann hast du das herausgefunden?"

„Vorhin. Mom war nach dem Spiel am Stadion und hat sich mit ihm unterhalten. Ich habe die beiden bei seinem Büro gesehen. Er ist genauso ein Arschloch, wie alle anderen auch." Blanke Wut ist aus seiner Stimme herauszuhören.

Unwillkürlich erscheint Coach Janssons Gesicht vor meinem inneren Auge. Dabei sehe ich vor mir, wie fürsorglich er mit seiner Tochter Elle umgegangen ist. Beim besten Willen kann ich mir nicht vorstellen, dass er Ben ebenso hintergehen würde, wie Mr. und Mrs. Jeffers.

„Das glaube ich nicht", erwidere ich. „Warum sollte er dich genauso anlügen?"

„Du hast meinen *Vater* doch gehört. Mein Erzeuger wollte nichts von mir wissen." Ben spuckt mir die Worte *Vater* und *Erzeuger* beinahe entgegen. „Wieso sollte er sich ausgerechnet jetzt für mich interessieren?"

„Hast du ihn gefragt?", hake ich nach.

„Was soll ich ihn schon fragen?", brummt Ben. „Er hatte kein Interesse an mir, da muss ich ihn nun nicht mehr darauf ansprechen."

Nachdenklich betrachte ich seinen Hinterkopf. „Es ist schon unfair, ihm zu unterstellen, er hätte kein Interesse an dir. Immerhin wäre es nicht das erste Mal, dass dein Vater dich angelogen hat", erinnere ich ihn.

Ben richtet sich auf und wendet sich zu mir. Falten zeichnen sich auf seiner Stirn ab, während er meine Finger greift, um grübelnd darüber zu streichen. Es ist deutlich spürbar, wie ihm sämtliche Gedanken durch den Kopf fliegen.

„Du hast recht", meint er schließlich. „*Vater* hat mir schon so oft Lügen erzählt. Warum sollte er in dieser Sache nicht auch gelogen haben?"

„Sprich nochmal mit Coach Jansson. Er hat es verdient, seine eigene Sicht der Dinge klarzustellen. Es ist möglich, dass er gar nichts davon wusste", ermutige ich ihn. „Gib ihm eine Chance."

Ben hebt den Kopf und sieht mir direkt in die Augen. Ein Schimmern zeichnet sich darin ab. „Danke", wispert er. „Danke, dass du für mich da bist." Er legt seine Arme um meinen Nacken und zieht mich fest an sich. „Ich weiß wirklich nicht, was ich ohne dich machen würde."

Bei seinen Worten schlägt mein Herz schneller. Ein warmes Gefühl durchströmt mich und mir wird bewusst, was ich tatsächlich für ihn empfinde. Es jetzt anzusprechen, wäre allerdings mehr als unpassend.

Ben hat genügend, das ihn momentan belastet, sodass ich einfach nur für ihn da sein möchte.

„Woran denkst du?", frage ich Ben, dessen Stirn in Falten liegt.

„Was für ein Trottel ich bin." Seufzend reibt er sich über die Nasenwurzel. „Vorhin wollte Coach Jansson etwas sagen, doch ich habe ihn nicht mal zu Wort kommen lassen."

„Ben." Besänftigend streichle ich über seine Hand. „Du konntest es nicht wissen. Natürlich ist es blöd gelaufen, aber er ist nicht aus der Welt. Such am besten das Gespräch mit ihm und ich bin mir sicher, es wird sich alles aufklären." Aufmunternd lächle ich ihn an.

Die Stirn noch immer gerunzelt, nickt er zustimmend.

Nun erinnere ich mich daran, was ich vorhin von Mrs. Bowly, der Leiterin des *Emma Grows Hospice* erfahren habe. Während wir so nebeneinander sitzen und ich seine Hand halte, überlege ich fieberhaft, ob ich ihm von dem Gespräch mit ihr erzählen soll. Letztlich komme ich zu dem Entschluss, dass er es einfach erfahren muss. Er hat ein Recht darauf zu wissen, was sein Vater getan hat.

„Was willst du wegen deines Vaters machen?", bohre ich nach. Schließlich kann Ben doch nicht auf sich sitzen lassen, wie Mr. Jeffers mit ihm umgegangen ist, oder?

Allein bei der Erwähnung seines Vaters spannt er sich an. „Das ist eine gute Frage", erwidert er. „Leider habe ich keine Ahnung." Nachdenklich starrt er auf den hölzernen Wohnzimmertisch.

„Also …", beginne ich stotternd. Noch immer weiß ich nicht, welche Worte ich wählen soll, um ihm von dem Geschehenen zu erzählen. Daher beschließe ich, einfach geradeheraus zu sagen, was mich beschäftigt. „Mir sind Gerüchte zu Ohren gekommen."

„Und zwar?" Neugierig betrachtet er mich.

„Die Spendengelder von der Gala sind bislang nicht bei Mrs. Bowly eingegangen." Sobald die Worte meinen Mund verlassen haben, fühle ich mich etwas leichter.

„Wieso sollten sie nicht angekommen sein?" Schockiert starrt er mich an. „Mein Vater hat einen Scheck für das Hospiz ausgestellt und gemeinsam mit meiner Mutter überbracht."

Verhalten schüttle ich den Kopf. „Erinnerst du dich an Mrs. Bowly, die Leiterin des *Emma Grows Hospice*? Eine kleine, rundliche Frau mit dunklen Haaren?"

Ben nickt. „Ja, ich weiß, wen du meinst. Sie wurde doch am Anfang kurz auf die Bühne gebeten, hat aber nicht viel gesagt."

„Sie war heute in der Boutique, als ich Schicht hatte. Nachdem sie mich erkannt hatte, sind wir ins Gespräch gekommen. Dabei hat sie ein paar verdächtige Worte fallen lassen. Auf dem Scheck, den dein Vater abgegeben hat, war nur noch die Hälfte der angekündigten Spende ersichtlich. Mrs. Bowly hat ihn darauf angesprochen und er hat es damit begründet, dass bei der Auszählung der Einnahmen am Abend der Gala wohl ein Fehler unterlaufen war." Nervös zupfe ich an meinen Fingernägeln. „Mrs. Bowly war stinksauer und hat darüber geschimpft."

„Das ist jetzt nicht dein Ernst?", ruft Ben fassungslos.

„Leider schon ... Natürlich habe ich keinen Beweis dafür, aber Mrs. Bowly war so aufgelöst deswegen, dass ich ihr glaube."

„Wenn das wirklich so ist, dann ..."

„Hat er alle abgezockt", beendet sie meinen Satz. „Genau das."

„Sollte das rauskommen, ist er am Ende." Nur langsam scheint Ben das Ausmaß des Gesprächs zu erfassen. „Stell dir mal vor, er hat das möglicherweise bei allen bisherigen Veranstaltungen so gehandhabt. Das wären Dimensionen, die kaum vorstellbar sind!"

„Was willst du jetzt machen?", frage ich ihn erneut. Schließlich muss er doch etwas gegen seinen Vater unternehmen, oder? Es geht um kranke Kinder, die ihre letzten Tage in diesem Hospiz verbringen und deren Eltern finanziell so schlecht dastehen, dass sie das Geld brauchen!

„Ich habe keine Ahnung", gesteht er.

„Du könntest ihn melden", schlage ich vor. „Beim Steueramt anzeigen, sodass er alles offen legen muss."

„Nein", erwidert er. „Auf keinen Fall möchte ich, dass sich ausgerechnet jetzt ein negatives Licht auf die *Scorpions* legt. Schließlich spielen wir zum ersten Mal um die Meisterschaft."

Verärgert über sein Verhalten, verschränke ich die Hände vor der Brust. „Aber du könntest den Leuten helfen! Dein Vater hat nicht nur dich verarscht, sondern auch tausende Menschen da draußen! Sie haben alle auf seine Großherzigkeit vertraut, weil sie in einer miesen Situation sind!"

„Summer, wie soll ich Dinge gerade biegen, die mein Vater verbockt hat?" Gekränkt rutscht er ein Stück von mir weg.

Verständnislos schüttle ich den Kopf. Er scheint mich völlig missverstanden zu haben. „Du sollst sie doch nicht verändern, du sollst nur darauf aufmerksam machen. Diese Leute sind es wert, gesehen zu werden. Dein Vater hat mit Hilfe ihres Leidens Geld eingesammelt. Es muss ihnen zugutekommen und nicht seiner Firma!"

„Ich kann doch nicht die Verantwortung für sein Verhalten übernehmen!" Trotz seiner Worte runzelt er die Stirn. In diesem Augenblick wirkt es, als würde er mit seinem Gesagten hadern.

„Mir geht es doch gar nicht darum, dass du für seine Taten einstehst. Du sollst lediglich auf sein Fehlverhalten aufmerksam machen", sage ich schnell. „Schau mal, du musst nicht öffentlich bekanntgeben, dass du ihn anzeigen wirst. Es reicht doch eine anonyme Meldung, dass die Behörden darauf aufmerksam werden und ihn sich zur Brust nehmen."

„Summer, ich weiß nicht", wiegelt er ab. „Jetzt gerade habe ich andere Probleme, als mir Gedanken um die Taten meines Vaters zu machen. Meinst du nicht?"

Betreten starre ich auf meine Fingerspitzen. Ich kann einfach nicht verstehen, warum Ben dagegen ist. Natürlich ist mir bewusst, dass ihn die Sache mit seinem leiblichen Vater aus der Bahn wirft. Trotzdem kann er das Verhalten von Mr. Jeffers nicht dulden! Wenn rauskommt, dass die Leute abgezockt wurden, wird nicht nur Mr. Jeffers Firma in ein schlechtes Licht rücken, sondern auch die *Scorpions*, das kann er durch sein Schweigen nicht verhindern. Immerhin haben diese sich mit den Jeffers zusammengetan und die Spendengala unterstützt. Anders wären sie niemals an die Spielerausrüstung zur Verlosung gekommen.

Gerade, als ich noch etwas dazu sagen möchte, legt Ben einen Finger auf meine Lippen. Allein diese Berührung jagt mir einen Schauer über den Rücken. Er beugt sich näher zu mir, so dass ich seinen Atem an meinem Kinn spüre.

„Bitte, lass uns über etwas anderes reden. Ich bin es leid, ständig daran erinnert zu werden, welchen Scheiß meine Eltern sich leisten." Ein trauriger Ausdruck erscheint in seinen Augen und bringt mich augenblicklich zum Verstummen. An seinen Lippen erkenne ich, dass er eigentlich noch etwas sagen möchte, es aber nicht ausspricht. Es hat keinen Zweck, weiter auf ihn einzureden. Heute werde ich nichts mehr erreichen, Ben muss von selbst entscheiden, was er machen möchte.

Nickend lehne ich mich dichter zu ihm und lege meinen Arm um seine Schultern. Er packt mich an der Taille und zieht mich dicht an sich. Eine ganze Weile verharren wir in dieser Umarmung, genießen die Nähe zueinander. Obwohl mich der Gedanke an das *Emma Grows Hospice* noch immer beschäftigt, versuche ich, ihn Ben zuliebe beiseitezuschieben.

Kapitel 14
Ben

Am nächsten Abend haben sich Amber und Kris in eine neu eröffnete Therme in der Nähe verabschiedet, weshalb ich allein zuhause sitze und einen Film schaue. Brian und die anderen hatten mich zwar eingeladen, gemeinsam mit ihnen in einen Pub zu gehen, allerdings habe ich abgesagt. Mir ist einfach gar nicht nach feiern.

Die einzige Person, die ich gern bei mir hätte, ist Summer. Nachdem wir gestern Abend wegen meines *Vaters* diskutiert haben, beschleicht mich ständig das Gefühl, zu barsch zu ihr gewesen zu sein. Sie war so verbissen darauf, dass ich etwas gegen ihn unternehmen muss, aber ich kann es einfach nicht. Je älter ich wurde, desto schneller wollte ich mich von meinen Eltern abkapseln. Für sie stand immer die Firma und der materielle Erfolg im Vordergrund, beides Dinge, mit denen ich nichts anfangen kann. Gleichzeitig habe ich mir geschworen, mich aus ihren geschäftlichen Angelegenheiten herauszuhalten. Nicht nur, weil ich ihnen nicht in den Rücken fallen will, sondern auch, um meine Karriere nicht zu gefährden. Schließlich möchte ich nicht, dass die *Scorpions* mit den Schlagzeilen um meine Familie ins Negative gezogen werden.

Das Klingeln meines Smartphones kündigt eine eingehende Nachricht an. Sie ist von Brian. *Lies dir das mal durch*, hat er geschrieben und einen Link angehängt.

Neugierig klicke ich darauf und werde auf die Website einer Klatschpresse geleitet. Eine Schlagzeile erscheint und lässt meinen Puls in die Höhe schnellen.

Benjamin Jeffers – Wer ist mein Vater?

Hart schluckend scrolle ich weiter. Mit jeder Zeile, die ich lese, wird meine Wut auf mich selbst größer. Wie konnte ich nur so blöd sein und der Pressemeute das unter die Nase reiben?! Journalisten drehen einem jedes Wort im Mund um und dichten sich die Geschichten so, wie es für sie gerade am passendsten ist. Dieser Artikel ist der beste Beweis dafür!

Unwillkürlich denke ich an Summers Drängen, etwas wegen der unterschlagenen Spendengelder meines *Vaters* zu unternehmen. Allein der Beitrag über die Vaterschaftsfrage hat eine Schlagzeile hervorgebracht. Was also passiert, wenn Mrs. Bowly zur Presse geht und ihnen von den fehlenden Hilfsgeldern berichtet? Dann wird nicht nur mein *Vater* durch den Dreck gezogen, sondern auch die *Scorpions*. Schließlich hat unser Team Ausrüstungen zur Verfügung gestellt und sich damit an der Benefizveranstaltung beteiligt.

Sollte ich doch selbst aktiv werden und meinen *Vater* anzeigen? Schließlich könnte ich mich anonym an die Steuerbehörde wenden und somit möglicherweise negative Berichte vermeiden. Oder rücken die *Scorpions* dadurch erst recht in ein falsches Licht? Wäre es nicht besser, ich würde mich aktiv einsetzen und …

Das Läuten der Wohnungstür unterbricht meine Gedanken. Verwundert erhebe ich mich. Wer könnte das nur sein? Summer? Aber sie hatte mir gestern Abend, als ich noch bei ihr war, erzählt, dass sie heute wieder arbeiten muss. Ob sie wohl früher Feierabend hatte? Erneut klingelt es, woraufhin ich mich zügig zur Tür begebe. Im Glauben, es sei Summer, öffne ich sie grinsend.

Als ich Coach Jansson locker gekleidet und mit einem Sixpack Bier auf dem Hausflur entdecke, erstarre ich.

„Was willst du hier?", brumme ich und stütze mich mit dem Ellenbogen in den Türrahmen.

„Mit dir reden." Seine dunkelblauen Augen sehen mich durchdringend an. In ihnen erkenne ich Mitleid, Sorge und Schuld.

„Glaubst du nicht, dass ihr schon genug angerichtet habt?!", frage ich genervt.

„Ben." Versöhnend hebt er seine Hand. „Ich bin hier, um mit dir zu sprechen. Du hast ein Recht darauf, die Wahrheit zu erfahren."

„Wow, da seid ihr früh drauf gekommen." Wütend balle ich meine Hand zur Faust. Es kostet mich gerade sämtliche Selbstbeherrschung, ihm nicht einfach die Tür vor der Nase zuzuschlagen. Doch da schießt mir das Gespräch mit Summer in den Kopf. Was ist, wenn sie recht hat und ich ihm eine Chance geben sollte? Womöglich wusste er auch nichts von mir?

„Bitte." In seinem Gesicht zeichnet sich ein flehender Ausdruck ab. „Lass mich das erklären."

Genervt schnaubend, trete ich zur Seite und winke ihn herein. Einerseits wegen Summers Worten, die mir keine Ruhe lassen. Andererseits, weil ich selbst wissen möchte, was er mir zu sagen hat.

„Dann schieß mal los", meine ich, als er im Flur steht.

„Hier?" Mit gerunzelter Stirn betrachtet er mich und deutet auf den Gang, der mittlerweile zu beiden Seiten mit Schuhen vollgestellt ist. Selbst die Bank wird als Ablagefläche für Jacken genutzt, die wir achtlos liegen lassen.

„Komm mit." Mürrisch schlürfe ich in die Wohnküche und deute aufs Sofa. Eigentlich hatte ich gehofft, er könnte in zwei Sätzen abhandeln, was er mir zu sagen hat. Aber irgendwie macht es den Eindruck, als bekäme ich ihn nicht so schnell los.

Coach Jansson stößt einen Pfiff aus, als er unseren Wohn-Essbereich betrachtet. „Schick. Arvos und meine WG damals kommt niemals an eure Bude heran. Wir haben in einem kleinen Zwei-Zimmer-Apartment gehaust."

„Mein Grandpa hat mir Geld für mein Studium vererbt. Das meiste habe ich in meine Ausbildung und in dieses Reich hier gesteckt", erzähle ich ihm. Warum sage ich ihm das überhaupt? Hätte er sich dafür interessiert, hätte er mich genauso gut danach fragen können! Aber irgendetwas an seiner Körperhaltung drückt aus, dass er das sehr wohl tut.

Dabei fällt mir auf, wie sich seine Miene plötzlich verändert. „Mark Olsson."

„Das ist mein Grandpa." Mit hochgezogener Augenbraue warte ich darauf, dass Coach Jansson weiterspricht. Woher kennt er Grandpas Namen?

Stattdessen greift er nach einer Bierflasche, öffnet sie mit Hilfe eines Feuerzeugs und gibt sie mir. Unter normalen Umständen würde ich während der K.O.-Runde nicht danach greifen, doch nachdem sie mir mein Coach in die Hand drückt, nehme ich sie ohne Widerrede an.

„Ist alkoholfrei", sagt er mit einem Augenzwinkern, als er meinen skeptischen Blick bemerkt, „aber es wird uns beiden guttun."

„Okay." Schweigend beobachte ich ihn, wie er eine zweite Flasche öffnet. Anschließend prostet er mir zu und nimmt einen großen Schluck. „Ich kenne deinen Grandpa", meint er nach einer Weile. „Er hat mich eine Zeit lang trainiert, bevor ich den Sprung in die *NHL* geschafft habe."

Überrascht sehe ich ihn an. „Wirklich?" Obwohl ich von Grandpas Trainertätigkeit wusste, hätte ich nie damit gerechnet, einmal auf einen seiner Spieler zu treffen.

Nickend bestätigt Coach Jansson sein Gesagtes. „Er war ein wirklich guter Trainer. Der beste, den ich je hatte. Von ihm habe ich so viel gelernt." An dem Ausdruck in seinem Gesicht erkennt man deutlich, wie er in Erinnerungen schwelgt.

„Das stimmt", pflichte ich ihm bei. „Grandpa hat mich überhaupt erst auf den Eissport gebracht. Seine Einheiten waren kein Zuckerschlecken, aber dafür habe ich bei ihm alles Wichtige gelernt." Nur zu gern erinnere ich mich an die Nachmittage und Wochenenden, die er mit mir verbracht hat. Wir haben viel Zeit in meine Ausbildung als Eishockeyspieler investiert und immer darauf geachtet, dass ich den Spaß daran nicht verliere.

„Das wundert mich nicht." Coach Jansson schmunzelt. „Er war ein sehr überzeugender Mann, der genau wusste, worin deine Stärken und Schwächen liegen. Noch dazu war dein Grandpa auch der großherzigste Mensch, dem ich je begegnet bin."

„Wann hast du meinen Grandpa getroffen?", hake ich nach. „Wie kam es dazu?"

Ein Grinsen erscheint auf Janssons Gesicht. „Es muss vor ungefähr fünfundzwanzig Jahren gewesen sein. Gemeinsam mit Arvo habe ich beschlossen, nach Amerika zu gehen. Wir hatten beide eine Zusage für ein College in St. Paul erhalten und durften für deren Team auflaufen. Die Ausbildung in den Staaten war eine ganz andere als in Finnland und wir wollten einfach weiterkommen", berichtet er. „Wir mieteten uns kurzerhand ein kleines Apartment und bezogen es. Ein paar Wochen später startete auch schon unsere aktive Laufbahn als Spieler in der *National College Hockey League*." Verträumt macht er eine Pause und nippt an seinem Bier.

Noch immer ist mir schleierhaft, was das alles mit meiner Mutter zu tun hat. Da ich Jansson allerdings nicht unterbrechen möchte, warte ich darauf, dass er weiterspricht.

„In meinem letzten Jahr wurde ich dann von deinem Grandpa trainiert. Wir hatten eine gute Saison und haben es bis ins Halbfinalspiel um den Pokal geschafft. Damals war das eine Sensation! Das College veranstaltete eine Abschlussfeier für uns und an diesem Abend traf ich zum ersten Mal auf deine Mutter." Plötzlich versteinert sich seine Miene. „Sie war damals eine zarte, natürliche Frau, die sich hinter einer Maske versteckt hat. Ihr Stil war auffällig, sie trug ihre Business-Kleidung und wirkte irgendwie anziehend auf mich. Wir hatten einen schönen Abend zusammen, aber ihren Mann erwähnte sie zu keinem Zeitpunkt. Nach der Feier gingen wir noch in einen Club und deine Mom begleitete uns. Dort tranken wir alle viel zu viel und letztlich verbrachte ich die Nacht mit deiner Mutter." Jansson runzelt die Stirn. „Einige Monate später traf ich sie wieder und es zeichnete sich ein deutlicher Bauch unter ihrer Kleidung ab. Verunsichert davon, ob wir an dem Abend im Club überhaupt ein Kondom benutzt hatten, sprach ich sie darauf an. Sie hat mir gesagt, dass sie zur Zeit unseres One-Night-Stands die Pille nahm und es nicht mein Kind sei, sondern das ihres Mannes."

Fassungslos sehe ich ihn an. Wie kann man nicht wissen, ob man ein Kondom benutzt hat? Kann man echt so viel trinken, dass Verhütung egal wird?

Jansson scheint meinen merkwürdigen Seitenblick zu bemerken. „An dem Abend habe ich wirklich viel getrunken. Schließlich war es mein Letzter als Student und ich war bereit, in das Leben als Erwachsener zu starten. Warum also nicht zum Bier greifen? Heute würde ich mich wohl eher als *jung und dumm* bezeichnen." Er fährt sich durch das blonde Haar. „Na ja, jedenfalls hat mir deine Mom deutlich zu verstehen gegeben, dass das Baby nicht von mir ist. Letztlich habe ich meine Frau hier kennengelernt und mit ihr Elle bekommen."

Mir schwirrt der Kopf von seinen Erzählungen. Erst jetzt wird mir bewusst, dass ich endlich weiß, wer mein Erzeuger ist. Anfangs dachte ich wirklich, er ist genauso scheiße, wie mein *Vater*. Man ließ mich in dem Glauben, mein biologischer Vater hätte nie Interesse an mir gehabt. Und jetzt? Sitzen wir zusammen auf meinem Sofa, halten ein Bierchen in der Hand und unterhalten uns über die Vergangenheit.

Mit einem Mal fallen mir unzählige Gemeinsamkeiten zu ihm auf. Nicht nur, weil er ebenfalls Eishockeyspieler war, sondern auch optisch gibt es Dinge, in denen wir uns ähnlich sind. Da ist nicht nur die gleiche Augenfarbe, die markanten Wangenknochen scheine ich ebenfalls von ihm zu haben.

„Das ist meine Geschichte." Jansson trinkt einen Schluck. „Glaub mir, zu keiner Zeit wäre ich abgeneigt gewesen, Verantwortung zu übernehmen. Deine Mom hat mir nur deutlich zu verstehen gegeben, dass es gar nicht möglich ist, von mir schwanger zu sein."

Überwältigt von den Emotionen, die das Gespräch mit ihm in mir auslöst, lege ich den Kopf in den

Nacken und unterdrücke die aufsteigenden Tränen. „Mein *Vater* hat mich all die Jahre angelogen."

„Es tut mir wirklich leid." Jansson bedenkt mich mit einem mitfühlenden Blick. „Eins möchte ich dir aber sagen, egal, was in Zukunft passieren wird, ich werde alles mit dir zusammen durchstehen. Meine Frau freut sich schon darauf, dich kennenzulernen." Ein Lächeln huscht über seine Lippen. „Nachdem wir eine Tochter haben, ist sie umso glücklicher über einen Jungen in der Familie. Sie wollte immer einen Eishockeyspieler haben."

Seine Worte berühren mich, dennoch geht es mir fast zu schnell. „Ich weiß nicht, ob ich …"

Abwehrend hebt Jansson die Hände. „Wir werden nichts überstürzen, keine Sorge. Sobald du bereit dazu bist, wirst du meine Familie kennenlernen. Mir ist es wichtig, dass du dir Zeit gibst. Momentan ist es doch viel, schließlich haben dich deine Eltern jahrelang angelogen."

Zum ersten Mal habe ich das Gefühl, von jemandem gehört zu werden. Meine Entscheidung zählt für ihn, er akzeptiert sie. Noch nie zuvor haben mir meine Eltern vermittelt, dass es okay ist, egal, welchen Entschluss ich fasse. Immer wollten sie über mich bestimmen und mir meinen Weg vorgeben.

„Danke", sage ich zu Jansson.

„Keine Ursache. Es ist wirklich schlimm, was Mr. Jeffers abgezogen hat."

Irritiert sehe ich ihn an. „Wie meinst du das?" Plötzlich erinnere ich mich an Summers

Erzählungen. Mrs. Bowly, die um Spendengelder betrogen wurde.

„Na ja, dass er dich so lange angelogen hat." Stirnrunzelnd betrachtet mich Jansson. „Oder gibt es noch etwas anderes?"

Hart schluckend, möchte ich zuerst verneinen. Dennoch würde ich gern seine Meinung zu dem Thema hören, weshalb ich mich dafür entscheide, ihn einzuweihen. Zunächst berichte ich ihm davon, wie ich der Zeitung meine Geschichte mehr oder weniger zum Fraß vorgeworfen habe.

„Das habe ich mitbekommen, aber ich denke, in zwei bis drei Wochen wird die Sache gegessen sein", winkt er achselzuckend ab. „Schließlich spielen wir um die Meisterschaft und die Fans interessieren sich für die sportlichen Leistungen." Als ich ihm allerdings von dem Betrug mit den Spendengeldern erzähle, fällt ihm die Kinnlade herunter. „Ist das dein Ernst?"

„Summer hat mit Mrs. Bowly gesprochen. Sie ist die Verantwortliche für das Hospiz."

„Wenn das wirklich so ist, hat Mr. Jeffers nicht nur die Einrichtung betrogen, sondern auch uns. Immerhin hat er die Spielerausrüstung umsonst zur Verfügung gestellt bekommen. Ganz zu schweigen von all den Spendern." Er ballt die Hand zur Faust. „Dagegen müssen wir unbedingt etwas unternehmen!"

Gedanklich lasse ich all das, was in den letzten Tagen und Wochen passiert ist, nochmal Revue passieren. Was bringt es mir, wenn ich nichts unternehme? Obwohl ich mir immer geschworen habe, mich nicht in die Geschäfte meiner Eltern einzumischen, spätestens jetzt sollte ich es meinem *Vater* heimzahlen. Immerhin hat er mich all die Jahre belogen und warum sollte er ungeschoren davon kommen? Darüber hinaus weiß ich nun auch, dass die *Scorpions* ebenfalls ausgenutzt wurden. Mit der Hilfe von Coach Jansson, meinem leiblichen Vater, werden die Karten neu gemischt. Schließlich wurden wir alle betrogen.

„Du hast recht", stimme ich ihm zu. Zugleich ärgere ich mich darüber, nicht auf Summer gehört zu haben. „Wir müssen etwas dagegen machen."

Die nächsten Stunden verbringen wir damit, einen Plan auszutüfteln. Dabei habe ich zum ersten Mal das Gefühl, einen Vater zu haben.

Kapitel 15
Summer

Heute Morgen bekam ich einen überraschenden Anruf von Ben, in dem er mir von seinem gestrigen Abend mit Coach Jansson berichtete. Die Erleichterung in seiner Stimme war kaum zu überhören. Ich freute mich für ihn. Obwohl sie zur Sicherheit noch einen Vaterschaftstest veranlasst haben, besteht für Coach Jansson kein Zweifel daran, dass er Bens Vater ist. Selbst Ben ist sich dessen sicher, weil er so viele Gemeinsamkeiten mit Jansson hat, dass es für ihn außer Frage steht. Anschließend hat er mich darum gebeten, ihn heute auf einer *geheimen Mission* zu begleiten. Kurzerhand habe ich mich also fertig gemacht und mich mit ihm getroffen.

„Und was machen wir jetzt hier?", frage ich Ben, als er das Auto auf den Parkplatz des *Emma Grows Hospice* lenkt. Am Telefon hat er sich bedeckt gehalten und wollte mir nicht direkt sagen, welchen Plan er verfolgt.

„Wir werden zu Mrs. Bowly gehen und ihr eine Einladung überreichen", erzählt er und steigt damit auch schon aus.

Eilig folge ich ihm. „Was für eine Einladung?", bohre ich nach.

„Das siehst du gleich", winkt Ben ab und begibt sich zu dem Backsteingebäude. Wir durchqueren eine hölzerne Doppeltür und gelangen in eine Lobby. Vor einer Tafel mit der Beschilderung aller Räume bleiben wir stehen und suchen nach Mrs. Bowlys Büro.

Wie selbstverständlich greift Ben dabei nach meiner Hand und verschränkt seine Finger mit meinen. Gemeinsam begeben wir uns zu Mrs. Bowlys Arbeitsraum. Sie scheint bereits auf uns zu warten und kommt mit einem fröhlichen Lächeln auf uns zu.

„Ms. Davis! Schön, Sie hier zu sehen", grüßt sie mich. „Mr. Jeffers." Ben nickt sie lediglich zu. „Was kann ich für Sie tun?"

„Wir würden gern in Ruhe mit Ihnen sprechen. Hätten Sie kurz Zeit?", hakt Ben nach.

„Natürlich. Solange Sie mir nicht mit irgendwelchen Spenden ankommen, die ich sowieso nicht erhalte, werde ich mir die Zeit für Sie nehmen." Mit einem reservierten Gesichtsausdruck führt sie uns in ihr Büro. Wir setzen uns auf die beiden Stühle vor ihrem Schreibtisch und Ben holt einen Umschlag hervor.

„Mr. Jeffers hat nicht nur sie belogen", beginnt er, „sondern auch uns. Die *Scorpions* können und wollen dieses Verhalten nicht dulden, weshalb wir Ihnen hier einen Scheck mit einer Spende überreichen." Er gibt ihr einen goldenen Umschlag, den sie sofort öffnet. Ihr fällt die Kinnlade herunter, als sie den Betrag sieht. „Zusätzlich haben wir geplant, eine erneute Veranstaltung für das *Emma Grows Hospice* durchzuführen. Wir würden das gern mit einem Besuch des Hospizes verbinden. Das bedeutet, dass wir einen Monat lang mit ein paar Spielern vorbeikommen, um mit den Kindern Hockey zu spielen oder andere Angebote durchzuführen. Natürlich werden wir dabei sämtliche Vorgaben zum Schutz der Kinder beachten. Abschließend zu diesem Monat, möchten wir ein Event veranstalten, bei dem die Spendengelder an Sie übergehen werden. Zuvor werden wir gemeinsam die Ausgaben für den Manager, die Dekoration, den Einlass und vieles mehr planen, wobei das Catering vom Verein getragen wird. Unser Verein könnte sich vorstellen, dafür ein Freundschaftsspiel auszutragen, zu dem Ihre Mitarbeiter, Eltern und nach Möglichkeit auch die Kinder eingeladen werden. Ein paar Anfragen an andere Teams haben wir bereits gesendet."

Während Mrs. Bowly Ben lauscht, werden ihre Augen immer größer. Ihr stehen Tränen in den Augenwinkeln, als er endet. Auch ich bin sprachlos, was er und Coach Jansson auf die Beine gestellt haben. Es ist beinahe unglaublich, nach dem, was Mr. Jeffers abgezogen hat.

„Wow." Mehr scheint Mrs. Bowly nicht einzufallen. Sie räuspert sich. „Das hört sich wirklich alles fantastisch an." Ein Grinsen erscheint auf ihrem Gesicht. „Ihr Vater hat uns tatsächlich sehr viel genommen. Wir haben große Hoffnung in seine finanzielle Unterstützung gesteckt, weil wir damit einzelne Bereiche des Hauses renovieren wollten."

„Mr. Jeffers hat nicht nur Ihnen Unrecht getan, sondern auch mir", gesteht Ben. „Aus diesem Grund möchte ich Sie nun dabei unterstützen, dass Sie Ihre Ziele trotzdem umsetzen können."

Obwohl Mrs. Bowly ihre Neugier nach Bens Worten nicht verbirgt, hinterfragt sie diese nicht genauer. Ihr ist vermutlich aus der Zeitung bekannt, *wie* er von seinem Vater belogen wurde. Stattdessen klatscht sie freudig in ihre Hände.

„Sollten Sie jemals einen Interviewpartner benötigen, können Sie sich jederzeit an uns wenden!" Mrs. Bowly ist ganz aus dem Häuschen. Sie freut sich riesig über all das, was Ben auf die Beine gestellt hat. Auch, wenn ich weiß, dass er das gemeinsam mit Coach Jansson geplant hat, bin ich stolz darauf. Er nimmt sich dem, was Mr. Jeffers verbockt hat an, aber nicht, um die Fehler auszugleichen, sondern um den Menschen zu zeigen, dass die Jeffers ganz anders sein können.

Mrs. Bowly stattet uns mit sämtlichen Kontaktdaten ihrer wichtigsten Angestellten aus, die gemeinsam mit dem Verein den Aktionsmonat planen werden. Anschließend begleitet sie uns in die Lobby, um uns dort zu verabschieden.

Sobald wir an die frische Luft treten, muss ich all das, was eben passierte, erstmal sacken lassen. Händchenhaltend begeben wir uns zu seinem Auto.

„Wahnsinn", sage ich zu Ben. „Hast du gesehen, wie sehr sich Mrs. Bowly gefreut hat?"

„Ja." Er lächelt mich an und greift nach meiner Hand.

„Wir sollten auch mit der *Children with Cancer Foundatio*n sprechen. Was ist, wenn sie ebenfalls von deinem Vater betrogen wurden?" Euphorisch sehe ich ihn an.

„Edvard und ich haben uns längst mit ihnen in Verbindung gesetzt", berichtet er.

„Und?"

„Sie wollten nicht mit mir sprechen. Erst Edvard hat herausgefunden, dass Mr. Jeffers den Scheck platzen ließ. Bei einem Gespräch hat er außerdem erfahren, dass *Vater* sie erpresst hat. In der Vergangenheit hat die Organisationsleitung Spendengelder für Zwecke ausgegeben, für welche die Einnahmen nicht gedacht waren. Natürlich hat *Vater* diese Gelegenheit ausgenutzt, um seinen Betrug unter Verschluss zu halten. Stell dir nur mal vor, das wäre ans Licht gekommen! Diese Leute geben ihr Leben für kranke Menschen, machen einen Fehler und dann …" Ben räuspert sich. „Jedenfalls haben *Vaters* Drohungen ausgereicht, so dass sie sich mein Angebot nicht anhören wollten. Mittlerweile ist auch die Leitung zurückgetreten und die Stiftung wird von jemand anderem geführt."

Fassungslos starre ich ihn an. „Er hat was?!"

„Im Endeffekt hat es sie schlimmer erwischt als das Hospiz. Deswegen möchte Edvard mit der neuen Vereinsleitung sprechen, was wir auf die Beine stellen können. Vermutlich werden wir das aber erst Anfang der nächsten Saison umsetzen können."

„Was auch immer ihr plant, ich werde euch unterstützen", sichere ich Ben zu.

Ein Lächeln legt sich auf sein Gesicht. Mit einem Ruck zieht er mich zu sich und lehnt sich in meine Richtung. Seine Nasenspitze ist kaum ein paar Zentimeter von meiner entfernt. Jedes einzelne Härchen seines Barts ist deutlich erkennbar.

„Danke, dass du mitgegangen bist." Sein Blick brennt sich in meinen, wobei er gleichzeitig mit seiner Hand in meinen Nacken greift. „Ich weiß gar nicht, was ich ohne dich machen würde." Mein Herz beginnt zu rasen, als er sich noch näher zu mir beugt. Sein Atem streift bereits meinen Mund, als ich mich an ihn dränge.

„Das ist gar kein Problem", flüstere ich dicht an seinen Lippen. In meinem Bauch kribbelt es, als er die Distanz zwischen uns überwindet und seinen Mund auf meinen legt. Dieser Kuss hat nichts Wildes. Er verdeutlicht mir seine Dankbarkeit, die tief aus seinem Inneren kommen. Sämtliche Emotionen liegen darin und lassen die Schmetterlinge in meinem Körper aufgeregt umher flattern.

Ben schlingt seine Arme um mich. Die Nähe zu ihm ist so berauschend, dass ich den Kuss am liebsten ewig so weiterführen und nie damit aufhören möchte. Ob jetzt der richtige Zeitpunkt wäre, um mit ihm über uns zu sprechen?

Seine Zunge erforscht meinen Mund und die Gefühle, die der Kuss in mir auslöst, lassen sämtliche Gedanken aus meinem Kopf verschwinden. Meine Fingernägel vergrabe ich in seinen Haaren, während ich seine Lippen auf meinen auskoste.

Eine ganze Weile stehen wir küssend vor seinem Fahrzeug. Langsam löst er sich von mir, wobei seine Wangen gerötet sind. Erregung gepaart mit etwas anderem, steht ihm ins Gesicht geschrieben. Ist es Zuneigung? Dankbarkeit? Mir fällt es schwer, diese Gefühlsregung eindeutig zu definieren.

„Kannst du mir noch bei einer Sache helfen?", bittet er mich und bringt mich von meinem Plan, ihm meine Gefühle zu gestehen, wieder ab.

„Aber natürlich", antworte ich, ohne zu zögern. Anschließend holt er sein Smartphone heraus und öffnet die Kamera. In wenigen Worten erklärt er mir, was er vorhat, ehe wir uns an die Arbeit machen.

Kapitel 16
Ben

Das Video, das ich gemeinsam mit Summer gedreht habe, schlägt ein wie eine Bombe. Sämtliche Seiten teilen es und machen darauf aufmerksam, was für ein Arschloch mein *Vater* ist. Meine Teamkollegen und auch der Verein teilen es auf ihren Internetseiten, wobei es viel Zuspruch von den Fans gibt.

„Das ist der Hammer!" Amber beugt sich über ihr Smartphone und sieht sich die Aufnahme an. Ich sitze auf der Couch neben ihr, weshalb ich mich selbst auf dem Bildschirm sehe.

„Könnt ihr es verantworten, dass ein großer Immobilienhai Geld einsteckt, das für krebskranke Kinder gedacht ist?" Meine ernste Miene blickt mich an. „Wir müssen darauf aufmerksam machen! Niemand darf die Verletzlichkeit geschädigter, sozial schwacher und kranker Menschen für sich verwenden! Nur zusammen können wir etwas dagegen unternehmen! Deshalb rufe ich sämtliche Familien und Firmen dazu auf, sich umgehend bei mir zu melden, um dem Betrug von Mr. Jeffers auf die Spur zu kommen. Nur gemeinsam können wir etwas bewirken!"

„Das ist wirklich klasse geworden", meint auch Kris. „Meine Abonnenten haben es zahlreich geteilt und dich in ihren Beiträgen verlinkt." Er ist Feuer und

Flamme für alle Aktionen, die ich gemeinsam mit Edvard geplant habe.

„Danke." Lächelnd lehne ich mich zurück. „Ohne Summer hätte ich diesen Schritt wohl nicht gewagt." Liebevoll lege ich meine Hand auf ihre. Mit einem Grinsen sieht sie zu mir.

Die ganze Zeit, die wir miteinander verbracht haben, hat uns näher zueinander gebracht. Wir küssen einander, halten Händchen, aber gehen keinen Schritt weiter. Es ist beinahe, als befänden wir uns in einer Schwebe. Oft treffen wir uns nur noch außerhalb oder mit anderen zusammen. Dadurch bleibt uns kaum die Gelegenheit miteinander zu sprechen. Doch nicht nur das ist es, ich halte mich selbst davon ab, sie nach uns zu fragen.

Auch heute haben wir uns zu viert verabredet, um verschiedene Filme anzusehen und mental auf das morgige Spiel vorzubereiten. Wir sind bereits unter den besten acht Mannschaften und unsere Gegner werden immer hartnäckiger. Die Spiele werden zunehmend kräftezehrender für Körper und Geist. Trotzdem wachsen wir als Team immer mehr zusammen. Und das, obwohl sich bereits herumgesprochen hat, dass Jansson mein biologischer Vater ist. Wir haben zwar noch keinen schriftlichen Beweis dafür, aber dennoch gehen wir fest davon aus. Schließlich sehen wir uns nicht nur optisch ähnlich, sondern haben beinahe die gleichen Interessen, angefangen beim Eishockey. Trotz des Umstands, dass wir jahrelang keinen

Kontakt hatten, haben wir mehr Gemeinsamkeiten als gedacht.

Meine Teamkollegen nehmen die Tatsache sichtlich gut auf. Für sie hat sich nichts an unserer Spielweise oder der Sicht auf den Coach geändert.

Nur einer Sache gehe ich aus dem Weg. Das Gespräch mit Summer ist nicht das Einzige, vor dem ich mich erfolgreich drücke, sondern auch die erste Begegnung mit Janssons Frau. Innerlich fühle ich mich noch nicht bereit dazu, ihr gegenüberzutreten. Ich weiß nicht genau, woran es liegt, aber ein Impuls sagt mir, ich soll noch warten. Edvard macht mir damit keinen Druck, worüber ich wirklich dankbar bin.

„Und wie gehts nun weiter?", hakt Amber nach, als sie mein Video fertig angeschaut hat.

„Im nächsten Monat ist der Aktionsmonat geplant. Wir haben ihm den Namen *Hockey for Everyone* gegeben. Jede Woche wird jemand anders in das Hospiz fahren und Summer hat uns ein paar Anreize geliefert, was wir umsetzen können. Sobald die Meisterschaft vorbei ist, werden wir den Abschluss des Monats planen und ein Freundschaftsspiel mit den *Chicago Wings*, einer Mannschaft der *AHL* organisieren. Edvard hat gute Kontakte zum dortigen Management, da er einige Zeit für das Team gespielt hat. Der Manager fand die Idee super und hat sich sofort dafür eingesetzt. Für uns ist das natürlich praktisch, weil vermutlich ein Talentscout vorbeischauen wird und wer weiß, vielleicht bekommt einer von uns sogar einen Vertrag angeboten."

„Das klingt so super!" Amber scheint vor Stolz zu platzen. „Es ist einfach fantastisch, was ihr da auf die Beine stellt! Obwohl ich hoffe, dass ..."

Ein Klopfen an der Wohnungstür unterbricht unser Gespräch. Verwundert sehen wir einander an, ehe Kris sich erhebt und zur Tür geht. Als er sie öffnet, höre ich die wutentbrannte Stimme meines *Vaters*.

„Was fällt euch ein?", tobt er und stürmt ins Wohnzimmer. „Seid ihr noch ganz bei Sinnen? Ihr könnt uns doch nicht so dermaßen in die Scheiße reiten!" Sein Gesicht ist komplett rot angelaufen und er ringt sichtlich nach Luft. „Wie kommst du nur auf die Idee, ein solches bekloppte Video zu teilen?!"

Bevor er sich bedrohlich vor mir aufbauen kann, erhebe ich mich und sehe ihm direkt in die Augen. „Dafür, dass du mich jahrelang angelogen hast, kannst du wirklich große Töne spucken."

„Ist das der Dank?", fragt er mich.

„Der Dank wofür?" Stirnrunzelnd lege ich den Zeigefinger an das Kinn. „Dass du mich angelogen hast? Oder dass du mir verheimlicht hast, wer mein Vater ist? Vielleicht meinst du aber auch, dass du alles, was ich je in meinem Leben erreichen wollte, schlecht geredet hast."

„Du bist so ein undankbarer Bengel!", knurrt er mich an. „Dein gesamtes Leben lang habe ich dich durchgefüttert und mich um dich gekümmert. Und dafür fällst du mir jetzt so in den Rücken? Ist dir eigentlich bewusst, was deine Videos anrichten?! Du ruinierst meine Firma! Alles, wofür ich jahrelang gekämpft habe!"

Vor ein paar Wochen hätten mich seine Worte tief getroffen. Schließlich hatte ich mir immer geschworen, mich aus allen geschäftlichen Angelegenheiten meiner Eltern herauszuhalten. Da wusste ich aber auch noch nichts über seine Machenschaften mit den Spendengeldern. Mittlerweile ist mir seine Meinung egal.

„Du hast die Verletzlichkeit kranker Menschen ausgenutzt, sie als Lockmittel verwendet, um mehr Geld zu bekommen! Danach hast du sie abgezockt und die Spenden, die ihnen zustehen, nicht ausgezahlt!"

Mit jedem Wort, das ich ausspreche, wird er wütender. „Wie ich schon immer sagte, ein Sportler hat kein Gehirn dafür! Man muss jede Chance nutzen, die man bekommt, um die eigene Firma am Laufen zu halten! Glaubst du wirklich, dass alles immer rosig ist?!"

Seine Beleidigungen prallen weitestgehend an mir ab. Ich habe keine Lust, mich von ihm fertig machen zu lassen. Denn ich weiß, dass das, was ich tue, richtig ist.

„Nein, weil Menschen wie du alles zerstören", werfe ich ihm vor. „Du solltest nicht an den Benefit denken, den du dadurch erzielen kannst, sondern an die Menschen, denen du helfen möchtest. Immerhin war es deine Idee, das *Emma Grows Hospice* und die *Children with Cancer Foundation* einzuladen! Entweder, man besitzt die Eier und gibt das Geld ab, oder man lässt es bleiben. Die Geschichten unzähliger Menschen für den eigenen Profit einzusetzen, ist unterste Schublade."

Im Raum ist es vollkommen still geworden. Niemand weiß, was er sagen soll. Jeder wartet darauf, wie mein *Vater* wohl auf mein Gesagtes reagieren wird.

„Niemals hätte ich deiner Mom diesen Fehltritt verzeihen sollen", wütet er, „wenn sie mir dich nicht untergeschoben hätte, wäre es nie so weit gekommen! Wir hätten dich von Anfang an diesem Nichtsnutz von Sportler übergeben sollen!" Seine Wangen sind tiefrot, an seiner Stirn zeichnet sich eine deutliche Ader ab, die er immer bekommt, wenn seine Wut überhandnimmt.

Diesmal prallen die Worte nicht einfach an mir ab. Es ist ein No-Go, dass er Edvard mit reinzieht. Schließlich ist er derjenige, der mich unterstützt und das liebend gern von vornherein gemacht hätte.

Mit einem großen Schritt bin ich bei meinem *Vater*. Ich packe ihn am Kragen seines dunkelblauen Anzugs und ziehe ihn dicht zu mir. Dank meiner sportlichen Betätigung ist er mir körperlich unterlegen, weshalb er sich nicht wehrt.

„Hör genau zu, was ich dir sage." Meine Stimme ist kaum mehr als ein Raunen. „Ab sofort bin ich nicht länger Ben für dich, sondern Mr. Jeffers. Ich werde sämtliche Firmen aufspüren, die bereit sind, eine Aussage gegen dich zu machen. Anschließend werde ich zur Steuerbehörde gehen und ihnen die gesammelten Unterlagen übergeben. Sie werden auf dich zukommen und Einsicht in deine Akten verlangen, um sie zu prüfen. Sobald sie feststellen, dass du Steuern in Millionenhöhe hinterzogen hast, werden sie dich aus dem Verkehr ziehen. Bis dahin werden meine Videos die Runde machen und du wirst das Echo zu spüren bekommen." Je mehr ich sage, umso bleicher wird er. Letztlich gleicht seine Gesichtsfarbe der Wand des Wohnzimmers. „Erinnerst du dich an das Sprichwort *wer anderen eine Grube gräbt, fällt selbst hinein?* Vielleicht solltest du in Zukunft überlegen, was genau dein Ziel ist."

Erschrocken weicht er vor mir zurück. Sein Blick trifft auf Amber, Summer und Kris, die uns gebannt ansehen. Amber, der die Genugtuung ins Gesicht geschrieben steht, hält die Luft an. Nachdem unser *Vater* sie mit Marcus gedemütigt hatte, kann ich es ihr kaum verdenken.

Vaters Augen treffen ein letztes Mal auf meine. Er rückt seine Krawatte zurecht, streift seinen Anzug glatt. „Du wirst von mir hören", sagt er. Anschließend dreht er sich auf den Fersen um und verschwindet. Die Wohnungstür wird mit einem Knall geschlossen.

Sobald er weg ist, atmen wir alle erleichtert auf. Mir steckt noch immer das Adrenalin in den Knochen und lässt mich erschauern.

„Wow." Amber starrt mich an. „Wieso hast du ihm nicht schon früher so eine Ansage gemacht?"

„Das ist eine gute Frage", murmle ich und lasse mich auf die Couch sinken. Sofort greife ich nach Summers Hand. Die Wärme ihrer zarten Haut sorgt dafür, dass sich, mein rasendes Herz allmählich beruhigt, und mein Körper zur Ruhe kommt. Erst jetzt wird mir bewusst, wie angespannt ich war.

Kapitel 17
Ben

Nachdem mein *Vater* bei uns in der Wohnung stand und mich fertig machen wollte, wurde bereits am nächsten Tag eine Pressemitteilung veröffentlicht. Nicht mal bei dieser hatte er genug Eier in der Hose, sich selbst zu zeigen. Stattdessen hat er einen Pressesprecher vorgeschickt, der bekannt gab, dass sich die Firma vorerst zurückziehen und die Vorwürfe intern prüfen wird.

Seitdem passierte so einiges. Der Aktionsmonat startete und die ersten meiner Teamkollegen waren zu Besuch im *Emma Grows Hospice*. Nicht nur die Patienten, sondern auch die Mitarbeiter des Hospizes freuen sich über unsere Anwesenheit.

Heute bin ich gemeinsam mit Edvard, Kris, Brian, Jesse, Amber und Summer vor Ort. Die Mädels ließen sich nicht davon abbringen, auch etwas Gutes zu tun, und haben eine eigene Aktion organisiert. Während wir mit den Kindern Hockey spielen, Autogramme geben und kleinere Geschenke verteilen, werden Amber und Summer mit ihnen T-Shirts bemalen.

„Ich freue mich schon so auf die Kinder!" Ambers Augen leuchten, als wir auf das alte Gebäude des Hospizes zulaufen. „Sie werden sich bestimmt darüber freuen, wenn wir ein paar schöne Stunden mit ihnen verbringen."

„Das denke ich auch!" Summer hat sich bei meiner kleinen Schwester untergehakt. Ihr kupferrotes Haar schimmert in der Sonne, das geblümte Kleid betont ihre attraktive Figur.

Wie es wohl wäre, wenn ich meine Hände unter den Saum des Rockes schiebe, bis hin zu ihrer Mitte? Erinnerungen an den Abend der Gala werden wach. Die Verbundenheit, die wir danach spürten, war wundervoll. Mein Schwanz pulsiert und fordert mich auf, genau das zu wiederholen. Sehnsucht macht sich in mir breit und ich bin kurz davor, zu Summer zu gehen und ihr einen Arm umzulegen. Einfach nur, um ihren Körper an meinem zu spüren.

„Na, alles fit?" Edvard taucht neben mir auf und durchbricht meine Gedanken. Als wir durch die Doppeltür des Hospizes laufen, nimmt er seine Sonnenbrille ab. Seine dunkelblauen Augen betrachten mich durchdringend.

„Klar, und bei dir?", frage ich und gebe mich möglichst gelassen.

„Alles bestens", meint er grinsend. Sein Gesichtsausdruck bereitet mich schon jetzt darauf vor, dass er mir meine Antwort nicht abkauft. „Mrs. Bowly hat mir vorhin Bescheid gegeben, dass wir uns im Eingangsbereich versammeln sollen. Die Kinder haben eine Überraschung für uns", sagt er an uns alle gewandt.

„Dann warten wir wohl hier, was?" Brian fährt sich durchs Haar, ehe er die Cap mit dem Vereinslogo wieder aufsetzt. Für die heutige Veranstaltung tragen wir alle ein Shirt mit dem Logo des Vereins und eine legere Hose.

Die Jungs verfallen in eine rege Unterhaltung über das bevorstehende Spiel in der nächsten Woche, während ich Summer betrachte. Sie beugt sich zu Amber und erzählt ihr etwas, wobei sich ein Lächeln auf ihre Lippen legt. Sobald sich unsere Blicke kreuzen, schießt ihr Röte ins Gesicht. Feixend wende ich mich den Jungs zu und unterhalte mich mit ihnen. Dabei entgeht mir Edvards Schmunzeln nicht, der den Blickwechsel zwischen mir und Summer offenbar bemerkt hat.

„Leute, Amber und ich haben übrigens eine Wohnung gefunden", berichtet uns Kris und erregt damit meine Aufmerksamkeit. Beklommenheit setzt sich in meiner Brust fest. Bisher haben sie mir nichts davon erzählt, deshalb überrascht mich die Neuigkeit.

„Wir hatten vorhin eine Besichtigung und konnten es direkt dingfest machen", fügt Kris hinzu, als er meinen Blick bemerkt.

„Das ist ja cool!" Die anderen Jungs gratulieren ihm.

„Freut mich für euch", sage auch ich. Dennoch ist die Vorstellung, allein in meiner Wohnung zu sein, komisch.

„Danke." Kris strahlt übers ganze Gesicht. „Haltet euch also mal für die nächsten Wochen bereit, um uns beim Umzug zu helfen. Es gibt auch für jeden eine Kleinigkeit zu essen."

„Kein Thema, beim Essen bin ich immer dabei." Jesse lacht und schlägt ihm auf die Schulter.

Wir sprechen noch eine Weile über die Planung des Umzugs, ehe die Kinder des Hospizes in den Eingangsbereich kommen. Jedes von ihnen hat ein kleines Blatt vor sich, auf das Buchstaben geschrieben wurden. Diese sind mit Kleeblättern, Schlittschuhen, Schlägern, Helmen und allem möglichen Weiteren bemalt. Die Kinder stellen sich in einer Reihe auf, sodass wir ihre Botschaft lesen können. *Viel Glück!*

Die zufriedenen Gesichter der Künstler erwärmen mein Herz. Einmal mehr erfüllt es mich mit Freude, eine solche Aktion auf die Beine gestellt zu haben. Mein *Vater* sollte sich ein Beispiel daran nehmen, wie man den Menschen wirklich unter die Arme greift. Nicht, indem man Geld für sie sammelt und ihnen einen Teil wegnimmt, sondern viel mehr durch Beistand.

Langsam setzen wir uns in Bewegung, um uns bei den Kindern zu bedanken. Sie strahlen uns an und freuen sich sichtlich darüber, uns eine Freude gemacht zu haben.

„Das war eine gelungene Überraschung, oder?", sagt ein Mädchen im Alter von etwa zehn Jahren. Man sieht ihr die Krankheit deutlich an und doch grinst sie wie ein Honigkuchenpferd.

„Auf jeden Fall!", antworte ich ihr und gehe vor ihr auf die Knie. „Mit eurer Unterstützung können wir nur gewinnen."

„Hoffentlich!" Ihre braunen Augen strahlen mich an. „Mein Dad verfolgt jedes eurer Spiele und ist ein großer Fan von euch."

„Wirklich?"

„Ja! Mom schimpft ihn oft, weil er die Abende vor dem Fernseher verbringt, um euch anzufeuern", berichtet sie.

In diesem Moment kommt mir eine spontane Idee. „Was hältst du denn davon, wenn wir deine Eltern zu einem Spiel einladen? Du könntest ihnen ein Plakat malen und ich besorge die Tickets."

„Au ja!" Jubelnd fällt sie mir um den Hals. „Das wäre fantastisch!"

„Gut, dann telefoniere ich mal kurz." Glücklich zücke ich das Handy und frage beim Manager, ob er mir zwei Tickets ausstellen kann. Für das Mädchen lasse ich noch eine Mütze ordern, auf dem das Logo des Vereins abgebildet ist. Ich bin mir sicher, dass auch sie sich über eine kleine Überraschung freuen wird.

„Dann machen wir uns mal an die Arbeit", meint Edvard zu mir, nachdem ich aufgelegt habe. „Summer und Amber haben sich schon ein paar Kinder geschnappt, mit denen sie die T-Shirts gestalten." Er deutet zu einem Tisch, der sich im Eingangsbereich befindet. Meine kleine Schwester und ihre Freundin haben bereits die T-Shirts herausgeholt, Stifte bereitgelegt und blättern mit den Kindern durch ein Heft. Summer ist dabei so vertieft, dass sie unbewusst eine Strähne ihres kupferroten Haars zwischen ihren Fingern zwirbelt. Das Mädchen, das ihr gegenüber sitzt, hängt gebannt an ihren Lippen und lauscht, was sie zu sagen hat. In meiner Magengegend kribbelt es, während ich Summer betrachte. Sie strahlt vollkommene Ruhe und Zufriedenheit aus, wie sie da sitzt und sich um das Mädchen kümmert. An ihrer Körperhaltung erkennt man, mit welcher Hingabe sie sich ihrer Aufgabe annimmt.

Dankbarkeit durchströmt mich. In den letzten Wochen war sie meine größte Stütze. Sie war immer für mich da und stand mir mit guten Ratschlägen zu Seite. Wir waren uns wirklich nah und haben viel Zeit miteinander verbracht, die ich genoss. Ihre Berührungen machen süchtig und wecken Empfindungen in mir, die ich zuvor nicht kannte. Sobald ihre Lippen auf meinen liegen, vergesse ich die Welt um mich herum und kann alles ausblenden. Es ist, als würden wir eins werden. Tief in meinem Inneren fühle ich mich endlich angekommen und vor allem glücklich. Summer akzeptiert mich exakt so, wie ich bin.

Und doch begleitet mich laufend das Gefühl, dass etwas zwischen uns steht. Dabei kann ich nicht genau sagen, ob es meine eigenen Gedanken sind, die mir im Weg stehen oder ein äußerer Umstand, den ich bisher ignoriert habe. Ständig war ich damit beschäftigt, herauszufinden, wer ich wirklich bin. Sobald ich das wusste, musste ich mich mit meinem *Vater* herumschlagen, der mir mein Leben lange Zeit schwer gemacht hat. Doch jetzt holen mich die Gefühle für Summer ein.

„Ben?" Edvards Gesicht schiebt sich in mein Blickfeld und lenkt mich von Summer ab.

„Hast du was gesagt?" Verwirrt sehe ich zu ihm.

„Eigentlich wollte ich dich fragen, mit welcher Aufgabe du starten möchtest", wiederholt er.

„Das ist mir egal. Ich denke, ich werde durch die Zimmer ziehen und sehen, welche Kinder ein Autogramm möchten", erwidere ich.

„Gut, damit wollte ich auch anfangen", meint Edvard.

Gemeinsam machen wir uns auf den Weg in das obere Geschoss. Wir durchqueren einen Flur, dessen Wände eine farbenfrohe Tapete ziert, und steuern auf die erste Tür zu.

Gerade, als ich hineingehen möchte, hält mich Edvard am Arm zurück. „Was ist da eigentlich zwischen dir und Summer?"

Mein Herz schlägt schneller, als er ihren Namen ausspricht.

„Wie meinst du das?"

„Zwischen euch ist etwas, oder?", hakt er nach. In seinem Gesicht erkenne ich, dass er sich bereits sein eigenes Bild gemacht hat.

„Wir kennen uns schon ziemlich lange", gebe ich möglichst neutral zurück. Macht es Sinn, mit Edvard darüber zu sprechen, wenn ich mir selbst nicht im Klaren bin? „Und ... Summer hat mir in den letzten Wochen den größten Rückhalt gegeben. Wir haben einfach viel Zeit miteinander verbracht."

„Mehr ist es nicht?" Misstrauisch betrachtet er mich.

„Was soll schon sein?", wehre ich ab, in der Hoffnung, dass er das Thema fallen lässt.

Edvard allerdings hat seine eigenen Pläne. „Kann es sein, dass sie mehr als eine Freundin für dich ist? Man spürt eure Verbindung, wenn ihr einander anseht." Ein wissender Ausdruck macht sich auf seinem Gesicht bemerkbar. „Ihr erinnert mich an Mira, also meine Frau und mich. Wir haben auch sehr viel Zeit miteinander verbracht und erst spät gemerkt, dass mehr zwischen uns ist."

Seine Worte rütteln etwas in meinem Inneren wach. Haben Summer und ich zu spät realisiert, dass wir zueinander gehören? Bisher habe ich es als selbstverständlich angenommen, sie zu küssen und ihre Hand zu halten. Selbst in Gegenwart von Amber und Kris sind wir uns regelmäßig nah gekommen. Ein Kuss zum Abschied, unsere Hände, die sich wie zufällig miteinander verschränken.

Edvard legt mir eine Hand auf die Schulter. „Sprich mit ihr. Ich bin mir sicher, es geht ihr ähnlich wie dir." Scheinbar weiß er allein bei meinem Anblick, was mir durch den Kopf schießt. Einerseits beängstigt mich diese Tatsache, andererseits fühle ich mich wohl damit. Schließlich interessiert er sich für mich, im Gegensatz zu dem Mann, der mich aufgezogen hat.

Ohne ein weiteres Wort zu erwidern, nehme ich Edvards Gesagtes hin. Viel zu sehr bin ich in Gedanken damit beschäftigt, eine Antwort für mich selbst zu finden. Gerade in den letzten Wochen habe ich immer eine Leere verspürt, wenn Summer nicht in meiner Nähe war. Vielleicht hört sich das etwas kitschig an, aber sie scheint eine Lücke in meinem Herzen zu füllen, die ich zuvor ignoriert habe. Keine andere Frau hat je diese Gefühle in mir ausgelöst, wie sie.

Begleitet von diesen Grübeleien, mache ich gemeinsam mit Edvard meinen Rundgang durch die Zimmer. Die Kinder freuen sich riesig darüber, uns zu sehen. Trotz der zahlreichen Schläuche, die an ihren Körpern angebracht sind und den vielen Medikamenten, die sie einnehmen müssen, strahlen sie Zufriedenheit aus, sobald wir auch nur den Raum betreten.

Wir machen Fotos mit einer Sofortbildkamera, um den Kindern ein Andenken da zu lassen. Ich signiere unzählige Autogramme für ihre Familien und spiele mit ihnen Gesellschaftsspiele. Erst gegen sechs Uhr abends verlassen wir das Gebäude wieder.

„Jetzt habe ich Hunger", meint Brian und streckt sich. „Die Kinder haben mich mehr Energie gekostet als ein Spiel."

Edvard steht grinsend neben ihm. „Ihr habt das alle super gemacht!"

„Danke Coach, du warst auch nicht schlecht." Brian zwinkert ihm zu. „Was haltet ihr davon, wenn wir noch etwas essen gehen? Das wäre doch ein gelungener Abschluss, oder?"

„Wir sind dabei", meldet sich Amber sofort und greift nach Kris' Hand. „Letztlich würden wir zuhause eh nur was bestellen." Ihr Blick fällt auf mich und Summer.

Letztere steht ein wenig abseits und hat die Stirn in Falten gelegt. Gespannt auf ihre Antwort, warte ich, bis sie etwas sagt.

„Leider kann ich nicht. Bei mir zuhause liegt noch eine Seminararbeit, die geschrieben werden muss", lehnt sie ab.

„Es ist doch egal, ob du sie heute weiterschreibst oder erst morgen", bemerkt Amber.

„Nein, die Abgabe ist in wenigen Tagen und ich habe bisher noch nicht mal angefangen. Außerdem muss ich nach dem Rechten sehen. Dad ist nicht da", wiegelt sie ab. Ihr ist deutlich anzusehen, dass sie keine Lust hat.

Edvard verpasst mir einen unauffälligen Hieb auf die Schulter, als würde er sagen: *Das ist deine Chance!*

„Komm, ich fahr dich heim", biete ich ihr sofort an.

„Ich ... das ist nicht nötig. Da vorn ist die Bushaltestelle." Mit dem Finger zeigt sie an die Hauptstraße.

„Keine Widerrede." Streng sehe ich sie an. Mir ist nicht wohl bei dem Gedanken, sie mit öffentlichen Verkehrsmitteln fahren zu lassen, wenn ich sie mit dem Auto nach Hause bringen kann.

„Danach kommst du aber schon noch zum Essen, oder? Schließlich müssen wir auf dich anstoßen", hakt Brian nach und betrachtet mich mit hochgezogenen Augenbrauen.

„Bestimmt", sage ich, obwohl ich nicht vorhabe, Summer so schnell allein zu lassen. Immerhin habe ich jetzt die Chance, mit ihr über alles zu sprechen.

Wir verabschieden uns von den anderen, wobei mir Edvards Blick nicht entgeht. Vermutlich wird er mich extra Runden laufen lassen, wenn ich diese Gelegenheit nicht nutze.

Sobald die anderen außer Reichweite sind, greife ich nach Summers Hand und verflechte meine Finger mit ihren. Sofort rückt sie näher zu mir und schmiegt sich an meine Seite. Sanft streichle ich über ihren Handrücken, während wir auf das Auto ansteuern. Gedanklich lege ich mir zurecht, was ich am besten sagen sollte.

Kapitel 18
Summer

Die Fahrt zu meinem Elternhaus vergeht schweigend. Dabei spüre ich genau, dass Ben mir etwas sagen möchte. Mir ist nicht entgangen, wie er mich beobachtet hat, als ich mit den Kindern die T-Shirts bemalt habe. Auch vorhin hat er sofort meine Hand ergriffen, als wir außer Reichweite der anderen waren. Es kommt mir beinahe so vor, als wüsste er nicht, wie er das, was ihn beschäftigt, ansprechen soll.

„Ist alles in Ordnung?", frage ich ihn, als er das Auto in der Einfahrt des Hauses parkt. Zugleich verspüre ich einen Anflug von Traurigkeit, weil ich fest damit rechne, dass er mich nur aussteigen lässt und anschließend weiterfahren wird.

Verunsichert fährt er sich durchs Haar. „Ja, also ... nein. Ich ... wollte mit dir sprechen."

Augenblicklich beginnt mein Herz zu rasen, als er sich über die Mittelkonsole in meine Richtung lehnt. Ein paar Zentimeter vor meinem Gesicht hält er inne und sieht mir tief in die Augen. Es fühlt sich so an, als könnte er mir direkt ins Herz sehen. Wärme kriecht mir in die Wangen, während ich darauf warte, was er mir mitteilen möchte.

„Das mit uns." Erneut nimmt er meine Hand, verhakt seine Finger mit meinen und hebt sie an, um mir einen Kuss auf meinen Handrücken zu hauchen. „Du hast mir in letzter Zeit so sehr zur Seite gestanden, wofür ich dir unglaublich dankbar bin." Seine Stimme ist kaum mehr als ein Flüstern und doch sind seine Worte klar und deutlich. „Wegen der Sache mit meinem *Vater* habe ich mir wenig Gedanken darüber gemacht, was das zwischen uns zu bedeuten hat. Nur langsam ist mir bewusst geworden, dass du für mich mehr bist, als nur eine gute Freundin. Du bist zu einem Teil meines Lebens geworden und ich ... für mich gäbe es nichts Schöneres, als mit dir zusammen zu sein."

In meinen Ohren rauscht es, Gänsehaut legt sich über meinen ganzen Körper und ein Knoten in meinem Inneren scheint zu explodieren. Pure Freude durchströmt mich, weil es genau das ist, was ich auch fühle.

„Summer?", fragt er verunsichert, als ich nicht sofort auf sein Gesagtes reagiere.

„Mir geht es genauso!", wispere ich und falle ihm um den Hals. Die Schmetterlinge in meinem Bauch fliegen umher und ein Kribbeln breitet sich in mir aus.

Ben vergräbt seine Hand in meinen Haaren und drückt seine Lippen auf eine empfindliche Stelle in meiner Halsbeuge, woraufhin ich erschauere. Er zieht eine Spur aus Küssen den Hals hinauf zu meinem Mund. Dabei hinterlässt er ein Kribbeln auf meiner Haut und die Härchen in meinem Nacken richten sich auf. Während seine Zunge meine Mundhöhle erforscht und mit meiner tanzt, verkrampft sich mein Unterleib. Ich will mehr!

„Möchtest du noch mit rein kommen?", hauche ich zwischen zwei Küssen.

„Ja", antwortet er und schiebt mich sanft von sich, um sich abzuschnallen. Dabei entgehen mir nicht die roten Flecken auf seinen Wangen und die Erregung in seinen Augen.

Wir steigen aus und Ben legt sofort seine Hand in meinen Rücken. Allein diese Berührung bringt mich so aus dem Konzept, dass ich den Schlüssel in meiner Handtasche nicht auf Anhieb finde. An der Haustür drängt er mich gegen die Wand und küsst immer wieder meinen Nacken. Nur mit Mühe schaffe ich es, den Schlüssel in das Schloss der Tür zu schieben und sie aufzudrücken.

Hastig lasse ich Tasche und Jacke auf den Boden fallen, während Ben die Haustür knallen lässt. Rasch öffnet er seine Jacke, um sie auszuziehen. Innerhalb weniger Augenblicke gesellt sich diese zu meinen Sachen. Wir schlüpfen beide aus unseren Schuhen, ehe ich nach seiner Hand lange und ihn in das obere Geschoss ziehe, wo sich mein Zimmer befindet. Dort führt er mich rückwärts zum Bett, bis ich den Rahmen in den Kniekehlen spüre. Seine Lippen liegen unentwegt auf meinen, während er den Reißverschluss des Kleides öffnet, um es mir von den Schultern zu streifen. Anschließend geht er vor mir in die Knie und zieht die Strumpfhose mit einem Ruck herunter. Nur einen Atemzug später, stehe ich lediglich in Unterwäsche bekleidet vor ihm.

Ein bewundernder Ausdruck zeichnet sich in seinem Gesicht ab und vermittelt mir das Gefühl, begehrenswert und attraktiv zu sein. Auch wenn ich mit meinem Körper zufrieden bin und mich wohl fühle, tut es verdammt gut, so von Ben betrachtet zu werden.

Behutsam legt er seine Hände auf meinen Körper und lässt sie darüber wandern, hin zum Verschluss des BHs. Flink befreit er mich davon, um anschließend meine Brüste anzusehen. Mit seiner großen Hand umschließt er eine und beginnt, sie zu kneten. Die Härchen an meinen Armen richten sich auf und ich erzittere. Langsam lasse ich mich in die Matratze sinken und schließe die Augen, um das Gefühl seiner Berührungen auszukosten. Unvermittelt spüre ich seine Lippen auf meiner Brustwarze. Liebevoll umschließt er sie mit seinen Zähnen und knabbert daran. Ein wohliger Schauer rinnt mir über den Rücken und ein Stöhnen lässt sich nicht mehr unterdrücken. Ehe er mit seiner Erkundungstour fortfährt, wendet er sich meiner anderen Brustwarze zu. Dabei verstärkt sich das Prickeln in meinem Unterleib. Ich wünsche mir nichts sehnlicher, als ihn sofort in mir zu spüren.

„Ben", seufze ich, „schlaf mit mir!"

Ein Grinsen zeichnet sich auf seinen Lippen ab. Dennoch macht er keine Anstalten, meinem Wunsch nachzukommen.

„Gedulde dich", sagt er stattdessen und zieht eine Spur aus Küssen von meinen Brüsten, hinab zu meinem Bauch. Direkt über dem Bund meines

Höschens hält er inne. Er schiebt seine Hand darunter und entkleidet mich mit einer fließenden Bewegung, sodass ich vollkommen nackt vor ihm liege. Ich kann nicht anders, als zwischen den Wimpern hindurch zu linsen, was er als Nächstes vor hat. Ungeduldig sehe ich zu ihm, woraufhin er erneut grinst. Ein erwartungsvolles Kribbeln macht sich in mir bemerkbar.

Betont langsam wendet er sich meinen Füßen zu und drückt seinen Mund sanft auf die Knöchel. Den Fingern, die an meinem Bein hinaufgleiten, folgen seine Lippen. Jede einzelne Berührung schickt ein elektrisierendes Gefühl durch meinen Körper und steigert die Erregung in mir ein bisschen mehr. Nach und nach küsst er meine Haut, bis er bei den Oberschenkeln angelangt. Wieder umfasst er meinen Po mit seinen Händen und ich recke ihm das Becken entgegen.

Als seine Küsse die Innenseite meiner Schenkel erreichen, entfaltet sich ein unbeschreibliches Verlangen in mir. Einerseits ist da der Wunsch, ihn endlich in mir zu spüren und eins mit ihm zu sein. Andererseits genieße ich es, wie er sich meinem Körper zuwendet. Sein Atem kitzelt an meiner Klit, woraufhin ich erneut erschauere. Die Vorfreude auf das, was mich erwartet, steigert sich ins Unermessliche. Erst, als er seinen Mund endlich darauf legt, scheint dieser Knoten zu platzen. Ein Prickeln breitet sich in mir aus und ich kann nicht anders, als meine Finger in seinen Haaren zu vergraben.

Seine Zunge spielt an meiner empfindlichsten Stelle. Zugleich streicht seine Hand immer wieder über die Innenseite meines Oberschenkels. Meine Gedanken lösen sich ins Nichts auf. Für mich gibt es nur noch seinen Mund an meiner Perle, seine Finger, die mit jeder Berührung das Prickeln in mir verstärken und die Lust auf ihn. Langsam spüre ich, wie sich mein Orgasmus ankündigt. Wie eine leichte Woge erfasst er mich, um sich zu einer Welle zu formen. Wärme durchströmt mich, ehe mich mein Höhepunkt zu erfassen droht.

Doch genau in diesem Augenblick hält Ben inne. Mit seinem Mund wandert er über meinen Bauch zurück zu meinem Gesicht, um seine Lippen sanft auf meine zu legen.

Von meiner Lust gepackt, drücke ich ihn auf die Matratze, um mich auf ihn zu setzen. Mit den Schenkeln umklammere ich seine Hüfte, sodass meine Mitte direkt auf seine Erektion drückt, die sich unter der Hose abzeichnet.

Noch immer ist er bekleidet, weshalb ich ihm als Erstes das Oberteil über den Kopf ziehe und es anschließend auf den Boden fallen lasse. Sein Glückspfad springt mir dabei direkt ins Blickfeld und ich kann nicht anders, als ihm mit einem Finger zum Bund seiner Jeans zu folgen. Zugleich nehme ich mir Zeit, seinen muskulösen Oberkörper ausgiebig zu betrachten. Als meine Finger auf seine Haut treffen, erschauert Ben und greift nach meinem Unterarm, auf dem ich mich neben ihm abgestützt habe. Er öffnet die

Augen, wobei die Begierde darin kaum zu übersehen ist. Es gefällt mir, dass ich diese Gefühle in ihm auslöse, es treibt mich an, weiter zu machen. Deshalb rutsche ich ein Stück herunter und entledige ihn nicht nur seiner Jeans, sondern auch seiner Unterhose. Sein Schwanz federt mir vollkommen steif entgegen.

Ich lege mich dicht neben ihn und lasse meinen Finger über seinen Rumpf wandern. Dabei streife ich seine Brustwarze, die sich innerhalb von Sekunden aufrichtet. Vorsichtig zwirble ich sie und genieße das Stöhnen, welches Ben entfährt. Er legt den Kopf in den Nacken, öffnet die Lippen und schließt die Lider, als würde er jede noch so kleine Berührung in sich aufsaugen.

Allmählich lasse ich meine Hand weiterwandern, über die Hügel seines Sixpacks und folge der Spur aus Härchen bis zu seinem Schwanz.

Ben erschauert spürbar, als ich diesen mit meiner Hand umklammere. Ich beginne damit, sein Glied zu massieren. Dabei streife ich immer wieder über die empfindliche Stelle an seiner Spitze, woraufhin er sein Becken in meine Richtung reckt. Seine Hand liegt noch immer an meinem Unterarm und am Druck seines Griffs merke ich deutlich, dass ihm das, was ich mache, gefällt.

Als ich Ben betrachte, fällt mir auf, wie er mich ansieht. Seine Hand gleitet von meinem Unterarm in meine Haare, was mich dazu anfeuert, einen Schritt weiterzugehen. Deshalb beuge ich mich über seinen Schwanz und drücke einen Kuss auf seine Spitze, ehe ich mit den Zähnen darüber streife. Der Handgriff in meinen Haaren verstärkt sich, woraus ich schließe, dass er mehr will.

„Stopp", knurrt er, ich halte inne und sehe ihn an. „Ich will dich spüren."

Ein freches Grinsen legt sich auf meinen Mund und ich greife zum Nachttisch. Dort hole ich ein Päckchen Kondome hervor, entnehme einen Blister und reiche es ihm. Eilig öffnet er die Plastikverpackung und stülpt das Gummi über seinen Penis.

Anschließend umklammert er meine Taille und drückt mich vorsichtig aufs Bett. Wie automatisch lasse ich mich in die Matratze sinken und warte voller Ungeduld auf die Verbundenheit mit ihm, die ich gleich spüren werde.

Bevor es allerdings so weit ist, fährt Ben mit dem Finger an meiner Innenseite hinauf zu meiner Klit. Ehe ich verstehe, was er vorhat, führt er erst einen Finger und anschließend einen zweiten in mich ein. Laut seufzend recke ich ihm das Becken entgegen. Mit seinem Daumen beschreibt er zusätzlich Kreise auf meiner Perle. Mein Körper spannt sich an und ich drücke mich noch näher an ihn. Diese Berührungen jagen einen Schauer nach dem anderen durch mich und sorgen dafür, dass ich mehr will. Ich möchte ihn endlich in mir spüren!

„Du bist so feucht", flüstert er dicht an meinem Ohr. Seine Finger, die eben noch in mir waren, hinterlassen eine Leere, die ich wieder gefüllt haben möchte.

Ben umgreift mein Handgelenk, während er seine andere unter meinem Becken platziert. Anschließend kniet er sich zwischen meine Beine und dringt vorsichtig in mich ein. Wir keuchen beide auf, als er vollständig in mir ist. Das Gefühl, das unsere Verbundenheit in mir auslöst, ist kaum in Worte zu fassen. Nicht nur unsere Körper scheinen miteinander zu verschmelzen, auch unsere emotionale Bindung wird stärker. Es ist beinahe, als würden unsere Seelen eine Einheit bilden.

Rasch finden wir einen Rhythmus, der uns beiden gefällt. Ich kralle mich mit den Fingern in seinen Rücken und halte mich an ihm fest, während er schneller zustößt. Unerwartet schnell überkommt mich mein Orgasmus. Hitze durchströmt mich, während er wie ein Feuerwerk durch meinen Körper schießt.

„Ben", ächze ich und bohre die Fingernägel tiefer in seinen Rücken, was ihn zu festeren Stößen bewegt.

Mein Körper spannt sich an und ich drücke ihn mithilfe meiner Beine eng an mich. Wärme durchströmt mich mit einem elektrisierenden Gefühl. Mein Kopf schaltet sich in den Standby-Modus, während mich unzählige Emotionen überfluten. Auch Ben spannt sich an, umklammert mich fest und kommt stöhnend. Keuchend bedeckt er meinen Körper mit seinem. Seine Lippen senkt er auf die Haut an meiner Schulter, um daran zu saugen. Letzte Ausläufer seines Höhepunkts ereilen ihn und lassen ihn zusammenzucken.

Zufriedenheit durchdringt mich, während wir vereint durch unsere Körper auf dem Bett liegen. Dabei streichle ich ihm liebevoll über den Rücken und wir verharren eine ganze Weile in dieser Position.

Kapitel 19
Ben

Am nächsten Morgen wache ich früh auf. Die Muskeln meines Körpers erinnern mich daran, was ich die ganze Nacht über gemacht habe. Zufrieden wende ich mich zu Summer, deren Augen noch geschlossen sind. Ihre Lippen sind leicht geöffnet, das kupferrote Haar ist um ihr Gesicht verteilt. Unsere Körper liegen dicht beieinander, wobei unsere Füße miteinander verschlungen sind. Jede noch so kleine Bewegung vermeide ich, um sie nicht ungewollt aufzuwecken.

Dankbarkeit durchströmt mich, während ich sie betrachte. Ich kann kaum in Worte fassen, wie froh ich darüber bin, sie an meiner Seite zu haben. Hätte man mir vor drei Jahren gesagt, ich würde noch einmal neben Summer aufwachen, hätte ich die Person ausgelacht. Zu diesem Zeitpunkt hätte ich niemals damit gerechnet.

Seit Wochen verbringen wir viele Nächte und Tage zusammen, sind uns nah und können kaum genug voneinander bekommen. Und obwohl das so ist, möchte ich genau diesen Moment in einem Foto festhalten, mit all den Gefühlen, die sich in mir breitmachen. Liebe. Zuneigung. Erregung.

Ihre Lider flattern, als ich mit dem Finger vorsichtig über ihre Wange streiche. Ein Seufzen entfährt ihr, ehe sie ihre Hand mit meiner verschränkt.

„Guten Morgen", wispert sie verschlafen. Müde reibt sie sich mit der freien Hand übers Auge. Noch nie fand ich eine Frau so attraktiv wie Summer in diesem Moment.

„Hast du gut geschlafen?", frage ich, um mich von meiner Erregung abzulenken. Am liebsten wäre es mir, meinen Körper ganz dicht an ihren zu drängen, meine Hand auf Wanderschaft zu schicken und …

„Ja." Ein Lächeln huscht über ihre Lippen. Ihre freie Hand findet automatisch zu meiner Bauchmuskulatur, während sie sich an meine Seite presst. Es ist nicht mehr zu verhindern, dass mein Glied langsam anschwillt. „Und du?" Sie sieht mich neugierig an. Zugleich erkenne ich darin Sehnsucht. Zumindest deute ich es als das, nachdem sie ihre Hand hinunter zu meinem Schwanz streifen lässt.

„Sehr gut." Hitze durchströmt mich, als sie meinen Penis umklammert. Sachte streichelt sie über die empfindliche Stelle an der Spitze und jagt mir damit einen Schauer über den Rücken. Zugleich entfährt mir ein Seufzen.

Als würde Summer dieses Seufzen als Aufforderung interpretieren, gleitet sie an meinem Schwanz auf und ab. Gleichzeitig bedeckt sie meinen Hals mit Küssen. Jede ihrer Berührung sorgt für einen Schauer, der mir über den Rücken jagt. Sämtliche Härchen an meinem Körper richten sich auf und eine Gänsehaut breitet sich aus. Hitze durchschießt mich, während Summer immer weitermacht. Sie treibt mich mit ihren Händen in den Wahnsinn!

„Summer?", höre ich jemanden rufen. „Weißt du, wem das Auto gehört, das in der Einfahrt steht?"

Im nächsten Moment weiche ich von ihr zurück. Auch Summer zuckt erschrocken zusammen und richtet sich auf. Die Wangen gerötet, Erregung in dem schönen Dunkelbraun ihrer Iriden.

„Das ist mein Dad", flüstert sie.

„Summer?" Ein Klopfen an der Tür ertönt. „Bist du da?" Langsam wird die Klinke heruntergedrückt, woraufhin sie sich in eine Decke hüllt und zur Zimmertür sprintet.

„Hey Dad." Sie stellt sich in den Türrahmen, um ihm die Sicht zu versperren. Ihr Haar steht in alle Richtungen ab und fällt unordentlich über die Schultern. „Der Wagen gehört …"

„Mir." In die große Bettdecke gewickelt, stelle ich mich neben sie. Gibt es eigentlich etwas Peinlicheres, als dem Vater der Freundin so gegenüberzutreten? Fest umklammere ich den Stoff, um meinen Körper möglichst nicht zu entblößen.

„Oh, hallo Ben!" Seine Augen leuchten augenblicklich auf. „Schön, dich zu sehen. Wenn du möchtest, kannst du gern mitfrühstücken. Dann hole ich ein paar Croissants mehr." Ein Lächeln legt sich auf seinen Mund. Warum freut er sich so darüber, mich hier anzutreffen? Ich hätte jetzt eher erwartet, dass er nicht begeistert ist.

Summer betrachtet mich erwartungsvoll. Allein ihr Anblick sorgt dafür, dass ich einfach nur zustimmen muss.

„Klar", antworte ich schließlich. „Ich muss nur gegen Mittag los, weil heute Abend das erste Viertelfinalspiel stattfindet."

„Bis dahin sind wir bestimmt schon fertig. In ungefähr einer Viertelstunde bin ich wieder da." Summers Dad dreht sich um und geht die Treppen hinunter. Dabei schließt er den Reißverschluss seiner Fleecejacke.

„Okay", ruft sie ihm hinterher, wendet sich zu mir. „Sorry, ich habe völlig vergessen, dass Dad schon so früh zurückkommt", entschuldigt sie sich bei mir.

„Kein Thema", erwidere ich. Natürlich war die Situation mehr als merkwürdig, aber ihr Vater hat auch sehr erfreut über meinen Besuch reagiert.

„Mein Dad wusste als einer der Ersten über meine Gefühle Bescheid", informiert sie mich, als sie meinen fragenden Gesichtsausdruck bemerkt.

„Ach wirklich?" Amüsiert greife ich nach meiner Kleidung.

„Ja." Sie schmunzelt, sichtlich glücklich darüber, dass ich zum Frühstück bleiben werden.

„Dann ... machen wir uns jetzt mal fertig, oder?"

„Gleich", murmelt Summer und überwindet die Distanz zwischen uns. Sie presst ihren Körper an meinen und scheint meine bloße Anwesenheit zu genießen. „Ich möchte dich um nichts auf der Welt missen", flüstert sie und drückt ihre Lippen an meine Wange. „Du bist mir wirklich wichtig."

„Das Gleiche gilt für dich." Liebevoll drücke ich meinen Mund auf ihre Stirn. Eine ganze Weile bleiben wir so stehen, bevor wir uns für das gemeinsame Frühstück mit ihrem Dad fertig machen.

Aus dem Frühstück mit Summers Dad wurde ein Brunch. Wir bereiteten Rührei mit Speck, Croissants mit Marmelade, Sandwiches, Obst und Gemüse zu. Anschließend saßen wir gut drei Stunden zusammen, haben uns über alles Mögliche unterhalten und einen wirklich schönen Vormittag miteinander verbracht. Meine anfängliche Unsicherheit, wie er mir gegenübertreten würde, nachdem er mich nahezu nackt im Zimmer seiner Tochter traf, verflog von Minute zu Minute mehr. Stattdessen bot er mir das Du an, als ich ihn mit *Mr. Davis* ansprach.

Daraufhin unterhielten wir uns über seine Studienzeit und ich erfuhr einiges über Summers Mom, die trotz ihres Tods noch immer sehr präsent in der Familie ist. Kaum zu glauben, dass sie bereits vor fünfzehn Jahren verstorben ist. Ich kann mir nicht vorstellen, wie es ist, ohne Mutter aufzuwachsen. Ich bewundere Summers Dad, wie gut er es allein mit seiner Firma und seiner Tochter gemeistert hat.

„Na, wie war dein Abend?" Unser Winger Brian kommt in die Kabine, lässt seine Tasche auf den Platz neben mir fallen und klopft mir auf die Schulter. „So viel zum Thema, du kommst noch nach."

„Sorry, hatte Besseres zu tun." Grinsend schlüpfe ich in meine Sportkleidung.

„Ja, das sieht man an den Kratzspuren in deinem Nacken", bemerkt unser Verteidiger Jesse, der neben mir steht und etwas aus seiner Tasche holt. Belustigt macht er eine Krallenbewegung mit der Hand.

Kris lacht in sich hinein, während mich die Jungs damit aufziehen.

„Danke für deine Hilfe", beschwere ich mich bei meinem Mitbewohner.

„Sorry, aber ich musste da auch durch." Achselzuckend erhebt er sich und begibt sich zum Eingang des Stadions, um mit dem Aufwärmtraining zu starten.

Mit rollenden Augen folge ich ihm und beginne mit dem Treppensteigen, um meinen Körper aufzuwärmen. Dabei lasse ich den Blick durch das leere Stadion gleiten und genieße die kühle Luft, die meine Wangen streift.

Noch immer kann ich nicht fassen, dass wir es bis ins Viertelfinale geschafft haben. Es ist Segen und Fluch zugleich, so weit gekommen zu sein. Segen, weil wir etwas erreicht haben, das uns unerreichbar erschien. Fluch, weil die Belastung gestiegen ist und der Druck, weiterzukommen, mit jedem Spiel stärker wird. Die körperliche Belastung ist enorm und die Spielweise der Gegner wird jedes Mal brutaler. Dadurch riskieren wir viele Verletzte, weshalb die Anforderungen an die restlichen Spieler steigt.

„Und?" Edvard kommt zu mir, während ich mich dehne. „Wie war das Gespräch mit Summer?" Bei der Erwähnung ihres Namens muss ich grinsen. Sofort sehe ich ihr Gesicht vor meinem geistigen Auge und stelle mir vor, wie sich ihre weichen Lippen auf meinen anfühlen.

„Prima", erwidere ich, wobei mein Herz einen Satz macht.

„Er hat Kratzspuren im Nacken", mischt sich Jesse ein, der sich gerade neben mich stellt. Ich verpasse ihm einen festen Schlag gegen die Schulter, woraufhin er sich lachend über die Stelle reibt.

„Gut." Ein genügsamer Ausdruck legt sich auf Edvards Gesicht. „Jungs, wir gehen wieder in die Kabine." Er klatscht und trommelt uns zusammen. Anschließend ziehen wir uns gemeinsam um und legen die Ausrüstung an. Gerade, als ich die Schlittschuhe schnüre, erhalte ich eine Nachricht.

Hastig greife ich nach meinem Handy und entsperre das Display, auf dem Summers Name aufleuchtet. *Ich wünsche dir viel Glück!*

Grinsend tippe ich in mein Smartphone und schicke ihr ein *Danke* mit einem Kuss-Emoji zurück. Postwendend folgen Smileys mit Herzaugen.

„Es ist kaum zu übersehen, wem du schreibst." Brian lacht. „Gerade erst sind wir Kris' Gefühlsduselei losgeworden und jetzt fängst du an."

„Nur weil für dich noch keine Richtige dabei war", gebe ich zurück.

„Vielleicht genieße ich ja noch die Auswahl." Vielsagend hebt er die Augenbrauen und bricht in Lachen aus.

Sobald wir alle fertig eingekleidet sind, ruft uns Edvard zusammen. Wir versammeln uns an der Tür und er teilt noch ein paar letzte Worte mit uns, ehe wir uns zum Eingang des Spielfelds begeben. Die leeren Ränge haben sich mittlerweile gefüllt und über achtzehntausend Menschen sind gekommen, um unser Viertelfinalspiel zu sehen. Mein Herz beginnt zu rasen. Als ich das Eis betrete, fühlt es sich an, als würde ich nach Hause kommen. Es ist merkwürdig zu wissen, dass nun mein leiblicher Vater am Rand steht und mich anfeuert. Nicht nur als Dad, sondern auch als Trainer.

Der Stadionsprecher kündigt unser Aufwärmtraining an, woraufhin wir uns aufs Eis begeben. Als meine Schlittschuhe das Eis berühren, werde meine Gedanken ausgeschaltet. Es gibt nur noch mich und das Kratzen der Kufen auf dem Spielfeld. Applaus brandet auf, wir verteilen uns und beginnen mit Dehnübungen auf dem Eisfeld. Ein paar Pucks liegen herum, die wir in die Tore schießen, um uns darauf vorzubereiten. Unterdessen schweift mein Blick durch das Publikum, in der Hoffnung, Summer in der Menge zu finden.

Mit einem lauten Signal wird das Ende der Aufwärmphase angekündigt und wir begeben uns wieder in die Kabine, um der Eismaschine Platz zu machen, die das Spielfeld glättet. Danach versammeln wir uns erneut an der Eisfläche und warten darauf, dass wir hinaus dürfen. Der Stadionsprecher verliest die Namen der *Starting Six*, zu denen auch Brian, Kris und ich gehören. Das Publikum jubelt, als wir uns am Bully in der neutralen Zone versammeln.

Die Gegner, eine Mannschaft aus dem Süden, sind dafür bekannt, sehr körperbetont zu spielen. In der regulären Tabelle standen sie auf Platz drei, ausgestattet mit guten Torschützen, die in den vorherigen Spielen geschont wurden. Keine leichte Aufgabe für uns, aber trotzdem machbar.

Mit beiden Händen umklammere ich den Schläger und blicke zu Kris, der schräg vor mir steht. In die Knie gebeugt, taxiere ich den Schiedsrichter und warte darauf, dass er endlich den Puck fallen lässt. Sobald das Pfeifen ertönt, stürme ich nach vorne. Kris, der sich die Gummischeibe schnappen konnte, passt zu mir. Letztlich scheitere ich an der Verteidigung, die mich gegen die Bande drückt. Mein Kontrahent überragt mich um gut einen Kopf und auch sein Gewicht scheint wesentlich mehr zu sein.

Mit aller Macht schiebe ich ihn von mir und fokussiere mich auf das fortlaufende Spiel. Erst, als Kris und ich das dritte Mal auf dem Eis stehen, bekommen wir eine Chance auf ein Tor. Er passt zu mir, ich umkreise die Verteidigung und gebe an Brian ab, der sich vor dem Torhüter platziert hat. In letzter Sekunde wird er von einem unserer Gegner gecheckt und landet mit dem Kopf voran am Torpfosten. Erzürnt steht Brian auf und wirft seinem Kontrahenten einen wütenden Blick zu. Nachdem Brian gern mal Aktionen rächt, hoffe ich, dass er die

Füße still hält. Um die Situation zu entspannen, lässt Edvard die Reihen wechseln.

Sowohl das erste als auch das zweite Drittel vergehen torlos. Beide Mannschaften geben alles dafür, kein Tor zu kassieren, aber eins zu erzielen.

Das dritte Drittel startet und wir versammeln uns wieder am Bully der neutralen Zone. Kris steht angriffslustig vor den Gegnern, während Brian immer wieder zu seinem Kontrahenten starrt, der ihn gegen den Torpfosten geschubst hat. Innerlich bete ich, dass er nichts Dummes macht. Eine Strafzeit wäre das denkbar Schlechteste, was uns jetzt passieren könnte.

Der Referee lässt die Scheibe auf das Eis fallen, woraufhin wir alle losstürmen. Kris bekommt sie, zwängt sich zwischen den Gegenspielern hindurch und schafft es, den Puck an Brian abzugeben. Dieser ist konzentriert, möchte das Tor umrunden und die Hartgummischeibe an der Seite reinschießen.

Doch dann scheint die Zeit für einen Augenblick stehen zu bleiben. Das Publikum ist so still, dass man eine Nadel fallen hören könnte. Nur das laute Krachen von Brians Helm an die Bande ist zu vernehmen. Er kippt zur Seite weg und bleibt reglos liegen. Der Kontrahent, der ihn gestoßen hat, fährt weiter, als wäre nichts gewesen. Erst das Pfeifen des Schiedsrichters lässt ihn innehalten. Wir eilen zu unserem Teamkollegen, der noch immer auf dem Boden liegt.

„Brian?", rufe ich, in der Hoffnung, dass er die Augen aufschlägt, und gehe neben ihm in die Knie.

Was ist, wenn er nicht mehr wach wird? Lähmende Angst legt sich über mich. Es ist beinahe, als könnte ich mich nicht mehr bewegen.

„Jeffers, mach Platz." Der Mannschaftsarzt legt mir die Hand auf die Schulter. „Ich kümmere mich um ihn."

Nickend rutsche ich beiseite. Im gleichen Moment öffnet Brian die Lider. Seine Pupillen starren ins Leere, er scheint niemanden richtig wahrzunehmen.

„Mr. Eddison?" Der Mannschaftsarzt untersucht Brians Augen. „Können Sie mich hören?"

Noch immer benommen, wendet er sein Gesicht in Richtung der Stimme des Arztes. Nur langsam bekommt er ein Nicken zustande. Erleichtert seufze ich auf, schließlich ist Brian wach und ansprechbar.

Hinter mir bricht zeitgleich ein Tumult aus. Als ich mich umdrehe, stelle ich fest, dass ich der Einzige bin, der neben Brian kniet. Die anderen befinden sich in einem Wortgefecht mit dem gegnerischen Team.

Kris stürzt sich gerade auf den Kontrahenten, der Brian gegen die Bande geschmettert hat. Die beiden rangeln miteinander, bis der gegnerische Spieler zu Boden geht. In Kris' Augen erkenne ich blanke Wut. Er drückt ihn mit seinem Unterarm gegen das Eis, während er mit seiner anderen Hand auf ihn einschlägt.

„Kris!", brülle ich und fahre zu ihnen. Ein weiterer Gegenspieler sieht das als Aufforderung, dass ich mich ebenfalls prügeln möchte, und packt mich am Trikot, um mich gegen die Bande zu quetschen. „Lass mich los!", knurre ich, doch er grinst nur dämlich und ballt die Hand zur Faust. Hastig schiebe ich meinen Schlittschuh zwischen seine Beine, verhake sie mit seinen und bringe ihn somit zu Fall. Er landet auf dem Hintern und ich presse ihn mit dem Arm auf die Fläche.

Erst als einer der Referees bei uns steht, erhebe ich mich und lasse meinen Gegner laufen. Anschließend helfe ich dem Linienrichter dabei, Kris von seinem Gegenspieler zu trennen.

Kapitel 20
Summer

Die Hand vor den Mund geschlagen, stehe ich da und starre aufs Eis. Noch immer hallt das Geräusch von Brians Helm, der auf die Bande trifft, in meinem Gedächtnis nach. Er liegt am Boden, während neben ihm Tumult ausbricht. Der Doc beugt sich über ihn und testet mit Hilfe einer Taschenlampe die Reaktion seiner Pupillen. Unterdessen versucht Ben, Kris von seinem Rivalen zu trennen. Die beiden sind kurz nach Brians Sturz aufeinander losgegangen, bis Kris ihn letztlich zu Fall gebracht hat. Nur mit Mühe schaffen es die Schiedsrichter und Ben, die Raufbolde voneinander zu trennen. Sobald die Situation geklärt ist und die Mannschaften bei ihren jeweiligen Trainern stehen, besprechen sich die Unparteiischen. Es liegen mehrere Strafen vor, die nun geahndet werden müssen.

Unterdessen rappelt sich Brian mit Hilfe des Docs langsam auf. Ben kommt als Unterstützung hinzu und begleitet ihn vom Eis. Mein Herz zieht sich zusammen, als ich sehe, wie wacklig Brian auf den Beinen ist. Ein Stoß gegen den Kopf ist nie zu unterschätzen und so, wie es von meiner Perspektive aussah, kann er froh sein, wenn keine Verletzungen bleiben. Das Publikum applaudiert, als Brian gemeinsam mit dem Mannschaftsarzt das Eis verlässt. Sie stimmen seinen Namen an und lösen damit bei mir eine Gänsehaut aus, die sich über meinen kompletten Körper legt. So schenken sie ihm sämtliche Anerkennung, die er verdient hat.

Die Schiedsrichter stehen noch immer abseits und beraten, welche Strafen angemessen sind. Nach einigen Minuten drehen sie sich zum Publikum und sprechen die Disziplinarstrafen aus. Kris erhält wegen seines unsportlichen Verhaltens vier Minuten. Er begibt sich zur Strafbank, wo er seinen Schläger wütend gegen die Wand schleudert. Das Publikum unterstützt seinen Emotionsausbruch und stellt die Entscheidung der Schiedsrichter lautstark in Frage. Ben, der zuerst von einem der Kontrahenten angegangen wurde, erhält glücklicherweise keine Strafzeit.

Der Verursacher von Brians Verletzung erhält nicht nur fünf Minuten, sondern auch einen anschließenden Ausschluss aus dem Spiel. Die Begründung liegt darin, dass der Check gegen den Kopf unkorrekt ausgeführt wurde. Unter lauten Buhrufen fährt er vom Eis, wo er bereits von einem Verantwortlichen seiner Mannschaft abgefangen und in die Kabine begleitet wird.

„Wow", entfährt es mir, noch immer schockiert von den Geschehnissen. Amber steht neben mir, die Hände ineinander verschränkt und betrachtet den Trubel auf dem Eis.

„Aber hallo. Hoffentlich hat sich Brian nichts Schlimmeres zugezogen", meint sie. „Sowas kann schnell mal böse enden."

„Das stimmt", pflichte ich ihr bei.

Allmählich entspannt sich die Situation auf dem Spielfeld, die Referees platzieren sich am Bully und läuten damit die letzten sieben Minuten ein.

Schnell wird klar, dass sich der Vorfall mit Brian nicht nur in die Gedächtnisse der Zuschauer gebrannt, sondern auch die *Scorpions* aus dem Konzept gebracht hat. Es dauert lange, bis wieder Stimmung ins Stadion kommt. Auf dem Eis werden die *Scorpions* die meiste Zeit von den Gegnern dominiert und kommen kaum noch in die Nähe des gegnerischen Tors.

Ein Blick auf die Uhr verrät mir, dass nur noch fünf Minuten der regulären Zeit zu spielen sind, ehe die Verlängerung startet. Mit gedrücktem Daumen sitze ich an meinem Platz und hoffe, dass sie noch ein Tor erzielen. Ein Einziges würde reichen, um den Sieg einzufahren. Auch, wenn es das erste Spiel von insgesamt drei gegen diese Mannschaft ist, wäre ein Sieg gut.

Eine Minute vor Ende der Spielzeit steuern die Gegner auf das Tor der *Scorpions* zu. Ben, der ein Gegentor auf jeden Fall vermeiden möchte, stürzt sich auf den Kontrahenten, um ihm den Puck zu stehlen. Dabei wird er umrundet und der Gegenspieler bekommt die Chance, die das ganze Spiel verändert. Aus der Rückhand führt er einen Pass zu seinem Teamkollegen aus, der direkt vor unserem Torhüter steht. Einen Atemzug später, ist die Scheibe im Kasten und die Fans der Rivalen flippen aus. Die Digitaluhr über dem Spielfeld zeigt noch vierzig Sekunden an. In dieser Zeit ist ein Tor zwar nicht unmöglich, aber schwer schaffbar. Ben, der völlig abgekämpft wirkt, gleitet mit hängenden Schultern vom Eis, als die Reihen gewechselt werden. Sauer lässt er sich auf die Bank plumpsen, Kris direkt neben ihn. Coach Jansson geht zu ihm und klopft ihm aufmunternd auf die Schulter.

„Schade", sagt Amber, als die Zeit abgelaufen ist und das Signal ertönt. „Sie hätten es wirklich verdient gehabt, nachdem Brian so gecheckt wurde."

„Du hast recht", stimme ich ihr zu. „Aber sie haben noch ein Spiel, in dem sie alles geben müssen."

„Das werden sie schaffen", meint Amber zuversichtlich.

Nachdem sich die Jungs in die Kabine begeben haben, reihen wir uns in die Menschenmenge ein, die über die Treppen zu den Ausgängen des Stadions strömt. In der Lobby angekommen, machen wir uns auf den Weg zum Parkplatz, auf dem die Fahrzeuge der Spieler stehen. Dort treffen wir auf Coach Janssons Tochter Elle, die das Spiel von der VIP-Lounge verfolgt hat.

„Hey!", begrüßt sie uns. „Wie gehts euch?" Dabei bindet sie sich den royalblauen Schal um ihr Handgelenk und nimmt die Mütze vom Kopf, um ihr blondes Haar auszuschütteln.

„Sehr gut und dir?", frage ich sofort.

„Auch. Obwohl sie das Spiel leider verloren haben … sie hätten den Sieg verdient! Brian kann froh sein, wenn es nur eine Gehirnerschütterung ist." Bei der Erinnerung an seinen Sturz verzieht sie das Gesicht schmerzvoll. „Hoffentlich geht es ihm gut."

„Das stimmt", pflichtet ihr Amber bei. „Es sah wirklich böse aus."

Gemeinsam begeben wir uns zu einer halbhohen Mauer, die sich in der Nähe des Hinterausgangs befindet. Dort setzen wir uns und unterhalten uns die nächste Viertelstunde über alles Mögliche. Elle erzählt uns unter anderem, dass ihr Vater Ben eigentlich zum Essen einladen möchte, damit auch ihre Mom ihn endlich kennenlernt.

„Glaubst du, er ist bereit dazu?", erkundigt sie sich bei mir. „Mom pocht schon darauf."

„Schwer zu sagen", gebe ich zurück. „Wir haben öfter darüber gesprochen und er gibt mir immer wieder die gleiche Antwort. Ihm ist es wichtig, schwarz auf weiß zu haben, dass Coach Jansson auch wirklich sein Dad ist."

„Mir hat er vor kurzem dieselbe Antwort gegeben", erzählt Amber. „Man darf nicht vergessen, dass ihn unsere Eltern jahrelang angelogen haben."

„Das stimmt." Stirnrunzelnd starrt Elle in die Luft.

In diesem Moment wird die Tür des Hintereingangs aufgestoßen und Kris kommt heraus. „Hey Ladys", sagt er und schlendert zu uns. An seinem Kiefer prangt ein geschwollener roter Fleck, die Haut um sein Auge ist besetzt von verschiedenen Blautönen. Amber stellt sich auf die Zehenspitzen, um ihn genau zu betrachten.

„Du machst Sachen", murmelt sie und küsst ihn anschließend. Unterdessen richte ich den Blick auf die

Tür und warte darauf, dass Ben endlich herauskommt. Als es schließlich so weit ist, macht mein Herz einen Satz. Mit feuchten Haaren kommt er auf uns zu. Enttäuschung kennzeichnet sein Gesicht, die sich in Freude wandelt, als er mich sieht. Lächelnd tritt er zu mir und legt mir die Arme um die Hüfte.

„Hallo Summer, schön, dich zu sehen", flüstert er an meinem Ohr.

Tief blicken wir einander in die Augen, während sich meine Knie in Wackelpudding verwandeln. Seine Lippen senkt er auf meine und zieht mich näher zu sich. Gleichzeitig legt er seine Hand auf meine Wange und löst damit ein Prickeln unter meiner Haut aus. Der Kuss ist nur von kurzer Dauer und doch sauge ich jeden Moment in mir auf. Wir lösen uns voneinander, wobei mir als erstes Elles leuchtender Blick auffällt.

„Ihr?", hakt sie nach.

„Ja", antwortet Ben grinsend.

„Ach, deswegen bist du gestern nicht mehr nachgekommen." Amber kichert. „Immerhin habt ihr endlich zueinander gefunden. Ich freue mich für euch." Sie zieht uns beide zeitgleich in eine Umarmung. „Ich habe schon gedacht, ihr findet nie zueinander."

Kris quittiert das Ganze mit einem vielsagenden Lächeln, während Elle ganz aus dem Häuschen zu sein scheint.

„Das ist ja toll!" Euphorisch klatscht sie in die Hände. „Dann hatte Dad die ganze Zeit über recht."

„Womit?", verwirrt sehe ich sie an.

„Dad hat …"

„Was habe ich?", unterbricht sie Coach Jansson, als er zu uns kommt.

„Ich habe nur gerade festgestellt, dass du die ganze Zeit mit deinen Vermutungen über Ben und Summer richtig gelegen hast", meint sie.

„Stimmt." Er zwinkert Ben zu.

„Nur ungern wechsle ich das Thema, aber weißt du schon was von Brian?", hakt Kris sofort nach. „Du hast doch vorhin mit dem Doc telefoniert, oder?"

„Ja. Brian wird gerade untersucht, ist allerdings wieder bei vollem Bewusstsein. Der Arzt tippt auf eine Gehirnerschütterung. Wie schwer sie ist, wissen wir noch nicht", berichtet Coach Jansson.

Betretenes Schweigen legt sich über uns. Nacheinander blicken wir uns an.

„Es wird nicht so schlimm sein", sagt Elle schließlich hoffnungsvoll. „Er ist ein zäher Brocken."

„Da hast du recht. Ihm ist schon so einiges widerfahren", ergänzt Amber, die sich an Kris klammert.

Ben verschränkt seine Hand mit meiner. Liebevoll streichelt er mit seinem Daumen über meinen Handrücken.

„Ben?" Coach Jansson wendet sich an ihn. „Kann ich dich kurz was fragen?" Die Nervosität steht ihm deutlich ins Gesicht geschrieben.

„Klar, schieß los", antwortet dieser. Mir entgeht Coach Janssons verunsicherter Blick auf Amber und

Kris nicht. „Du kannst ruhig vor ihnen fragen", meint Ben, als er das ebenfalls bemerkt.

„Also, ich würde dich gern zu einem gemeinsamen Abendessen mit meiner Frau und Elle einladen", sagt er schließlich. „Sie möchte dich unbedingt kennenlernen."

„Das ist nett, aber ...", beginnt Ben, wird jedoch schnell unterbrochen.

„Überleg es dir." Coach Jansson zwinkert ihm zu und versucht, seine Enttäuschung zu verbergen. „Wir haben ja noch Zeit. Ich wollte nur, dass du weißt, wie sehr sie sich darauf freut, dich kennenzulernen."

Mir wird bei so viel Liebe ganz warm ums Herz. Gleichzeitig verstehe ich Bens zögerliches Verhalten. Solange Coach Janssons Vaterschaft nicht schwarz auf weiß bestätigt ist, möchte er sich nicht an die Familie gewöhnen. Immerhin wurde er sein Leben lang von seinen Eltern belogen und hat Angst davor, sich erneut in etwas zu stürzen, das letztlich wieder nur vorgegaukelt ist.

Kapitel 21
Ben

Heute ist der große Tag von Ambers und Kris' Umzug. Bereits beim Besuch im Hospiz haben sie uns verkündet, dass sie eine Wohnung gefunden haben, in die sie nun einziehen können.

Ab sofort gehört die WG also mir allein und ich darf mir neue Mitbewohner suchen. Ein bisschen wehmütig packe ich den Karton, der in Ambers Zimmer steht, und trage ihn zum Aufzug. Es sind bloß noch wenige Dinge, die sich in der Wohnung befinden. Das Meiste haben Amber und Summer bereits in die neue Bleibe gebracht, um Kris und mich zu entlasten, schließlich macht die Saison keine Pause.

Nachdenklich stelle ich den Karton auf den Boden des Aufzugs, drücke den Knopf für das Erdgeschoss und fahre hinunter. Dort angekommen, trage ich die Kiste zu Kris' Fahrzeug.

Vor dem Wohngebäude stehen Summer und Amber am Auto und hieven die Kartons in den Kofferraum.

„Stell die hier einfach ab", meint Summer und deutet auf einen Stapel Kisten, der sich neben dem Fahrzeug befindet.

„Alles klar." Ich platziere die Kiste daneben, begebe mich zu meiner Freundin und drücke ihr einen Kuss auf die Wange. Augenblicklich kuschelt sie sich an mich und legt ihren Kopf auf meine Schulter. Noch immer fühlt es sich unglaublich gut an, sie an meiner Seite zu haben. Am liebsten würde ich sie fragen, ob sie schon bereit dazu ist, bei mir zu wohnen. Immerhin hat sie die letzten Tage meistens bei mir zuhause verbracht. Gleichzeitig weiß ich aber, dass sie ihren Dad auf keinen Fall allein lassen möchte.

„Amber, Ben." Eine weibliche Stimme lässt mich aufhorchen. Sie hört sich an wie …

„Mom." Augenblicklich versteinert sich Ambers Miene. „Was willst du hier?" Vorwurfsvoll betrachtet sie unsere Mutter.

Diese streicht sich den dunklen Mantel glatt, rückt ihre Frisur zurecht und sieht mich aus ihren blauen Augen an. „Ich möchte mit dir sprechen, Ben."

Mein Herz rast. Unwillkürlich balle ich die Hand zur Faust. Momentan habe ich überhaupt keine Lust auf eine Konfrontation mit meinen Eltern. Nicht nur, weil sie mich beide jahrelang angelogen haben, sondern auch die Art, wie sie andere Leute ausgenutzt haben, widert mich an.

„Dann schieß los", gebe ich zurück.

Nervös blickt sie nach links und rechts. Ihr Blick bleibt dabei an Summer und Amber hängen, die anscheinend nichts von unserem Gespräch mitbekommen sollen.

„Unter vier Augen", bittet sie schließlich. Ein reumütiger Ausdruck huscht über ihr Gesicht, der mich nachgiebig werden lässt.

„Na gut." Genervt mache ich eine Handbewegung und führe sie hinein in die Lobby des Wohnhauses. Am

Aufzug angekommen, drücke ich den Knopf, um ihn zu uns zu holen. Mom steht unterdessen nervös neben mir und zupft an ihrem Fingernagel. Als der Lift mit einem *Pling* angekündigt wird, zuckt sie zusammen. Ohne etwas zu sagen, gehe ich hinein und tippe mit dem Zeigefinger auf die Sieben. Mit einem Rattern setzt sich der Aufzug in Bewegung, ehe er wenig später im siebten Stock hält und seine Türen öffnet.

Schweigend laufe ich zu unserer Haustür, öffne sie und begebe mich in unseren Wohn- und Essbereich. Mom folgt mir, wobei jeder ihrer Schritte von einem Klacken begleitet wird. Die Tür zum Flur schließe ich, damit die anderen in Ruhe die Kisten zu Kris' Wagen tragen können.

„Wie kann ich dir helfen?" In einem sicheren Abstand zu ihr setze ich mich und schiebe die Hände in die Hosentaschen.

„Es geht um ... Edvard", stammelt sie. Ihr Blick schweift dabei durch den Raum, als wolle sie mir ausweichen. So verunsichert wie in diesem Augenblick, habe ich sie noch nie in meinem Leben gesehen. „Ich ... möchte dir erklären, was damals passiert ist." Bei der Erwähnung meines leiblichen Vaters zucke ich zusammen. Es gefällt mir nicht, dass sie über ihn sprechen will. Alles, was ich bisher über ihn erfahren und wie ich ihn erlebt habe, ist gut. Er ist der Erste, der mich sofort als einen Teil seiner Familie angenommen hat, obwohl die Vaterschaft nicht mal bewiesen ist. Manchmal frage ich mich, wie mein

Leben verlaufen wäre, wenn ich von Anfang an bei ihm gelebt hätte.

„Wenn du hier bist, um weitere Lügen über Edvard zu verbreiten, dann kannst du gleich wieder gehen", weise ich sie ab und deute mit einer Hand zur Tür.

„Nein." Traurig sieht sie mich an. „Du sollst die Wahrheit erfahren, warum er nichts von dir wusste."

Neugierig neige ich mich in ihre Richtung. Jetzt bin ich wirklich gespannt, was sie zu sagen hat. Schweigend warte ich, dass sie zu sprechen anfängt.

„Zu der Zeit, als dein Grandpa noch die Mannschaft trainiert hat, kriselte es gewaltig zwischen deinem Vater und mir. Tatsächlich war ich kurz davor, mich von ihm zu trennen. Nur Gavin hat uns noch zusammengehalten", berichtet sie. „Um Abstand von dieser Situation zu gewinnen, ließ ich Gavin bei Grandma und besuchte mit deinem Grandpa ein Event. Es gab immerhin ordentlich was zu feiern, nachdem Grandpas Mannschaft den Einzug ins Halbfinale geschafft hatte, und … ich traf auf Edvard. Wir verstanden uns auf Anhieb und es dauerte nicht lange, da blendete ich deinen Vater komplett aus. Ich ignorierte meinen Beziehungsstatus und genoss die Aufmerksamkeit, die mir Edvard schenkte. Es tat gut, begehrt zu werden und interessant für einen anderen Mann zu sein."

Beim Erzählen legt sich ein Lächeln auf ihre Lippen.

„Jedenfalls ging der Abend schnell vorbei und dein Grandpa verabschiedete sich nach dem Essen. Der Rest entschied sich, noch einen Club zu besuchen. Ich schloss mich an und war glücklich über diese Pause vom starren Leben mit deinem Vater. Leider griff ich zu viel zum Alkohol, sodass ich meine Grenzen überschritt und letztlich einen One-Night-Stand mit Edvard hatte. Erst am Morgen danach wurde mir bewusst, was es für meine Ehe bedeuten würde."

Seufzend reibt sie sich über die Stirn.

„Lange habe ich meinen Ehemann belogen. Bis in den siebten Monat hinein ging er davon aus, dass du sein Kind wärst. Doch irgendwann kamen mir Zweifel, ob ich die Lüge wirklich so lange aufrechterhalten kann. Schließlich hinterging ich meinen Ehemann und schob ihm ein Kind unter. Mein schlechtes Gewissen wuchs immer mehr und als sich herausstellte, dass ein Freund deines Vaters am selben Abend im gleichen Club war und mich gesehen hatte, wurde mir klar, ich musste ihm davon erzählen. Auf keinen Fall wollte ich, dass er es von jemand anderem erfährt. Dein Vater war aufgebracht und hat getobt vor Wut, so habe ich ihn zuvor noch nie erlebt. Nachdem wir als aufstrebendes Ehepaar in der Immobilienbranche natürlich auch in der Öffentlichkeit standen, wollte er unter allen Umständen negative Schlagzeilen vermeiden, um seinen Ruf zu wahren. Aus diesem Grund verzieh er mir. Dafür verlangte er, dass ich mich an unsere Abmachungen halte. Auf keinen Fall sollte Edvard erfahren, dass du sein Sohn bist. Du solltest keinen Kontakt zu ihm haben und ich durfte dir nicht verraten, wer dein leiblicher Vater ist."

Tränen machen sich in ihren Augenwinkeln bemerkbar.

„All die Jahre wollte ich es dir sagen. Bereits als Kind hattest du mehr von Edvards Leidenschaft fürs Eishockey, als ich je erwartet hatte. Dein Vater wollte allerdings immer, dass du mit Gavin gemeinsam die Immobilienfirma übernimmst. Deine Liebe für den Eissport war ihm ein Dorn im Auge. Um alles in der Welt wollte er es dir verbieten und dich davon abhalten. Du glaubst mir gar nicht, wie dankbar ich Grandpa bin, dass er dich weiterhin so unterstützt hat und dir den Weg sogar noch nach seinem Tod ermöglicht."

Stolz sieht sie mich an. Diesen Ausdruck habe ich noch nie in meinem Leben in ihrem Gesicht gesehen. Bisher hat sie sich immer hinter meinem *Vater* versteckt und getan, was er wollte. Ob das vielleicht ihre Beweggründe sind? Vermutlich hat sie sich schuldig gefühlt und deshalb in seinen Schatten gestellt. Empathie keimt in mir auf. Plötzlich habe ich das Gefühl, hinter die Fassade meiner Mom zu blicken. Jahrelang habe ich mir gewünscht, ihr Verhalten zu verstehen. Und jetzt gibt sie mir die Gelegenheit dazu, auch, wenn das nicht bedeutet, dass ich ihr Handeln gutheiße.

Sie greift nach meiner Hand. „Bitte vergiss nie, dass ich stolz auf dich bin. Du machst dich wundervoll als Spieler und ich bin mir sicher, du wirst es weit bringen." Eine Träne kullert über ihre Wange. „Niemals wollte ich dich so anlügen, aber die

Konsequenzen, die mir dein Vater angedroht hatte, wollte ich nicht riskieren. Er hätte mir sämtliche Rechte an der Firma entzogen, wollte mir das Sorgerecht für Gavin wegnehmen und hat mir mit dem finanziellen Ruin gedroht. Egal, wo ich hinsah, welchen Weg ich gedanklich durchging, ich fand keine Alternative. Mir war es wichtig, dass wir eine intakte Familie bleiben, auch, wenn ich dafür viel in Kauf nehmen musste. Deshalb entschied ich mich für deinen Vater und log Edvard an, als wir zufällig aufeinandertrafen. Er hatte meine Schwangerschaft bemerkt und etwas geahnt, aber ich hatte zu große Angst vor den Konsequenzen, die mir dein Vater angedroht hatte."

Meine Kehle schnürt sich zu. Ich frage mich, wie sie das all die Jahre nur ausgehalten hat. An ihrer Stelle wäre ich längst durchgedreht und hätte versucht, mir einen eigenen Weg zu schaffen.

„Mom." Die Finger verschränke ich mit ihren. Noch immer suche ich nach den richtigen Worten, die zwischen all den Emotionen kaum greifbar sind. Es macht mich sprachlos, endlich die Wahrheit zu kennen. Natürlich wollte ich immer wissen, wo meine Wurzeln liegen. Schließlich konnte ich nur wenig Gemeinsamkeiten mit meinem *Vater* finden.

In diesem Moment wird mir bewusst, wie viel Mom tatsächlich zurückgesteckt hat. Um den Frieden der Familie zu wahren, hat sie sich selbst in den Hintergrund gestellt. Dabei konnte sie nie wirklich zeigen, was in ihr vorgeht und wie sehr sie uns unterstützt. Ständig stand sie unter der Kontrolle von *Vater* und musste darauf achten, nichts falsch zu machen.

„Bitte", wispert sie, „verzeih mir." Liebevoll streichelt sie über meinen Handrücken. Sie sitzt vor mir, wie ein Häufchen Elend. Mom so zu sehen, sorgt dafür, dass sich mein Herz zusammenzieht. Wie konnte *Vater* ihr das nur antun? Warum hat sie es nicht geschafft, sich von ihm zu trennen? Mein Hass wird ins Unermessliche gesteigert.

Ehe ich antworte, atme ich tief ein und wieder aus. „Okay, aber nur, wenn du mir einen Gefallen tust."

„Und der wäre?" Hoffnungsvoll sieht sie mich an.

Fest umklammere ich ihre Hand. „Befrei dich aus diesem Gefängnis. Du hast etwas Besseres verdient."

Nachdenklich runzelt sie die Stirn. „Aber wie?" Verzweifelt reibt sie sich das Kinn. „Dein Vater verfügt über alle finanziellen Rücklagen. Mir bleibt einfach nichts. Nur ein kleiner Anteil an der Firma."

„Er hat bald ganz andere Probleme", gebe ich zu bedenken. „Schließlich wurde ihm die Steuerbehörde auf den Hals gehetzt, da werden kaum Rücklagen übrig bleiben. Sie werden sich alles holen, was noch vorhanden ist. Die Leute wurden in Millionenhöhe betrogen! Weißt du, was er damit für einen Schaden angerichtet hat?!"

Mom schluckt sichtlich. „Ich weiß."

„Wusstest du davon?", hake ich nach. Eigentlich wollte ich diese Frage umgehen, aber ich kann nicht anders. „Wie konntest du das nur unterstützen?"

Sie schlägt die Lider nieder. „Seit der Veröffentlichung deines Videos und den ersten Schlagzeilen hat dein Vater alles abgestritten. So oft ich ihn darauf angesprochen habe, er hat es jedes Mal verneint." Mom schluckt. „Ich habe es ihm wirklich geglaubt, weil er so auf seiner Unschuld beharrt hat. So viele Fehlentscheidungen, wie dein Vater auch getroffen hat, aber ich konnte mir beim besten Willen nicht vorstellen, dass er die Lage kranker Menschen ausnutzt. Durch Zufall habe ich allerdings herausgefunden, dass er mich die ganze Zeit über belogen hat. Erst gestern habe ich gehört, wie er sich mit Gavin darüber unterhalten hat und sie sich eine Strategie einfallen lassen wollten, um das Image der Firma zu retten."

Mit den Händen reibt sie sich über die Stirn. In ihrem Gesicht erkenne ich nichts als Enttäuschung über die Taten meines *Vaters*. „Hätte ich das früher gewusst, hätte ich es zu verhindern versucht! Du musst mir glauben!" Verzweifelt starrt sie mich an.

In dieser Sekunde frage ich mich, ob es nicht das Schicksal ist, das sie für ihr Verhalten in der Vergangenheit bezahlen lässt und das Geschehene seine Berechtigung hat. Schließlich stand sie immer auf *Vaters* Seite, hat sämtliche seiner Entscheidungen, ohne zu hinterfragen, unterstützt und damit nicht nur Amber, sondern auch mir übel mitgespielt. Hat sie einen Neustart verdient? Schließlich hat sie mich von klein auf belogen und mir nie gesagt, wer wirklich mein Vater ist. Soll ich ihr also helfen?

Selbst, wenn, wie kann ich ihr helfen? Werden sie die Leute überhaupt als Einzelperson wahrnehmen? Wie kann man ihnen erklären, dass Mom nichts davon wusste und sich gegen meinen *Vater* gestellt hätte?

Noch während ich darüber nachdenke, kommt mir eine Idee.

„Mom", sage ich und erhalte damit ihre Aufmerksamkeit. „*Vater* und du ... ihr habt in der Vergangenheit beide viele Fehler gemacht, die man kaum verzeihen kann. Trotzdem möchte ich dir jetzt helfen, weil ich der Meinung bin, dass jeder eine zweite Chance bekommen sollte. Dennoch muss dir bewusst sein, dass ich dir noch längst nicht vergeben habe und auch nicht weiß, ob ich das *kann*. Du hast nicht nur mich all die Jahre belogen, sondern auch Amber mehr als einmal verletzt." Bevor ich weiterspreche, mache ich eine kurze Pause. Moms Enttäuschung ist spürbar und doch ... nein, ich kann ihr das alles nicht einfach verzeihen. Abgesehen von der Tatsache, dass sie mich jahrelang hintergangen hat, hat sie sich allein im letzten Jahr zu viele Fehltritte geleistet.

„Du kannst allerdings einen ersten Schritt gehen und den Menschen, die von Vaters Firma betrogen wurden, etwas zurückgeben. Und vielleicht ist das auch eine Möglichkeit, wie wir dir helfen können, ein eigenes Leben aufzubauen", meine ich, woraufhin sich zu der sichtbaren Niedergeschlagenheit in ihrem Gesicht ein Hauch von Hoffnung gesellt.

Kapitel 22
Summer

„Was macht Ben so lange mit Mom?" Amber läuft nervös in ihrem mittlerweile leeren Zimmer auf und ab. „Wir wollen doch los."

Beruhigend berühre ich ihre Schulter. „Lass ihn. Zwischen den beiden gibt es einiges zu besprechen."

„Wäre ja toll gewesen, wenn sich Mom bei mir auch so viel Mühe geben würde." Zerknirscht ballt sie eine Hand zur Faust.

Mitfühlend betrachte ich sie. Leider hat sich ihre Mom wirklich nie auf ein klärendes Gespräch mit ihrer Tochter eingelassen. Dabei hätte sich Amber nichts sehnlicher gewünscht, als ihre Mutter an ihrer Seite zu wissen.

Im gleichen Augenblick hören wir die Tür des Wohn-Essbereichs klappen. Amber steuert direkt den Flur an und ich eile ihr hinterher.

„Wir müssen los", drängt sie Ben und wirft ihrer Mom einen abschätzigen Blick zu. „Kris ist schon an der Wohnung."

Ambers Mom steht etwas unschlüssig im Flur. Man sieht ihr deutlich an, dass sie ein wenig mitgenommen ist. „Kann ich euch helfen?", erkundigt sie sich, woraufhin meine beste Freundin sie verwirrt anschaut.

„Warum solltest ..."

„Klar", unterbricht Ben seine Schwester. „Wir sind auf dem Weg in Kris' und Ambers neue Wohnung."

„Ihr zieht zusammen?" Mit großen Augen sieht sie zu Amber.

„Ja", brummt diese.

„Das ist großartig!" Freudestrahlend macht sie einen Schritt auf ihre Tochter zu, um sie in den Arm zu nehmen. Automatisch weicht Amber zurück.

„Ist das dein Ernst?", fährt sie ihre Mutter an. „Nach allem, was ihr mir angetan habt, möchtest du jetzt einen auf heile Welt machen?" Wütend ballt sie die Hände zur Faust.

„Amber ... ich ...", setzt Mrs. Jeffers an, wird allerdings jäh unterbrochen.

„Nein, nichts *Amber*! Dad und du ... ihr habt mich in meiner schlimmsten Zeit einfach allein gelassen. Das kannst du nicht mit ein bisschen Freude wieder gerade biegen!" Amber macht auf dem Absatz kehrt und stürmt hinaus.

Schweigen senkt sich über den Wohnungsflur. Mrs. Jeffers sieht betroffen zu Ben, der seiner Mutter tröstend über den Rücken streicht. Ehrlich gesagt finde ich die ganze Szene merkwürdig. Immerhin hat sie in der Vergangenheit viele Fehler begangen und sich noch nie dafür entschuldigt. Gerade Amber hat sie im Stich gelassen, als diese ihre Zuwendung am meisten gebraucht hätte. Wieso streichelt ihr Ben also tröstend über den Rücken?

„Ich sehe mal nach Amber", murmle ich und begebe mich ebenfalls hinaus. Unten angekommen, finde ich sie an Bens Auto gelehnt. Sie hat ihr Gesicht in die Hände gestützt.

„Amber?", flüstere ich und berühre sie sanft am Arm.

Sie blickt auf und wischt ihre Tränen hastig weg. „Wie kann sie es nur wagen?", poltert sie los. „Warum ist sie hier und tut so, als sei alles gut? Immerhin hat sie mir damals den Rücken gekehrt und mich nicht beim Streit mit Vater unterstützt! Hat sie wirklich geglaubt, sie könnte alles einfach wieder gut machen?"

„Amber." Auf einmal ist sie still und wartet darauf, was ich zu sagen habe. „Mir ist bewusst, wie schwierig die Situation mit deiner Mom für dich ist. Trotzdem hat sie gerade den ersten Schritt auf euch zu gemacht. Du hast ihr nicht mal die Möglichkeit gegeben, die Worte auszusprechen, die sie dir sagen möchte." Tief durchatmend sammle ich mich. „Weißt du, es ist furchtbar, wenn man keine Mom mehr hat, die man eben mal besuchen oder anrufen kann."

Langsam schnürt sich meine Kehle zu. Selten spreche ich über die Leere, die Moms Tod hinterlassen hat. Viele vergessen, dass ich sie verloren habe, als ich klein war. Für die meisten ist es selbstverständlich, dass ich keine Mom habe, als wären meine Eltern einfach nur getrennt. Natürlich ist mein Dad immer für mich da und versucht, die Lücke zu füllen. Trotzdem schafft er es nicht immer, wofür ich ihm keinen Vorwurf machen kann.

Ich greife nach Ambers Hand. „Bitte tu mir den Gefallen und gib deiner Mom eine Chance. Du weißt nicht, wie es sich anfühlt, wenn man wirklich keine Mutter mehr hat. Auch wenn ihr wegen eures Streits kaum Kontakt miteinander habt, ist es etwas komplett anderes, als wenn sie nicht mehr da wäre." Eine Träne kullert mir ungehindert über die Wange. Es lässt sich nicht vermeiden, dass mich die Gefühle um den Verlust meiner eigenen Mutter einholen. Manchmal habe ich Tage, an denen der Schmerz so präsent ist, wie vor fünfzehn Jahren, als wir davon erfuhren. „In der Vergangenheit hat deine Mom viele Fehler gemacht, weswegen du sauer auf sie sein darfst. Auch weiß ich nicht, warum Ben ihr so schnell verziehen hat. Ich kann dir nur raten, ihr eine zweite Chance zu geben, vor allem um deiner selbst willen. Gib ihr die Möglichkeit, sich zu erklären."

Amber, die mich sprachlos betrachtet, nickt. Für einen Moment schweigt sie und runzelt die Stirn. „Du hast recht." Ihre Schultern sacken ein. „Es tut nur so weh, wenn ich darüber nachdenke, wie mich Mom abgewiesen hat, als ich ihre Hilfe gebraucht habe. Gleichzeitig verstehe ich nicht, warum sie das getan hat."

„Das sind genau die Dinge, die du sie jetzt fragen kannst. Schließlich ist auch dein Dad nicht dabei", erinnere ich sie.

Unentschlossen steht Amber am Auto und blickt zum Wohnhaus. Die Tür öffnet sich gerade und sowohl Ben als auch seine Mutter treten heraus.

„Du hast recht", meint Amber schließlich und läuft zu ihrer Mom.

Unterdessen setze ich mich auf die Ladekante des Kofferraums und seufze.

Ben kommt zu mir. „Darf ich?", fragt er und deutet auf den Platz neben sich.

„Klar, gern."

Sofort legt er einen Arm um mich. „Amber will mit Mom sprechen", meint er.

„Dann warten wir so lange." Ich lehne meinen Kopf an seine Schulter und genieße die Nähe zu ihm.

„Summer?", durchbricht Ben unser Schweigen nach einer Weile.

„Mh?" Mit geschlossenen Lidern lausche ich.

„Ich muss dir etwas sagen."

„Was denn?" Neugierig sehe ich zu ihm.

Ein liebevoller Ausdruck liegt in seinen Augen, als seine Lippen die Worte formen. „Ich liebe dich."

In meinem Bauch kribbelt es und ich beuge mich zu ihm, um ihm noch näher zu sein. Erst, als sich unsere Nasenspitzen beinahe berühren, stoppe ich. „Ich liebe dich auch", wispere ich. Kurz darauf versiegeln seine Lippen meine. Wir hatten schon viele Küsse. Wild, leidenschaftlich, fordernd, verliebt, sanft. Und doch ist dieser hier ganz anders. In ihm stecken alle Emotionen, die Ben für mich empfindet und die ich für ihn fühle. Es ist kaum in Worte zu fassen, was in diesem Augenblick in mir passiert. Nicht nur die Schmetterlinge in meinem Bauch beginnen zu flattern und Wärme durchströmt mich, sondern auch Dankbarkeit. All diese Gefühle fange ich für mich ein, um mich später wieder daran zu erinnern.

Kapitel 23
Ben

Für den heutigen Abend sind Summer und ich zu Edvard und seiner Familie eingeladen. Nachdem er das Ergebnis des Vaterschaftstests erhalten hat, haben wir beschlossen, den Brief gemeinsam zu öffnen.

Lange habe ich gezögert, seiner Frau gegenüber zu treten. Ich wollte mich nicht an einen Vater klammern, der am Ende gar nicht meiner ist. Aber Edvard ist sich so sicher, dass ich sein Sohn bin, dass ich mich letztlich dazu überreden ließ. Bisher bereue ich die Entscheidung noch kein bisschen.

„Bist du so weit?", fragt mich Summer, die aus dem Bad kommt.

Sie trägt ein wadenlanges dunkelrotes Kleid, das ihrer Figur schmeichelt. Der tiefe Ausschnitt sorgt für ein atemberaubendes Dekolleté, während der Stoff eng an ihrem Oberkörper anliegt. Augenblicklich durchströmt mich Hitze. Ich kann nicht anders, als einen Schritt auf sie zuzugehen. Meine Hand findet automatisch ihre Taille und ich drücke meinen Körper an ihren. Ihre Wangen röten sich, als sie meine Erregung an ihrer Mitte spürt.

„Du siehst hinreißend aus", flüstere ich, bevor ich sie küsse. Am liebsten würde ich sie auf der Stelle wieder ausziehen. Wenn wir doch nur nicht verabredet wären ...

„Danke." Zärtlich legt sie ihre Lippen auf meine. „Und du bist noch nicht fertig." Vorwurfsvoll betrachtet sie mich und knöpft das Hemd zu, welches sie mir ausgesucht hat. Dabei lässt sie es sich nicht entgehen, zuvor mit einem Finger über mein Sixpack zu streichen. „Dein Outfit steht dir." Verführerisch sieht sie mich an.

„Wenn du jetzt nicht aufhörst, kommen wir zu spät." Fest presse ich meinen Mund auf ihren und genieße das elektrisierende Gefühl, das diese Berührung in mir auslöst.

„Beherrsch dich", neckt sie mich und tritt einen Schritt zurück.

Die Enge in meiner Jeans erinnert mich daran, dass wir losmüssen. „Zum Glück haben wir später ausgiebig Zeit dafür." Meine Hand packt ihren Po, womit ich ihr ein Seufzen entlocke.

„Später." Grinsend wendet sie sich ab und begibt sich in den Flur, wohin ich ihr folge.

Seit Amber und Kris nicht mehr hier wohnen, ist es ziemlich still in der Wohnung. Bisher habe ich mir noch keine Gedanken gemacht, ob ich neue Mitbewohner möchte oder nicht. Dank Grandpas Erbe, von dem mir Grandma das Apartment bezahlt, entsteht mir auch kein Defizit, wenn ich die Zimmer nicht wieder vermiete. Gleichzeitig ist da dieser Wunsch, Summer immer in meiner Nähe zu wissen. Mittlerweile verbringen wir sowieso fast ständig Tag und Nacht zusammen. Wäre es also möglich, dass sie ihre Meinung geändert hat? Vielleicht fühlt sie sich schon bereit, hier zu wohnen? Vor ein paar Tagen hatten wir erneut darüber gesprochen. Im Laufe des Gesprächs gestand sie mir, dass sie selbst mit dem Gedanken spielt, allerdings noch keine finale Entscheidung getroffen hat. Nachdem ich sie zu nichts drängen möchte, lasse ich es darauf beruhen und gebe ihr die Zeit, die sie braucht.

„Alles in Ordnung?", hakt Summer nach, als sie meinen nachdenklichen Blick sieht.

„Ja, alles bestens." Lächelnd greife ich nach den passenden Schuhen und schlüpfe hinein.

„Mein Gefühl sagt mir, dass du etwas auf dem Herzen hast", meint sie, als wir zum Aufzug gehen.

„Es ist nicht wichtig, wirklich." Meine Hand verflechte ich mit ihrer, als sich der Fahrstuhl rüttelnd in Bewegung setzt. Unten angekommen begeben wir uns zu meinem Fahrzeug. Dort schiebe ich mich direkt hinters Steuer, während sie auf dem Beifahrersitz Platz nimmt. „Vermutlich bin ich einfach nur ein bisschen nervös. Immerhin lerne ich gleich Edvards Frau kennen und ... das fühlt sich komisch an."

„Das verstehe ich." Behutsam legt sie ihre Hand auf meine, die den Schaltknüppel umklammert. „Dieses Gefühl ist vollkommen normal." Mit ihrem Daumen streichelt sie über die Haut meines Handrückens.

Schweigend lenke ich das Auto durch den Verkehr. Ungefähr zwanzig Minuten später kommen wir bei Edvards Haus an. Es handelt sich um ein zweistöckiges Holzhaus, das von einer großzügigen Außenanlage umgeben ist. Neben dem Gebäude befindet sich eine große Garage, vor der ich parke.

Mit rasendem Herzen steige ich aus. Summer, die meine Anspannung bemerkt, greift sofort nach meiner Hand. Gleich ist es so weit, ich werde den restlichen Teil meiner Familie kennenlernen. Obwohl ich mich sowohl mit Edvard als auch mit meiner Halbschwester Elle sehr gut verstehe, ist dieser Rahmen hier anders.

„Bereit?", fragt Summer. Ihr Finger schwebt schon über der Klingel.

„Ja." Auf mein Zeichen läutet sie. Kurze Zeit später wird die Tür aufgerissen und Edvard steht davor. Sofort nimmt er mich in den Arm.

„Hey!" Freundlich klopft er mir auf die Schulter. „Hallo Summer."

„Hallo Coach Jansson", begrüßt sie ihn.

„Oh, sag Edvard zu mir", bittet er sie und nimmt sie ebenfalls in den Arm. „Elle, John und Mira warten im Essbereich auf uns."

„John?", hake ich nach.

„Das siehst du gleich." Selig lächelnd führt er uns durchs Haus. Die Einrichtung ist schlicht gehalten und überall befinden sich Spielsachen am Boden. Eifrig überlege ich, ob Edvard mir von einem Kleinkind in seiner Familie erzählt hat, allerdings kann ich mich nicht daran erinnern.

„Hey!" Elle erhebt sich augenblicklich, als wir durch die Tür hindurch schreiten. „Wie geht es euch?" Sie umarmt erst mich und dann Summer.

„Sehr gut und dir?", erkundigt sich Letztere, während mein Blick zu dem kleinen Jungen wandert, der im Hochstuhl sitzt und sich ein Stück Banane in den Mund schiebt. Mit großen blauen Augen beobachtet er die Situation und kaut.

„Auch." Ein Lächeln erscheint auf Elles Gesicht. „Das ist für euch bestimmt komisch", meint sie, als sie uns zum Tisch führt. Sie platziert sich direkt neben dem kleinen Burschen, der daraufhin quietscht.

„Was meinst du?", fragt Summer, als wir ihr folgen. Wir nehmen auf zwei Stühlen neben ihr Platz.

„John ist mein Sohn." Sie bedenkt ihn mit einem liebevollen Blick. „Er hatte vor kurzem seinen ersten Geburtstag."

„Du bist …", beginne ich, werde allerdings von Summer unterbrochen.

„Dann ist Ben ja der Onkel von diesem kleinen Prachtkerl!" Sie beugt sich zu dem Jungen, der aufgeregt mit den Händen wedelt.

„Genau." Elle streichelt John über den Kopf, ehe sie ihm einen Kuss auf die Stirn drückt. „John, das sind Onkel Ben und Tante Summer", erzählt sie ihm liebevoll. Mit großen Augen sieht uns der kleine Junge an.

„Ihr habt euch also schon kennengelernt." Edvard bringt eine Schüssel zum Tisch. „Mira kommt gleich, sie holt noch den Braten aus dem Ofen." Er setzt gerade dazu an, den Raum zu verlassen, als er sich nochmal umdreht. „Ben, komm mal bitte mit."

Ein Blick auf Summer verrät mir, dass sie zu beschäftigt mit dem kleinen Kerl ist, als dass sie meine Abwesenheit bemerken würde. Deshalb folge ich Edvard hinauf in den ersten Stock. Er führt mich direkt in ein Büro, das mit einem massiven Holztisch und einem bequemen Sessel ausgestattet ist. Mitten auf dem Tisch befindet sich ein Umschlag, der nur darauf wartet, geöffnet zu werden.

Mit klopfendem Herzen gehe ich zu Edvard, der sich bereits hingesetzt hat.

„Bisher habe ich noch nicht hineingeschaut. Ich dachte mir, es ist am besten, wir machen das zusammen." Edvard reicht mir den Briefumschlag.

Mein Puls schnellt in die Höhe, als ich den Umschlag mit zittrigen Fingern berühre.

„Bevor du ihn öffnest, möchte ich dir noch etwas sagen." Edvards Stimme lässt mich innehalten. Ich sehe zu ihm und warte darauf, dass er weiterspricht. Zugleich steigert sich meine Nervosität mit jeder verstreichenden Sekunde. „Egal, was in diesem Brief stehen wird, du bist mir wichtig und ich werde dich auf deinem Weg unterstützen. In der kurzen Zeit bist du mir ans Herz gewachsen und deshalb möchte ich, dass du das weißt!"

Seine Worte tun gut. Zu wissen, dass er mich unterstützt, egal was kommt, ist hilfreich. Ich weiß, dass ich auf ihn zählen kann, und das bedeutet mir unglaublich viel.

„Danke", erwidere ich. Angespannt öffne ich den Umschlag und hole das Papier heraus. Hastig überfliege ich die Zeilen, bis ich am wichtigsten Punkt ankomme. „Du ... du bist mein Vater!" Ich drücke ihm den Zettel in die Hand, während mich Wärme durchströmt.

„Gott sei Dank, endlich haben wir Gewissheit!" Erleichtert lässt er sich in den Stuhl sinken. Ihm ist deutlich anzusehen, wie sehr ihn die Ungewissheit mitgenommen hat.

Erneut lese ich mir den Zettel durch, um mich zu vergewissern, dass ich endlich meine Wurzeln kenne. Wieder stolpere ich über die Wörter, dass Edvard mein biologischer Vater ist.

All die Unsicherheit, die mich in den letzten Wochen begleitet hat, fällt mit einem Mal von mir herab. Ein Gefühl der Zugehörigkeit breitet sich in mir aus und ich merke, dass ich einen Vater habe. Einen Vater, der mich akzeptiert.

Das Klopfen an der Tür des Büros unterbricht unser glückliches Schweigen.

„Ja?", sagt Edvard, woraufhin eine dunkelhaarige Frau ihren Kopf hereinsteckt.

„Hier seid ihr." Sie kommt herein und ich stelle sehr viele Ähnlichkeiten zwischen Elle und ihr fest. Beide haben das gleiche markante Gesicht und die Stupsnase. Der Unterschied zwischen ihnen besteht darin, dass die Frau dunkles Haar und graue Augen hat. „Ich bin Mira, Edvards Frau." Sofort streckt sie mir die Hand entgegen.

„Hallo, ich bin Ben!" Eilig erhebe ich mich, um ihr ebenfalls die Hand zu geben.

Sie scheint sich anders zu entscheiden und zieht mich in eine innige Umarmung. „Schön, dich endlich kennenzulernen! Edvard hat schon so viel von dir erzählt."

Ich werfe ihm einen verwirrten Blick zu, woraufhin er mit den Schultern zuckt. Was er wohl alles erzählt hat?

„Es ist ganz wundervoll, wie ihr euch für das Hospiz eingesetzt habt. Wir alle haben mit Bewunderung verfolgt, wie du dich gegenüber deinem Vater behauptet hast", meint Mira.

„Danke." Ihr Lob tut gut. Es ist schön, zu wissen, dass es jemanden gibt, der es als richtig erachtet, wie ich mich gegen meinen *Vater* gestellt habe, der mich jahrelang belogen hat.

„Wenn ihr nicht bald kommt, ist der Braten kalt!", ertönt Elles Stimme aus dem unteren Geschoss. „Außerdem wollen wir wissen, ob ich Ben endlich meinen Bruder nennen darf!"

Glücklich mit der Entwicklung des heutigen Abends begebe ich mich ins Untergeschoss. Dort warten Elle und Summer, die uns gespannt betrachten, während John an einem Stück Reiswaffel kaut.

„Du darfst mich deinen Bruder nennen", sage ich zu Elle.

Grinsend steht sie auf und nimmt mich in den Arm. „Herzlich willkommen in unserer Familie", flüstert sie und drückt mich fest an sich.

„Danke." Ein Glücksgefühl durchströmt mich und ich greife automatisch nach Summers Hand. Unsere

Finger verflechten sich miteinander, während ich zufrieden Edvard ansehe, der mit seinem Enkelsohn spricht.

Endlich fühle ich mich nicht nur in Summers Gegenwart angekommen, sondern habe auch Gewissheit über meinen leiblichen Vater.

Epilog
Summer

Seitdem wir die offizielle Bestätigung über Edvards Vaterschaft in der Hand halten, ist Ben viel ausgeglichener. Der Abend bei seiner Familie war unglaublich schön und John hat uns alle verzückt. An diesem Tag, habe ich gespürt, wie sich Ben fallen gelassen hat. Zum ersten Mal hat man gemerkt, wie sehr er sich über Edvard als seinen Vater freut und wie tief sein Vertrauen zu ihm schon jetzt ist. Noch nie zuvor habe ich ihn so gelöst und entspannt erlebt.

Mittlerweile ist ein Monat vergangen, die Saison ist vorüber und die *Scorpions* haben den zweiten Platz in den Playoffs belegt. Im letzten Spiel sind sie an der Mannschaft von Ambers Ex Marcus gescheitert. Dennoch war diese Spielzeit ein voller Erfolg für das Team. Sie alle konnten viele Erfahrungen sammeln und wurden noch enger zusammengeschweißt. Diejenigen, die sich im letzten Collegejahr befanden, haben Angebote verschiedener Teams aus höheren Ligen erhalten und ihre Verträge unterzeichnet. Ben und Kris haben noch ein Jahr, ehe sie hoffentlich auch für die *AHL* oder *NHL* verpflichtet werden.

Für heute steht die Abschlussgala mit dem Hospiz an. Mrs. Jeffers, die mehrmals in der Öffentlichkeit gegen ihren Mann ausgesagt hat, hat gemeinsam mit Amber die Planung des heutigen Abends übernommen. Es ist schön, zu sehen, dass Amber ihrer

Mutter eine Chance gibt. Auch Ben scheint sich Mrs. Jeffers allmählich zu nähern, wobei mir klar ist, dass es noch eine ganze Weile dauern wird, bis sie die Vergangenheit hinter sich lassen können. Dennoch macht es mir den Anschein, als sei Mrs. Jeffers immer nur eine Hülle ihres selbst gewesen. Nachdem Ben mir berichtet hat, was Mr. Jeffers ihr alles angedroht hatte, frage ich mich, ob ich nicht genauso reagiert hätte. Immerhin hing ihre Existenz davon ab.

Während ihr Mann eine Klage am Hals hat und Ermittlungen gegen ihn laufen, wagt Mrs. Jeffers einen Neuanfang. Sie hat sich entschieden, selbstständig als Eventmanagerin zu arbeiten. Die erste Kooperation besteht mit den *Scorpions*, die die Abschlussgala für das Hospiz veranstalten. Ben hat ihr zu diesem Job verholfen, was ich als ein Zeichen der Annäherung sehe. Zu diesem Termin sind sämtliche Eltern der erkrankten Kinder eingeladen. Ein paar Kinder werden per Videoschalte oder nach Möglichkeit persönlich teilnehmen.

„Sie hat sich wirklich Mühe gegeben", meint Amber, als wir aussteigen und auf ein großes Backsteingebäude zulaufen. Es befindet sich auf dem Gelände des *Morriton College* und wird für sämtliche universitäre Veranstaltungen genutzt. Ich erinnere mich noch daran, wie ich vor Aufnahme meines Studiums hier stand und mich über die Studiengänge informiert habe.

Am heutigen Abend steht es den *Scorpions* zur Verfügung, um gemeinsam mit dem *Emma Grows Hospice* erneut Spenden zu sammeln.

Von außen wird das Gebäude mit Scheinwerfern bestrahlt, ein roter Teppich wurde über den Boden ausgerollt und seitlich mit kleinen Spots beleuchtet. Die Eingangstür ist mit einem Bogen aus Blumen gekennzeichnet und drinnen wird man direkt an die Garderobe geführt. Eine junge Frau nimmt uns die Jacken ab und gibt uns eine Nummer, mit der wir sie später wieder abholen können. Anschließend begeben wir uns in den großen Festsaal, in dem es nur so von Menschen wimmelt. Überall sind Stehtische platziert, die mit Blumen dekoriert wurden. An den Wänden sind Fotos aufgehängt worden, die die Mannschaft bei ihren Besuchen zeigt. Daneben wurden verschiedene Bilder der Kinder angebracht, die sie für die Jungs gemalt haben.

„Wow", staune ich und lasse den Blick durch den Raum schweifen. „Das ist der Wahnsinn!"

„Mom hat sehr viel Energie hereingesteckt. Ich habe sie noch nie so glücklich gesehen", berichtet Amber. Zufrieden lächelt sie.

„Sie kann wirklich stolz auf sich sein", antworte ich und halte Ausschau nach Ben und Kris. Sie sind bereits vorgefahren, um Mrs. Bowly in Empfang zu nehmen und die restlichen Planungen zu beenden.

An der Bühne erkenne ich Mrs. Jeffers. „Da ist deine Mom", sage ich zu Amber, die sich ein Sektglas vom Buffet nimmt.

Nickend zieht sie mich an der Hand hinterher. „Hi Mom!" Sie umarmt ihre Mutter und gibt ihr einen Kuss auf die Wange. „Es ist einfach wundervoll geworden!"

„Danke!" Mrs. Jeffers strahlt. „Hallo Summer!" Mich drückt sie ebenfalls kurz.

Überrumpelt von ihrer Offenheit, bleibt mir ein *Hallo* im Hals stecken.

„Es ist wirklich toll geworden, Mrs. Jeffers", lobe ich Ambers Mom, nachdem ich mich geräuspert habe.

„Oh, vielen Dank, Summer! Aber bitte nenn mich doch Beth." Ein liebevolles Lächeln breitet sich auf ihrem Gesicht aus.

„Okay … Beth", erwidere ich, noch immer baff von ihrer Veränderung. Sie scheint ohne Mr. Jeffers richtig aufzublühen.

„Wie geht es dir?", hakt sie nach.

„Sehr gut." Gerade, als ich sie danach fragen möchte, wie es ihr geht, tritt Ben neben mich. Er legt seinen Arm um meine Taille und küsst mich auf die Schläfe. Augenblicklich flattern die Schmetterlinge in meinem Bauch umher.

„Amber, Kris steht hinten beim Buffet. Er wird gerade von Brian festgehalten. Mom, Mrs. Bowly sucht dich." Mit seinem Kopf nickt er in Richtung der Speisen, die im hinteren Eck des Saals stehen.

„Ich glaube, ich werde Kris mal zur Hilfe eilen", verabschiedet sich Amber.

„Und ich werde Mrs. Bowly suchen", schließt sich Beth an.

Innerhalb weniger Sekunden sind beide verschwunden und ich mit Ben allein.

„Hallo hübsche Frau", flüstert er mir ins Ohr. Sein Blick wandert über mein Outfit, wobei Verlangen in ihm auflodert. Ich habe mich für ein hautenges graues Kleid entschieden, das meinen Körper an den richtigen Stellen betont.

„Hi", wispere ich. Auch ich betrachte ihn und bemerke, wie hinreißend er aussieht. Er trägt den vereinstypischen dunkelblauen Anzug, der an seinen Schultern leicht spannt. Seine Augenfarbe wird durch die helle Krawatte hervorgehoben, das blonde Haar hat er zur Seite gegelt. „Du siehst auch nicht schlecht aus."

„Ach, wirklich?" Seine Lippen verziehen sich zu einem Grinsen, bevor er sich zu mir beugt und mich küsst. Mein Herz setzt einen Moment aus, ehe es wild pochend gegen meinen Brustkorb schlägt. Wie gern ich ihm den Anzug ausziehen möchte …

Ben beugt sich zu mir. Seine Lippen streifen mein Ohr, während sein Atem es kitzelt. „Nicht hier. Heute Abend haben wir noch alle Zeit der Welt." Automatisch wandert seine Hand zu meinem Hintern.

„Gibt es hier kein Hinterzimmer?", necke ich ihn, woraufhin er schmunzelt.

„Doch, aber da werden die Getränke gelagert."

„Schade", entgegne ich und lege meinen Mund auf seinen. Sanft knabbere ich an seiner Lippe, wobei er mich näher an sich zieht.

„Summer", haucht er, „ich würde dir wirklich gern geben, was du möchtest, aber ich muss gleich auf die Bühne."

„Na gut." Gespielt schmollend sehe ich ihn mit großen Augen an. Erneut grinsend küsst er mich und geht hinüber zur Plattform. Dort steht bereits Edvard, neben ihm Mrs. Bowly.

Eilig suche ich nach Amber und Kris, die sich einen Platz in der ersten Reihe gesichert haben. Meine beste Freundin entdeckt mich und winkt mich zu sich. Schnell begebe ich mich zu ihnen und lasse mich auf den freien Stuhl fallen. Ben begibt sich zu seinem Vater und Mrs. Bowly auf die Bühne.

Edvard klopft sachte auf das Mikrofon, um die Gäste verstummen zu lassen. Sobald es ruhig im Saal ist, beginnt er zu sprechen.

„Herzlich willkommen zur Abschlussgala", begrüßt er uns alle. „Wie sie auf den Bildern erkennen können, haben die *Morriton Scorpions* in den letzten Wochen viel Zeit im *Emma Grows Hospice* verbracht. Das alles wurde von meinem Sohn, Benjamin Jeffers, ins Leben gerufen, um den Familien und ihren Kindern etwas zurückzugeben. Ich kann Ihnen gar nicht sagen, wie stolz ich auf ihn bin, dass er all das auf die Beine gestellt hat." Er wischt sich über die Wange. Scheinbar hat sich eine Träne aus seinem Augenwinkel gelöst. „Zugleich möchte ich mich bei Mrs. Bowly bedanken, die uns bei dieser Aktion unterstützt hat."

Edvard zählt noch einige Personen auf, die eine wichtige Rolle bei der Planung des Events gespielt haben. Zuletzt gibt er das Mikrofon kurz an Mrs. Bowly, die ebenfalls ein paar Worte an Ben richtet. An seinem Gesichtsausdruck erkenne ich, wie sehr er sich über das Feedback freut. Ich bin wirklich stolz auf ihn, wie er es geschafft hat, trotz der schweren Zeit, die er hinter sich hat, so etwas auf die Beine zu stellen.

Anschließend übergibt Mrs. Bowly das Mikro an Ben. Er begibt sich zum Rednerpult und richtet sich an die Eingeladenen. Bevor er anfängt zu sprechen, räuspert er sich.

„Hallo liebe Gäste", beginnt er, „schön, dass Sie alle da sind. Zuerst möchte ich mich bei Ihnen bedanken, dass Sie so zahlreich erschienen sind. Ich freue mich darüber, den Kindern des *Emma Grows Hospice* eine Freude machen zu können. Zunächst möchte ich Sie noch darauf hinweisen, dass es zum Beginn der neuen Saison ein Freundschaftsspiel geben wird, das zugunsten der *Children with Cancer Foundation* abgehalten wird. Sämtliche Einnahmen werden an die Stiftung übergeben, die anschließend Schecks für betroffene Familien ausstellen werden. Zu dieser Veranstaltung sind Sie alle herzlich eingeladen. In den nächsten Wochen werden kostenlose Tickets an Sie verschickt, damit auch Sie die Möglichkeit haben, teilzunehmen. Den Gegner werden wir ein paar Wochen vor dem Match bekanntgeben. Meine Mutter, Beth Jeffers, wird sich um die Organisation des Events kümmern. Es wird eine transparente Aufstellung des gesammelten Geldes geben, sodass ersichtlich ist, welche Ausgaben wir für das Catering haben und wie viel gespendet wird.

Die Fehler der Vergangenheit möchten wir auf jeden Fall vermeiden, weshalb uns eine offene Kommunikation mit Ihnen umso wichtiger ist!"

Applaus ertönt, einige Gäste johlen sogar.

„An dieser Stelle möchte ich mich nicht nur bei meinem Team und meinem Vater bedanken, sondern auch bei meiner Mom. Sie hat sich wirklich Mühe gegeben, ein so tolles Event zu schaffen." Er dreht sich zu Beth, die am Rand der Bühne steht. „Vielen Dank, dass du dich gegen die Vergangenheit gestellt hast und nicht nur mir, sondern auch meiner Schwester gezeigt hast, wer sich wirklich hinter deiner Schale versteckt. Ich bin stolz darauf, wie viel Mühe du dir in deinem Job als Eventmanagerin gibst."

Tränen rinnen über Beths Wange, woraufhin ihr Edvard ein Taschentuch gibt. Bens Worte sind so ergreifend, dass selbst mir Tränen in den Augen stehen. Er begibt sich zu seiner Mutter und nimmt sie kurz in den Arm.

„Bei einer Person möchte ich mich allerdings noch ganz besonders bedanken." Beim Klang dieser Worte setzt mein Herz für einen Moment aus. „Sie hat mich in den letzten Wochen, als es mir wirklich schlecht ging und ich nicht mehr wusste, wo mir der Kopf steht, immer unterstützt. Sobald ich sie brauchte, war sie für mich da und hat mich in allem, was ich getan habe, bestärkt. Wenn ich mich in einer Meinung verrannt habe, war sie da und hat mir die Augen geöffnet. Sie hat dafür gesorgt, dass ich mit meiner Vergangenheit abschließe und mich dabei unterstützt, mich selbst zu finden."

Bens Augen schweifen durchs Publikum, bis er bei mir hängen bleibt. Nervosität packt mich, als er mich angrinst.

Mit der Hand winkt er mich zu sich. „Summer."

Hart schluckend erhebe ich mich und begebe mich wie automatisch zur Bühne. Das Flüstern der Zuschauer rückt in weite Ferne, während mein Blick einzig und allein auf die Bühne gerichtet ist. Alles ist so unwirklich, als er meine Hand greift und mich zu sich auf das Podest holt.

Mit zittrigen Händen bleibe ich stehen. Meine Knie fühlen sich an wie Gummi, während ich darauf warte, was als Nächstes passiert.

„Summer", wiederholt Ben. „Du warst mir in den letzten Monaten die größte Stütze von allen. Niemals hätte ich damit gerechnet, dass wir irgendwann zueinanderfinden. Gerade, nachdem sich vor drei Jahren unsere Wege aufgrund unserer Entscheidung getrennt haben. Und doch stehen wir gemeinsam hier. Ich kann nicht in Worte fassen, wie dankbar ich dir dafür bin, dass du mich immer unterstützt hast. In all der Zeit hast du mir das Gefühl gegeben, mein Zuhause zu sein. Bei dir fühle ich mich wohl und möchte ich sein. Danke für alles, was du in der letzten Zeit getan hast." Ein liebevolles Lächeln erscheint auf seinen Lippen.

Schnell überwinde ich die Distanz zwischen uns und falle ihm um den Hals. Das Publikum klatscht, während ich ihn fest an mich drücke. Tränen rinnen mir über die Wangen und unzählige Emotionen prasseln auf mich ein.

„Ich werde dich auch jetzt weiter unterstützen", schniefe ich, „das weißt du hoffentlich?"

„Ja." Er grinst mich an.

Unsere Lippen sind kaum mehr als ein paar Millimeter voneinander entfernt. Sanft streicht er mir eine Strähne aus dem Gesicht. Seine Haut auf meiner entfacht ein Prickeln, das sich sofort über meine ganze Wange verbreitet. Wir starren einander an, wobei in seinen blauen Augen unzählige Emotionen erkennbar sind. Langsam überwindet er die Distanz zwischen uns und sein Atem streift meinen Mund. Mein Körper kribbelt vor freudiger Erwartung, während das Klatschen des Publikums immer leiser wird. Sobald seine Lippen auf meine treffen, rückt alles in den Hintergrund. Es gibt nur noch ihn und mich.

Uns.

Mein Herz schlägt fest gegen meinen Brustkorb und ein Gefühl der Zufriedenheit breitet sich in mir aus. Wärme durchströmt mich. In diesem Moment wird mir bewusst, wie wichtig er mir ist. Um nichts in der Welt möchte ich Ben missen.

Ende

Danksagung

Liebe Leserin, lieber Leser,

wieder einmal bist du am Ende meines Buchs angelangt. Du hast die Geschichte von Summer und Ben verfolgt, die nie damit gerechnet haben, einander zu finden und lieben.

Sie haben es mir wirklich nicht leicht gemacht, ständig neue Wege eingeschlagen und mich beinahe in den Wahnsinn getrieben, ehe sie ihr Happy End gefunden haben.

Doch du hast nicht nur Summer und Ben auf ihrem Weg begleitet, sondern verfolgst auch meine Reise. Ich bin dir dankbar, dass du bereits zum zweiten Mal zu meinem Buch gegriffen hast, von dem ich nie gedacht hätte, es einmal in meinen Händen halten zu können. Dafür danke ich dir von ganzem Herzen!

An dieser Stelle möchte ich meiner Verlegerin und meiner Lektorin dafür danken, dass sie mir die Möglichkeit geben, meine Buchreihe mit euch zu teilen. Noch immer ist es wie ein Traum, den ich noch nicht vollkommen realisiert habe.

Ein dickes Dankeschön an meine lieben Freundinnen, die mich auf meinem Weg begleiten und mir zur Seite stehen, wo sie nur können.

Ebenfalls danken möchte ich meiner Familie, die mich auf meinem Weg unterstützt. Besonders meiner Mama, die mich zu jeder Zeit spüren lässt, wie stolz sie darauf ist, dass ich meinen Traum verwirkliche.

Danke an meinen langjährigen Partner, der mich meinen Traum leben lässt und mir den Raum gibt, dafür zu arbeiten. Danke, dass du mich vorantreibst, mir Mut machst und mich auf den Boden der Tatsachen holst. Auch, wenn es nicht immer leicht ist, zeigst du mir jedes Mal aufs Neue das Licht am Ende des Tunnels.

Und nun, liebe Leserinnen und Leser, mache ich mich an die Arbeit und bereite das nächste Happy End vor!

Printed in Poland
by Amazon Fulfillment
Poland Sp. z o.o., Wrocław